Zu diesem Buch

Wenn Brownfield Copeland versucht zu verstehen, was passiert ist, tut ihm der Kopf weh. Er versteht nicht, warum das Gesicht seines Vaters versteinert, wenn er die Baumwollsäcke auf den Laster des weißen Verwalters hebt, er versteht das finstere Brüten des Vaters nicht, der mit ihm, dem Kind nicht spricht – er weiß nur, daß es am Samstag, wenn Grange, der Vater, sturzbetrunken nach Hause kommt, Streit und Prügel gibt.

Grange Copeland ist Kleinpächter. Um ein Stückchen Land zu bekommen und eine armselige Hütte für seine Familie, mußte er sich verschulden und ist dadurch in sklavenähnliche Abhängigkeit geraten. Um der Aussichtslosigkeit dieses Lebens zu entkommen, verläßt Grange Frau und Kind und geht nach Norden. Aber dort kommt er nur in ein anderes Elend. Er kehrt in den Süden zurück und hat erst dann, als fast schon alter Mann, die Chance, ein Leben nach seiner Vorstellung zu führen.

Zur Autorin

Alice Walker wurde 1944 in Eatonton, Georgia, als achtes Kind einer Kleinpächterfamilie geboren. Als ihr erster Gedichtband veröffentlicht wurde, war sie 24 Jahre alt. Inzwischen gehört sie zu den bekanntesten afroamerikanischen Schriftstellerinnen. Für ihren Roman *Die Farbe Lila* (verfilmt von Steven Spielberg) hat sie 1983 den Pulitzerpreis erhalten. Alice Walker lebt in San Francisco.

Unter anderem erschienen: «Ihr blauer Körper ist alles was wir kennen» (rororo 13256); «Ihre braune Umarmung» (rororo 13529); «Im Tempel meines Herzens» (rororo 13163); «Meridian» (rororo 13359); «Roselily» (rororo 13720); «Sie hüten das Geheimnis des Glücks» (rororo 13660).

Alice Walker

Das dritte Leben des Grange Copeland

Deutsch von
Thomas Lindquist

rororo

Rowohlt

Die Originalausgabe «The third life of Grange Copeland»
erschien 1970 bei A Harvest/HBJ Book, New York

Veröffentlicht im Rowohlt Taschenbuch Verlag GmbH,
Reinbek bei Hamburg, März 1998

Umschlaggestaltung Nina Rothfos
(Foto: Walker Evans)
Satz aus der Life Postscript PageOne
Gesamtherstellung Clausen & Bosse, Leck
Printed in Germany
ISBN 3 499 22230 2

Für meine Mutter, die im Weglosen einen Ausweg fand.
Und für Mel, meinen Mann.

Manchmal spürte ich den starken Wunsch, zu weinen, weil mein Vater irgend etwas gesagt hatte. Aber statt dessen lachte ich, denn das Leben und der Zynismus hatten mich gelehrt, eine Maske aufzusetzen. Ich wollte nicht leiden für ihn, ich fühlte nichts, ich war ein schamloser Zyniker, ich hatte keine Seele … wegen der Maske, die ich nach außen hin zeigte. Aber innen fühlte ich jedes Wort, das er sagte.

Manuel in: *Die Kinder von Sanchez*
Oscar Lewis

Oh, ihr Männer und Frauen meines Klans,
Laßt uns zusammen weinen!
Kommt,
Laßt uns den Tod meines Mannes betrauern,
Den Tod eines Prinzen.
Die Asche, hervorgegangen aus
Einem großen Feuer!
Oh, diese Heimat ist ganz tot,
Verschließt die Pforten
Mit *Lacari*-Dornen.
Der Nachfolger auf dem Thron ist verloren!
Und alle die jungen Männer
Sind umgekommen in der Wildnis!

«Song of Lawino» in: *Eine Totenklage*
Okot P'bitek

«In der heutigen Welt», sagte Richard zu Sartre, «besteht die Gefahr, daß die bloße Ahnung und der Begriff dessen. was ein Mensch ist, verlorengehen könnte.»

Richard Wright zu Jean-Paul Sartre in: *Richard Wright*
Constance Webb

TEIL 1

1

Brownfield stand auf dem Hof neben seiner Mutter und ließ das davonfahrende Auto nicht aus den Augen. Sein Onkel Silas bremste, als er die Stelle erreichte, wo ein scharfkantiger Stein aus der Straße ragte. Hier hatte er sich vor einer Woche die Ölwanne aufgeschrammt. Endlich vorbei an der Stelle, die er verflucht hatte, jedesmal, wenn er im Lauf dieser Woche hier vorüberfuhr, reckte er den Arm aus dem Fenster und winkte ihnen mit großer Gebärde zu. Brownfield, die Augen blind vor Tränen, winkte traurig zurück. Seine Tante Marilyn, beinah unsichtbar hinter der Heckscheibe, schwenkte ein weißes Spitzentaschentuch aus dem Fenster. Es flatterte im Wind, wie ein Wimpel. Angeline, Brownfields Cousine, und sein Vetter Lincoln drückten die Nasen gegen die Scheibe, und ihre kleinen Hände, kaum noch erkennbar, schwebten lahm auf und ab. Die Winkerei war ihnen langweilig geworden. Schon seit dem Frühstück hatten sie Lebewohl gewinkt.

Das Auto war ein neuer Buick, Baujahr 1920. Er war lang und hoch, und sein Lack funkelte. Er hatte große Scheinwerfer, vorgewölbt wie die Augen von einem Frosch. Im Innern war alles blau, die Sitze waren flauschig und weich. Silberne Handgriffe öffneten die Türen und kurbelten die erstaunlich sauberen Fensterscheiben. Während der Wagen die Straße entlangholperte, scharrten die Äste breiter Ulmen über sein Leinenverdeck. Brownfield schämte sich für die schlechte Straße und für den Schaden, den sie dem schönen Auto seines Onkels zufügte. Onkel Silas liebte sein Auto. Den ganzen Vormittag lang hatte er es gewaschen, er hatte die Radspeichen poliert und die Trittbretter geputzt. Und jetzt schaukelte der schöne Wagen über Gräben und Schlaglöcher, während Onkel Silas und seine Frau und seine Kinder aus den Sitzen hochschnellten und niederplumpsten. Brownfield seufzte, als er das Scheppern von Blech auf Gestein vernahm. Diese Straße war nur für Maultierkarren bestimmt und für nackte Füße.

«Mit einem Leiterwagen wär's einfacher», sagte sein Vater.

«Aber längst nicht so schön», sagte seine Mutter. Ohne Neid, aber wehmütig, schaute sie dem Wagen nach.

Brownfield sah das Automobil um eine Wegbiegung fahren, und dann war es verschwunden. Langsam senkte sich der Staub herab. Schon jetzt vermißte Brownfield seinen Vetter und seine Cousine. Obwohl er sich den beiden gegenüber blöd vorgekommen war. Denn er hatte noch nie ein Kino gesehen, er hatte noch niemals Häuser gesehen, übereinandergestapelt bis in den Himmel. Eine Woche lang waren Lincoln und Angeline geblieben, und schon am ersten Tag hatte Brownfield ihnen mit seinen wenigen Kenntnissen der Landwirtschaft nicht mehr imponieren können. Er hatte ihnen gezeigt, wie man die Kühe melkt und die Schweine füttert und die Eier der Hühner aufstöbert. Doch schon am nächsten Tag hatten sie ihn bombardiert mit ihren Erzählungen von Autos und Straßenlaternen und gepflasterten Bürgersteigen und von den gelben Autos der Müllabfuhr. Einmal waren sie gar mit so 'nem komischen Ding gefahren, in einem Kaufhaus. Von Stockwerk zu Stockwerk ging's hinauf und hinunter, ohne daß man mit seinen eigenen Beinen einen Schritt laufen mußte. Verwirrt und zuletzt betäubt, hatte sich Brownfield all diese Neuigkeiten angehört. Die beiden hatten ihn verspottet, weil er auf dem «platten Land» wohnte und nie etwas anderes sah als das kleine Dorf. Und sie erzählten ihm, daß sein Vater Grange für einen weißen *Cracker* arbeiten mußte und daß er das Eigentum dieses *Crackers* war – wie ein Ochse. Ihr eigener Daddy, so sagten sie, sein Onkel Silas, der war nach Philadelphia gegangen, um sein eigener Boss zu sein. Und Brownfields Mutter, so erzählten sie ihm, würde am liebsten ihren Mann verlassen und mitkommen nach Philadelphia. Seine Mutter, so sagten sie, wollte Brownfield in eine Schule schicken – und überhaupt liebte sie seinen Vater nicht mehr und wollte sich von ihm trennen. All dies und noch viele andere Geschichten hatten Lincoln und Angeline ihm erzählt. Sie hatten ihn verwirrt, sie hatten ihn aufgeregt und gekränkt. Und trotzdem vermißte er sie. Sie kamen aus einer Welt, die er nie gesehen hatte. Jetzt, wo sie fort waren, hatte er ein Gefühl, das er sonst nur im Winter hatte, niemals im heißen Juni. Er hatte das Gefühl, als warte er auf irgend etwas, das irgendwann – vielleicht noch sehr lange nicht – passieren mußte.

«Ich wollte, wir würden bei ihnen wohnen, in Philadelphia», sagte Brownfield.

«Tun wir aber nicht», sagte sein Vater.

Brownfield sah Grange erschrocken an. Sein Vater sprach niemals mit ihm – höchstens einmal, wenn andere Leute da waren. Und dann tat er so, als wäre sein Sohn eine lästige Plage, ein notwendiges Übel.

«Onkel Silas redet gern über sein *Auto*», sagte Brownfield, und beinah stolperte seine Zunge über das Wort. Es war ein Wort seines Onkels, ein Wort aus der Stadt. Hier auf dem Land sagten die Leute «Wagen». Und manche Leute sagten sogar «Kutsche» dazu, als könnten sie sich nicht an ein Fahrzeug gewöhnen, das keine Pferde brauchte.

«Ich wollte, wir hätten so ein Auto!»

«Haben wir aber nicht.»

«Nein, haben wir nicht», sagte Margaret.

Brownfield machte ein finsteres Gesicht. Seine Mutter stimmte seinem Vater sonst immer zu. Und das wunderte Brownfield, obwohl er erst zehn war. Irgendwie, fand er, benahm seine Mutter sich wie ein Hund. Nie sagte sie etwas, ohne auf diese oder jene Art ihre Unterwürfigkeit vor dem Vater zu zeigen.

«Wir sollten dankbar sein, daß wir ein Dach über dem Kopf haben. Und drei Mahlzeiten am Tag.»

In Wirklichkeit war es meist nur eine Mahlzeit. Seine Mutter lächelte Brownfield zu. Ein seltenes Lächeln, das ihr glattes, festgeformtes Gesicht aufleuchten ließ. Ihre Haut war von sattem Braun, mit einem sahnigen rötlichen Schimmer. Ihre Zähne waren klein und regelmäßig, und ihr Atem roch immer süß, nach Milch. Brownfield hatte Hände wie sie, feingliedrige, schmale Hände wie eine Aristokratin – mit Fingern, wie geschaffen für Juwelen. Seine Mutter hatte nicht einmal einen Ehering.

Brownfield lauschte auf die vertraute Stille, die ihn umgab. Das Haus stand am Ende der langen, holprigen Straße, die dem Auto seines Onkels solche Schwierigkeiten gemacht hatte. Diese Straße war eher ein Feldweg, abzweigend von der Hauptstraße, die aus glattgeschrapptem Sand bestand. Die Straßenwalze, eine gelbe Maschine, groß wie ein Panzer, walzte niemals ihre Straße. Darum war sie so zerfurcht und, wenn es regnete, mit Schlammpfützen gepflastert. Das Haus stand auf einer Lichtung, und am Rande der Lichtung begann der Wald. Ein Wald voller Tiere und Vögel. Aber es waren keine großen Tiere, und die Vögel zwitscherten nicht, und die Tage vergingen oft ohne Geräusch, und der Himmel war wie ein runder blauer Kaffeewärmer aus Wolle.

Hier war Brownfield aufgewachsen, auf den weiten Baumwollfeldern Georgias. Seine ersten bewußten Eindrücke waren die lastende Hitze im Sommer und dann die langen Phasen der Stille. Als kleines Kind war er allein auf der Lichtung herumgekrabbelt. Er hatte Eidechsen und Schlangen aufgestöbert und mit würdigem Ernst seine Schrammen und blauen Flecken ertragen, bis seine Mutter am Abend nach Hause kam.

Wenn seine Mutter ihn morgens verließ, gab sie ihm einen flüchtigen Kuß und einen Zuckerbeutel, auf dem er herumkaute, ganz gleich, ob es regnete oder die Sonne schien, ob die Lichtung staubig war oder schlammig, bis seine Mutter endlich wiederkam. Sie arbeitete den ganzen Tag. Sie zupfte Würmer – für Geld. Ihre Beine waren sauber, wenn sie aus dem Haus ging. Sie waren schmutzig und mit dem Schleim der Würmer bedeckt, wenn sie abends nach Hause kam. Die Würmer, die sie «zupfte», wurden in Büchsen verpackt und in der Stadt verkauft; an Männer, die angeln gingen – aus Sport. Als Brownfield klein war, hatte seine Mutter ihn mitgenommen in die Wurmfabrik. Er war überall im Weg gewesen, und die zappelnden Würmer, die zum Sortieren auf einen langen Tisch gekippt wurden, machten ihm angst. Sie hatten ausgesehen, als ob sie ein Teil von dem Tisch wären. Seine Mutter hatte ihn eines Tages neben den Haufen von Würmern gesetzt, und er war hingepurzelt und hatte sich in ihnen verheddert. Die Würmer, so schien es ihm, bewegten sich mit einem schrecklichen, blinden Gezappel. Er hatte geschrien und geschrien. Man hatte seiner Mutter befohlen, ihn wegzubringen und nie wieder mitzubringen.

Zuerst ließ sie ihn zu Hause in einem Korb, einen Zuckerbeutel ans Gesicht gedrückt. Daran nuckelte er den ganzen Tag, bis es nur noch ein Lappen ohne Geschmack war. Dann, als er laufen konnte, ließ sie ihn auf der Treppe vor dem Haus zurück. Wenn er dort müßig herumsaß, teilte er sich die Treppe mit dem mageren, räudigen Hund. Und die Fliegen, die um die bärtige Schnauze des Hundes summten, sie summten auch um sein Gesicht. Niemand war da, um sie wegzuscheuchen – oder um den durchweichten Lappen zu wechseln, der sie anlockte und der feucht und bräunlich von seinem geblähten Bauch hing. Stundenlang hockte er in stumpfsinniger, regloser Betäubung. Vor Hunger bewegte er sich wie in Trance, und seine hohlen Augen leuchteten mit unnatürlichem Schimmer.

Als er vier wurde, war sein Körper mit schwärenden Wunden bedeckt. Juckender Grind überzog seinen Kopf und fraß Löcher in sein Haar – von der Größe eines Vierteldollars. Tomatenschorf näßte an seinen Beinen – doch wenn die Tomaten im Garten seiner Mutter reiften, aß er den ganzen Tag nichts als Tomaten. Eiter floß aus Furunkeln, die unter seinen Achseln platzten. Seine Mutter betupfte die Wunden mit Vitriol. Irgendwann in der Zeit, als er herumsaß und Schorf von seinen Wunden zupfte, entwickelte sich eine triste Routine von kleinen Aufgaben, die er verrichten mußte. Er fütterte die Schweine, sammelte Holz und führte die Kuh auf die Lichtung, wo sie nach frischen Grashalmen suchte. Als er sechs wurde, zeigte ihm seine Mutter, wie man die Kuh füttert und melkt. Damals liebte er die ruhige, träge Geduld der Kuh. Mit Freuden fing er ihre satte Milch in einem Marmeladeneimer auf und schlürfte sie, warm, bis sie ihm vom Kinn tröpfelte.

Sein Vater arbeitete: Pflanzen und Jäten, Spritzen und Pflücken auf dem Baumwollfeld, das sich eine halbe Meile längs der Hauptstraße erstreckte. Auch Brownfield arbeitete hier seit vier Jahren, seit er sechs wurde, zusammen mit anderen Kindern.

Sein Vater arbeitete mit Männern und Frauen zusammen auf einem anderen Teil des Feldes. Auf dem Baumwollfeld war es meistens still. Die Kinder waren zu müde, um zu spielen, und man hielt sie vom Spielen ab – wegen der Baumwolle. Die Erwachsenen schwatzten leise, mit Unterbrechungen. Es klang wie das sporadische Summen von Wespen. Ihre murmelnden Gespräche waren ein Teil der Stille. Nichts von dem, was sie sagten, kam deutlich herüber zum Feld, wo die Kinder arbeiteten.

Gegen Abend hörten alle mit der Arbeit auf. Es waren beinah zwanzig Erwachsene, und jeder hatte ein paar Kinder, die auf dem Kinderfeld arbeiteten. Die Kinder hatten die Aufgabe, die Reihen der Baumwollbüsche noch einmal durchzugehen, die ihre Eltern vor einer Woche abgepflückt hatten. «Restesammeln», so nannte man es. Wenn die Kinder sahen, wie ihre Eltern ihre Säcke abstellten, kamen sie und stellten sich neben ihnen auf. Zusammen warteten sie auf den Lastwagen. Brownfield wartete mit seinem Vater zusammen auf den Lastwagen. Sein Vater schaute ihn niemals an. Er nahm ihn überhaupt nicht zur Kenntnis – außer um seinen Sack auf den Lastwagen zu stellen, wenn er gekommen war. Brownfield fürchtete das Schweigen seines Vaters, und seine Furcht erreichte ihren Gipfel, wenn der Lastwagen kam. Da erstarrte das Gesicht seines Vaters zu einer unnatürlich leeren Maske – ein sonderbarer, beängstigender Anblick. Als ob sein Vater sich in einen Stein oder Roboter verwandelte. Eine furchtbare Ruhe senkte sich über seine Augen. Er verwandelte sich in ein Ding, eine Nummer. Etwas, das sich krampfhaft und ruckweise bewegte – falls es sich überhaupt bewegte. Solange der Lastwagen auf dem Feld parkte, hielten die Arbeiter den Atem an. Ängstlich fragte sich eine Familie von fünf bis sechs Arbeitern, ob sie – alle zusammen – einen Dollar Lohn nach Hause bringen würden. Manche Arbeiter lachten und witzelten mit dem Mann, der den Lastwagen steuerte. Aber sie schauten immer auf seine Stiefel und seine Hosenbeine oder auf seine Hände. Niemals in seine Augen, und ihre Mienen waren eine Mischung aus verstohlenem, leisen Lächeln und ängstlicher, hoffnungsloser Verwirrung.

Brownfields Vater lächelte nie. Er erstarrte einfach. Seine Bewegungen, wenn er Säcke auf den Lastwagen heben mußte, waren wie das starre Zucken einer Maschine. Zuerst glaubte Brownfield, daß es der Lastwagen war, der seinen Vater zu Stein verwandelte. Der Lastwagen war groß und laut und von einem häßlichen, militärischen Grau. Seine großen Räder rollten Baumwollstengel platt und gruben tiefe Rillen in die weiche Erde des Feldes. Nachdem Brownfield das Beladen des Lastwagens wochenlang beobachtet hatte, wurde ihm klar, daß es der Mann am Steuer des Lastwagens war, der seinen Vater zwang, eine Maske aufzusetzen – noch undurchdringlicher als sein gewohntes Schweigen. Brownfield schaute sich den Mann genauer an und machte eine aufregende Entdeckung. Der Mann war ein Mann, aber völlig anders als sein Vater. Als er den Unterschied bemerkte – ein Unterschied im Geruch und in der Stimme, in den Bewegungen und im Gelächter, und nicht nur ein Unterschied der Hautfarbe –, da fragte er sich, warum es ihm nicht früher aufgefallen war. Aber solange er klein war, verschmolzen alle Männer für ihn zu einem einzigen. Sie waren einer wie der andere, sie hatten alle den gleichen Geruch, die gleiche Härte der Muskeln, wenn sie ihn an sich drückten, die gleiche Nichtachtung für alles Kleine. Für sie zählte nur ihre eigene Größe, wenn sie lachten und ihre höhlenartigen Münder aufrissen, wenn sie mit beängstigend langen Schritten umhergingen oder sich aus ihrer Höhe herunterbeugten und ihn mit ihren langen Armen emporwarfen. Brownfields erster entsetzter Eindruck von dem Mann, der seinen Vater zu Stein erstarren ließ, war, daß dieser Mann bräunlich behaart war, flaumig wie ein Tier. Vielleicht war diese Entdekkung der Schlüssel zu seines Vaters eisiger Zurückhaltung vor diesem Mann, dachte Brownfield. Und er entwickelte selbst in seiner Nähe eine kalte Nervosität.

Einmal klopfte der Mann ihm mit seinem Stock auf die Hand – nein, nicht fest – und sagte mit seinem pfefferminzduftenden Atem: «Du bist doch Grange Copelands Sohn, nicht wahr?» Und Brownfield hatte geantwortet: «Ah, aaah», und er hatte sich auf die Lippe gebissen und war zurückgewichen vor dem Polster grauschwarzer Haare, die sich auf der Brust und der Kehle des Mannes ringelten. Während er diesen Haarpelz anstarrte, sagte einer der Arbeiter – nicht sein Vater, der neben ihm stand, als ob er nicht da wäre – leise zu ihm: «Sag ‹Ja, Sir› zu Mr. Shipley!» Und Brownfield hatte aufgeblickt, bevor er etwas sagte, und seines Vaters Gesicht gemustert. Die Maske war reglos und undurchdringlich, als sei das Gesicht seines Vaters mit Wachs überzogen. Und da roch Brownfield zum erstenmal diesen Geruch von Angst, Schweiß und noch etwas anderem. Ein Geruch von etwas Ersticktem und Angespanntem (nach Körper riechend und gar nicht nach Pfefferminz) ging von seinem Vater aus. Sein Vater sagte nichts. Brownfield sagte zitternd: «Ja, Sir», und erstarrte vor diesem Mann, der durch seine bloße Anwesenheit seinen Vater in ein totes Ding verwandeln konnte, in einen Stein oder Zaunpfahl oder Erdklumpen – nur daß dieser scharfe und bittere Geruch an etwas anderes erinnerte: an gequältes lebendiges Fleisch.

Eines Tages, bald darauf, flegelte Grange wortlos auf der Veranda und trank. Brownfield hockte auf der Treppe vor dem Haus und starrte ihn an. Er war fasziniert vom Auf- und Abschweben der Flasche in seines Vaters Hand. Grange merkte, daß er ihn anschaute – und Brownfield hatte Angst wegzulaufen und Angst zu bleiben. Wenn sein Vater trank, verstand er alles als persönliche Beleidigung. Er schaute Brownfield an und tat, als wollte er sprechen. Seine gelben Augäpfel hatten feine rote Linien – wie die Rippen von einem Blatt. Brownfield beugte sich vor. Aber alles, was sein Vater sagte, war: «Ich sollte dich, verdammt, in den Brunnen werfen.»

Brownfield zuckte erschrocken zurück, aber da war keine Wut und keine Entschlossenheit in seines Vaters Stimme. Da war nur eine rohe, versoffene Wehmut, ein mattes Zittern von Mitleid und Reue.

Brownfield hatte Lincoln und Angeline von diesem behaarten Mann erzählt. Und sie erzählten ihm, daß sein Vater das Eigentum dieses Mannes wäre; und daß ihr eigener Vater nach Norden entflohen war. Jetzt konnten sie sich alle zwei Jahre ein Auto kaufen. Sie hatten herrliche Polstermöbel, und ihre Mutter brauchte keine häßlichen Würmer mehr zu zupfen. Sie arbeitete für Leute, die zwei Häuser hatten – und ein langes schwarzes Auto. Am Steuer des Autos saß ein Mann mit grüner Livree, mit goldenen Tressen, und dieser Mann war ihr Vater. Er hatte sie eines Tages in diesem Auto spazierengefahren. Darum wußten Lincoln und Angeline, wovon sie sprachen. Sie hatten mit reichen Kindern gespielt, und als sie Brownfield davon erzählten, wirkten sie beinah selber reich. Brownfield wohnte in einem Haus, wo der Regen durchs Dach tröpfelte.

Angeline, seine Cousine, fand nichts dabei, die Gespräche der Erwachsenen zu belauschen. Angeberisch erzählte sie Brownfield, daß sie und ihr Bruder Lincoln gehört hatten, wie ihre Mutter sagte, daß Brownfields Eltern niemals auf einen grünen Zweig kommen würden, weil sie nicht Grips genug hatten, um fortzugehen aus Green County, Georgia. Und Angeline erzählte ihm, daß ihre Mutter gesagt hatte, Grange sei ein schlechter Mensch. Er hätte versucht, seine Frau zu «verkaufen», um seine Schulden loszuwerden. Brownfields Mutter und Angelines Mutter waren Schwestern.

«Er wollte sie sogar überreden, sich an den Mann zu verkaufen, der den Lastwagen steuert», log Angeline.

«Oder an jenen anderen, der sie kaufen will!» rief Lincoln.

Lincoln tanzte um Brownfield herum. «Ihr habt zwölfhundert Dollar Schulden! Die werdet ihr nie zurückzahlen!»

Angeline rümpfte überheblich die Nase. «Mein Daddy hat gesagt, ihr werdet das Geld nie zurückzahlen, weil ihr kein Geld habt und weil dein Daddy alles versäuft, was er in die Hand bekommt.»

Was «verkaufen» bedeute, im Zusammenhang mit seiner Mama, hatte Brownfield wissen wollen. Aber seine Cousine kicherte nur und stieß ihren Bruder vergnügt in die Rippen.

Für Brownfield waren diese Auskünfte seiner kleinen Verwandten besonders unheilvoll. Er versuchte sich zu erinnern, wann das Schweigen seines Vaters begonnen hatte. Natürlich hatte es eine Zeit gegeben, als sein Vater hoffnungsvoll lachte, wenn er ihn auf den Knien herzte. Vielleicht, so dachte er, war das Schweigen des Vaters ein Grund, warum die Mutter stets unterwürfig war, warum der Vater stets eifersüchtig war und sich ärgerte, wenn sie nur «hallo» zu einem anderen Mann sagte. Vielleicht hatte er sie verkaufen wollen, und sie wollte sich nicht verkaufen lassen – was vielleicht der Grund war, warum sie noch immer arm und verschuldet waren – und bleiben würden bis zu ihrem Tod. Und vielleicht war der Vater, der natürlich ein schlechtes Gewissen hatte, weil er seine Frau verkaufen wollte, nicht deshalb so böse und stumm geworden, weil seine Frau irgend etwas getan hatte, sondern weil er versucht hatte, seine Frau zu verkaufen. Vielleicht hatte die Mutter genausoviel Angst vor Grange wie er selbst – und lebte in Angst und Schrecken vor Granges gespanntem Schweigen. Vielleicht fürchtete sie, er könnte sie trotzdem verkaufen, ganz egal, ob sie sich verkaufen lassen wollte oder nicht. Vielleicht war dies auch der Grund, warum sie nach seiner Pfeife tanzte.

Brownfield bekam Kopfweh, wenn er zu begreifen versuchte, was sein Vetter und seine Cousine ihm erzählt hatten. Der Zwang, das Verhalten der Eltern zu begreifen, hatte sich mit dem Gekicher der Kinder in ihm festgesetzt. Das Blut drängte ihm in den Kopf, und ihm wurde schlecht. Fiebernd dachte er daran, wie sie ihre Tage und Wochen verlebten. Er dachte an die Hitze, die Kälte, die Arbeit und an das Gefühl der Hoffnungslosigkeit hinter jenem leisen, verstohlenen Lächeln. Er dachte an den Hunger im Winter, an die traurigen, ausdruckslosen Gesichter, und dachte an sein Gefühl, wenn er Baumrinde aß – allein gelassen, bis seine Mutter, nach Würmern und Kot stinkend, nach Hause kam. Er dachte an die weiche Haut seiner Mutter und ihren reinen, nach Milch duftenden Atem; und dachte an seines Vaters finsteres Brüten, an jenes Gefühl einer unausweichlichen Gewißheit, die näher rückte wie ein Sommergewitter, das mit Sturm und prasselnden Fluten kommen würde, um dieses Schweigen zu vernichten und sie alle erbarmungslos wegzufegen. Eines Tages würde er alles wissen. Er würde seinem Vetter und seiner Cousine ebenbürtig sein und auch seinem Vater – und vielleicht Gott.

Ihr Leben schleppte sich in einem Kreis, der Granges Stimmungen gehorchte. Am Montag, verkatert und leidend unter den Nachwirkungen eines wüsten Streits mit seiner Frau, war Grange mürrisch, verdrossen, abweisend und tief verstört unter der heißen Sonne des frühen Morgens. Margaret war angespannt und hart und sehr nervös. Brownfield schlich wie eine Maus durch das Haus. Am Dienstag war Grange nur noch still. Seine Frau und sein Sohn waren erleichtert. Am Mittwoch, wenn der Tag sich endlos streckte und die Reihen der Baumwollstauden sich noch länger streckten, brummte Grange und seufzte. Er blieb länger draußen in der Nachtluft sitzen, bis er ins Bett kroch. Er redete vom Fortgehen, von der Reise nach Norden. Vielleicht versucht er sogar zu berechnen, wieviel Geld er dem Mann schuldete, dem die Felder gehörten. Diesem Mann, der den Lastwagen steuerte; dem die Hütte gehörte, in der sie wohnten. Doch solche Versuche deprimierten ihn, und am Mittwoch abend sagte er Dinge, die seine Frau zu Tränen betrübten. Am Donnerstag erreichte Granges Trübsinn den Gipfel. Mit verschleiertem Blick grimassierte er respektvoll zu den Witzen, die der Mann am Steuer des Lastwagens erzählte. Am Donnerstag abend schlich er durchs Haus, von Kammer zu Kammer, und zog sich schaukelnd an den Dachbalken der Veranda hoch. Brownfield hörte seine Gelenke knacken, er hörte die Veranda ächzen. Die ganze Veranda bebte, wenn sein Vater schaukelte. Am Freitag war Grange so matt von der Arbeit, von der sengenden Sonne, daß er die nächsten zwei Tage nur noch ausruhen wollte, bevor alles wieder von vorne begann.

Am Samstag nachmittag rasierte sich Grange, er badete und zog einen frischen Overall an und ein frisches Hemd. Er fuhr mit dem Pferdewagen in die Stadt, um Lebensmittel einzukaufen. Solange er fort war, wusch und glättete seine Frau ihr Haar. Sie zog sich an und saß strahlend und hübsch in der offenen Tür – ungeduldig auf Besucher wartend, die niemals kamen.

Auch Brownfield wurde gewaschen und zog frische Sachen an. Er spielte zufrieden im Wald und auf der Lichtung. Spätnachts am Samstag kam Grange sturzbetrunken nach Hause. Er drohte, Brownfield und seine Mutter zu töten, und stolperte umher und ballerte mit seiner Schrotflinte durch die Gegend. Er bedrohte Margaret, und sie lief weg und versteckte sich mit Brownfield im Wald. Dann stürzte Grange durch die Tür auf den Hof, er weinte wie ein Kind, ein schrilles, schmerzliches Schluchzen, und wühlte seinen Kopf in die Erde. So blieb er liegen bis Sonntag morgen, während die Hühner rundherum pickten und der Hund ihn beschnupperte und weder seine Frau noch Brownfield sich in seine Nähe wagten. Brownfield spielte dann lieber hinter dem Haus. Gegen Mittag, fest auf den Füßen, doch aschfahl im Gesicht, stolperte er Hals über Kopf wie ein Blinder über die Weide und durch den Wald – zur baptistischen Kirche, wo seine Stimme in Gesang und Gebet alle anderen übertönte. Auch Margaret war da, und Brownfield schlief auf der Bank neben ihr. Zu Hause, nach der Kirche, gerieten Grange und Margaret beim Abendbrot in einen Streit, der sie wieder in eine neue Woche stieß – genauso hoffnungslos wie die vergangene.

Brownfield wandte den Blick von der Straße und musterte voller Haß dieses Haus, in dem sie lebten. Es war eine Hütte mit zwei Kammern und einem gemauerten Kamin. Das Dach war aus verwitterten grauen Schindeln. Die Seitenwände waren senkrechte graue Bretter. Das Haus wirkte ganz und gar grau. In der Mitte niedriger als auf den Seiten, glich es einer lendenlahmen Kuh auf der Weide. Mitten im Hof gab es einen gemauerten Brunnen, darüber baumelte ein bemooster Holzkübel an einer rostigen Kette und einem zerfransten Strick. Hinter dem Brunnen, wohin das Wasser schwappte, blühten wilde Purpurwinden. Ihre Ranken streckten sich bis zum Holzstapel – einem Durcheinander von Baumstrünken und Knochensplittern, die der Hund dort verscharrt hatte, und weggeworfenen Halftern und Trensen, die einst die Lefzen manch eines hart rackernden Maultiers gepeinigt hatten.

Aus dem Augenwinkel bemerkte Brownfield, daß auch sein Vater das Haus betrachtete. Grange stand da, einen Arm in Soldatenmanier in die Hüfte gestemmt und mit der anderen auf diese und jene Stelle des Hauses deutend, als wollte er auf notwendige Reparaturen hinweisen. Es waren allzu viele. Grange war ein großer und hagerer, düsterer Mann, leicht gebeugt vom Schreiten hinter dem Pflug, tiefbraun wie Hickorynüsse. Er war fünfunddreißig, wirkte aber viel älter. Sein Gesicht und seine Augen zeigten eine leidenschaftslose Leere und Traurigkeit, als sei ein großes Feuer in ihm niedergebrannt, das jetzt fehlte. Er schien völlig gefühllos, während Brownfield ihn beobachtete – abgesehen von dem Gefühl der Verwirrung. Eine so vollkommene Verwirrung, daß er gar nicht zu merken schien, was seine Augen sahen, auch wenn seine Hand ziellos weitergestikulierte und seine Lippen sich regten und unverständliche Wörter formten. Während sein Sohn ihn beobachtete, zog Grange die Schultern hoch und ließ sie wieder fallen. Brownfield kannte diese Bewegung. Sie war ein unheilverkündendes Achselzucken. Sie besagte, daß sein Vater an diesem Haus nichts sah, was er hätte ändern können; daß er auch sein Gestikulieren aufgeben und nie wieder an irgendwelche Reparaturen denken würde.

Als Brownfields Mutter ihn in die Schule schicken wollte, hatte Grange diese Möglichkeit mit derselben wortlosen Geste abgetan. Er zuckte die Schultern, weil er nichts von Schulen wußte, wohl aber wußte, daß er kaputt war. Das Schulterzucken besiegelte das Ende dieses Traums. Genauso war es, als Margaret ein Kleid brauchte und Grange nicht wußte, wie er es bezahlen sollte. Er zuckte nur die Schultern und verlor nie wieder ein Wort darüber. Nach jedem Schulterzucken war er noch schweigsamer als zuvor, als hätte jedes Schulterzucken ihn von einem weiteren Gesprächsthema getrennt.

Brownfield wandte sich ab von seinem Vater und von dem Haus und sah seine Mutter, die sich mit der Hand über die Augen fuhr. Lustlos saß er da, bedrückt von einem neu entdeckten Unbehagen. Er fühlte sich trostlos klein, und seine Mutter tat ihm leid. Wie könnte er sie jemals verlieren – an seinen Vater, an Alter und Tod? Wie sollte er überleben – ohne ihre geschmeidige Kraft und den schwebenden Duft ihres Körpers, der süß und köstlich und einladend war und voll handfest tröstlicher Gerüche nach Küche und Seife und Milch.

«Du hättest gehen können», sagte Grange leise zu seiner Frau.

«Ich weiß nichts über den Norden.»

«Du könntest lernen.»

«Nein, könnte ich nicht, glaube ich.» Da war ein Seufzer in ihrer Stimme.

Brownfield wurde wach. Also hatten Angeline und Lincoln recht gehabt. Seine Eltern hatten darüber gesprochen, nach Philadelphia mitzufahren. Warum waren sie nicht gefahren? Brownfield fühlte sich übergangen und ärgerte sich.

«Ich wußte nicht, daß wir die *Chance* hatten zu fahren. *Ich* will fahren – hinauf in den Norden.» Angeline und Lincoln hatten ihm erzählt, daß nur die dümmsten Hinterwäldler aus Georgia glaubten, man komme «hinauf», wenn man nach Norden fuhr.

Die Mutter lächelte. «Und willst dein Haar glätten, wie eine Frau? Hör auf, Junge!»

Brownfield, ein Bewunderer seines Onkels Silas, ließ sich nicht abschrecken. «Ich würde in der Nacht kein Haarnetz aufsetzen», sagte er.

«Marilyn, meine arme Schwester», murmelte die Mutter traurig. «Weiß gepudert wie ein Straßenmädchen. Gott bewahre, *ich* möchte mir nicht das Haar einer fremden Frau in die Stirn hängen. Außerdem glaube ich», sagte sie – über Brownfields Kopf hinweg – zu Grange, «die Haare waren nicht echt. Ich hab's gespürt, als sie mich das Ding aufsetzen ließ. Fühlte sich an wie ein Kuhschwanz. Und es dehnte sich, wenn man daran zog.»

«Mir gefällt's, weil es raschelt», schwärmte Brownfield.

«Das kommt, weil du keinen Verstand hast», sagte Grange.

2

Fünf Jahre nach dem Besuch der Verwandten aus Philadelphia stand Brownfield an derselben Stelle im Hof und sah ein anderes Fahrzeug kommen. Diesmal war es ein großer und grauer, hochrädriger Lastwagen, den er allzugut kannte. Wuchtig rollte er die Straße entlang, durch die dunstige Stille des Sonntagmorgens donnernd. Der Mann am Steuer des Lastwagens war nicht derselbe, der ihn sonst steuerte. Als der Lastwagen näher kam, sah Brownfield einen braunen Arm aus dem Fenster hängen. Es war Johnny Johnson – ein Mann, der für Mr. Shipley arbeitete. Der Lastwagen hielt am Rande der Lichtung, und Brownfields Mutter stieg aus. Einen Moment blieb sie stehen und sprach mit dem Fahrer, dann wandte sie sich ab und kam langsam und friedlich zum Haus. Der Lastwagen wendete mit Getöse und entfernte sich auf der Landstraße. Brownfields Mutter zog die Schuhe aus und trug sie in der Hand. Sie ging vorsichtig und zögernd über das taufeuchte Gras. So aufmerksam spähte sie auf den Boden vor ihren Füßen, daß sie Brownfield erst sah, als sie beinah mit ihm zusammenstieß. Er war größer als sie und breiter, und als sie ihn sah, schrak sie auf.

«Morgen», sagte er kühl.

Seine Mutter drückte schuldbewußt ihre Schuhe an die Brust, sie mit beiden Händen umklammernd. Ihr schönes, widerspenstiges Haar hing locker um ihre Schultern – wie eine verirrte Gewitterwolke. Es war stellenweise von krausen Silberfäden durchsetzt. Ihr Kleid war zerknittert, ihr goldenes Kreuz, das sie sonst immer in ihrem Kleid barg, war ihr schief aus dem Kragen gerutscht. Ihre Augen blickten verstört. Verschwommen blinzelte sie Brownfield an. Sie verströmte schalen Zigarettendunst. Mit nervösen Fingern stopfte sie ihre verknautschten Strümpfe tiefer in die Schuhe.

«Oh», sagte sie, mit einem Blick zum Haus. «Ich hab dich nicht gesehen.»

Brownfield ging aus dem Weg und sagte nichts.

«Ist das Baby okay?» fragte sie rasch. Ihre Fingerknöchel spannten sich über den Schuhen.

«Ist okay», sagte Brownfield. Er folgte ihr ins Haus und beobachtete, wie sie sich über seinen kleinen Halbbruder beugte. Das Baby schlief friedlich, sein winziges Hinterteil in die Luft gereckt. Das Baby war ein Produkt der neuen Persönlichkeit seiner Mutter. Es gehörte zu ihrem neuen, flotten Make-up und ihrem neuen Duft nach Betten, Kaufhausparfum und billigem Gin.

«Dein Daddy und ich, wir hatten wieder Streit», sagte sie und ließ sich aufs Bett fallen. «Oh, wir hatten einen nervenzerfetzenden, knochenbrechenden Streit. Und seine fette gelbe Schlampe zählte die Runden aus.» Sie sagte es ganz selbstverständlich. So stritten sie schon seit Jahren. Vorbei waren die Zeiten, als sie nachmittags auf Besucher wartete, die niemals kamen. Jetzt folgte sie ihrem Mann, wenn er das Haus verließ und in die Stadt fuhr. Zuerst war sie wild entschlossen die ganze Strecke marschiert – oder per Anhalter gefahren. Später ließ sie sich fahren, oft in dem großen grauen Lastwagen.

«Er ist noch nicht zurück, wie ich sehe», sagte sie.

Brownfield lungerte unter der Tür. Er hoffte, sein Job als Babysitter wäre vorbei.

«Hat gesagt, daß er nicht mehr kommt, der Kerl», sagte die Mutter. Sie zog sich das Kleid über den Kopf und schüttelte es aus. Sie kicherte gehässig. «Wie oft hab ich *das* schon gehört. Man sollte meinen, er wäre zufrieden mit seinem Arrangement: Ich darf ihn füttern, sie darf ihn ficken!»

Brownfield hielt sich die Ohren zu, wenn seine Mutter fluchte. Er wußte, sein Vater traf sich mit einer anderen Frau – und traf sich schon lange mit einer oder mehreren. Es machte ihm nicht soviel aus wie seiner Mutter. Er sah, wie sie ihr Höschen abstreifte und vergaß wegzuschauen, als es auf den Boden fiel. Sie drehte sich zu ihm um, ihre Augen matt, aber trotzig.

«Was starrst du mich an?» fragte sie.

«Ach, nichts», sagte Brownfield und wandte sich ab.

Seine Mutter tastete nach dem Kreuz an der Kette um ihren Hals und befühlte es feierlich.

«Ich dachte gerade an Onkel Silas und Tante Marilyn», sagte er, ihr den Rücken zukehrend.

«Was gibt's da nachzudenken? Ich habe von Marilyn nichts mehr gehört, seit Silas getötet wurde. Stell dir vor, einen Schnapsladen auszurauben, am hellen Tag! Marilyn erzählte dauernd von ihrem neuen Kühlschrank, ihren Kleidern und den phantastischen Schulen ihrer Kinder – aber niemals ein Wort darüber, daß Silas auf Drogen war. Und dann kamen sie in ihren phantastischen neuen Autos und regten sich auf, wie altmodisch *wir* hier leben. Ich möchte wetten, *oben* im Norden ist's die gleiche Schweinerei wie hier unten.» Sie kniete sich neben ihr Bett. «Gib dem Baby die Flasche, wenn es aufwacht», sagte sie, am Boden kniend. Minuten, nachdem sie ihr Gebet gesagt hatte, war sie fest eingeschlafen.

Brownfield schaute das Baby voll Abscheu an. Immer war es *seine* Pflicht, auf das Baby aufzupassen. Er kam sich vor wie eine Memme. Zum Glück schlief das Baby tief. Wäre es wach gewesen – Brownfield hätte gute Lust gehabt, es in den Hintern zu kneifen, bis seine Mutter aus dem Bett hochgeschossen wäre. Mit Flüchen und Schlägen – erst auf seinen Kopf, dann auf den des Babys.

Er war zu groß geworden, um auf der Lichtung zu spielen. Statt dessen ging er zu dem Kasten am Fußende seiner Bettstelle und holte die neuen Schuhe hervor, die er sich von seinem ersten Geld gekauft hatte. Das Geld hatte er sich mit Hilfsjobs in der Würmerfabrik verdient. Er trug die Schuhe hinaus und setzte sich auf die Verandatreppe. Mit einem Fetzen aus einem alten Hemd seines Vaters polierte er die Schuhe auf Hochglanz.

Während Brownfield liebevoll mit dem Lappen über das Leder strich, versank er in seinen Lieblingstagtraum. Er sah sich, wie er – als Erwachsener, vielleicht einundzwanzig – bei Sonnenuntergang im Schnee nach Hause kam. In diesem Tagtraum lag immer Schnee. Brownfield hatte nur einmal in seinem Leben Schnee gesehen. Als er sieben war, hatte es zu Weihnachten ein kleines Schneegestöber gegeben. Er hatte ein Gefühl von Kälte und Schärfe gehabt. In seinem Tagtraum sanken die Schneeflocken zur Erde wie Daunen aus einem Federbett. Es war ein Gefühl, als liefe man durch eine Mauer von schwebenden Regentropfen, die sich schwerelos, klar und kalt, auf Nase und Augenlider legten. In seinem Tagtraum kam er in einer langen schwarzen Limousine angefahren – mit einem Chauffeur am Steuer. Er hielt vor seinem

Haus – einer stattlichen Villa mit kirschroten Schornsteinen aus Ziegelstein und, dazu passend, einem aus Ziegeln gemauerten Portal samt Eingangstreppe. Der Chauffeur sprang aus dem Wagen und riß die Tür zum Fond auf, wo Brownfield saß und eine Zigarre paffte. Dann verschwand der Chauffeur hinter dem Haus, wo seine Frau ihn auf der Küchentreppe erwartete. Sie war die allseits geliebte und hochgeachtete Köchin, seit Jahren im Hause Brownfield, mit dem Chauffeur verheiratet und fast zur Familie gehörig. Brownfields Frau und seine Kinder – zwei Kinder: ein Mädchen und ein Junge – erwarteten ihn schon ungeduldig im Foyer. Sie umringten ihn und überschütteten ihn mit Küssen. Während er seiner Frau von den großen Geschäften erzählte, die er im Lauf des Tages getätigt hatte, machte sie ihm einen Mint-Julep. Nach einem prächtigen Dinner, aufgewartet von der Köchin in schwarzem Kostüm, mit gestärktem weißen Häubchen, faßten sich Brownfield und seine Frau an den Händen und brachten die Kinder zu Bett. Den Rest des Abends verbrachten sie im Gespräch über *ihren* Tageslauf (sie war im Garten spazierengegangen), und dann machten sie Liebe.

Etwas war seltsam in diesem Tagtraum. Die Gesichter von Brownfields Frau und seiner Köchin waren ständig vertauscht. Seine Frau war zuerst schwarz und feucht glänzend vom Küchendunst, und dann war sie weiß und dick gepudert unter seinen Händen. Sein träumendes Ego konnte sich nicht entscheiden. Die Gesichter der Kinder zeichneten sich niemals klar ab. Brownfield erkannte sie nur an ihrer engelhaften Erscheinung – zwei Lichtpunkte von strahlender Wärme. Sie schwebten daher und nannten ihn liebevoll «Daddy», während er die leere Luft streichelte, dort wo ihre Köpfe sein mochten.

Diesen Tagtraum träumte Brownfield erstmals in jener Woche, nachdem sein Vetter und seine Cousine ihm erzählt hatten, wie es «oben» im Norden sei. Jedes Jahr war der Traum länger geworden – intensiver und wirklicher. Manchmal war er ganz besessen davon. Während er von dem Leben träumte, das er einst als Erwachsener führen wollte, dachte er an nichts anderes. Er träumte, allein für sich und schweigend. Darum glaubte seine

Mutter, Babysitten sei für ihn eine ideale Beschäftigung. Doch mit dem Baby, das jeden Moment mit seinem schrillen Geschrei die Stille stören konnte, vermochte sich Brownfield nicht auf den Schnee zu konzentrieren, auf den warmen Komfort seiner Luxuslimousine, auf die Hingabe seiner liebevollen Phantasiefrau. Er haßte seine Mutter, weil sie ihm das Träumen so schwermachte.

Er polierte seine Schuhe fertig. Und schon drang das Weinen seines Brüderchens durch die Stille. Ohne Eile und halb im Nachglanz seines Tagtraums, stand Brownfield auf. Vorsichtig trug er seine Schuhe auf den flachen Händen, um das blanke Leder nicht zu beschmutzen, und ging zum Kasten vor seinem Bett. Es war ein Kasten aus Pappe und wie eine Kleidertruhe mit Fächern unterteilt. Er hob die Deckelklappe auf und stellte seine Schuhe vorsichtig hinein – in gutem Abstand von seinen anderen Habseligkeiten. Da war eine neue Drillichhose, ein neues grünes Hemd, mit Vögeln und Indianern und Hirschen bestickt, und eine weiche gelbe Seidenkrawatte. Die Krawatte hatte er von einem fliegenden Händler gekauft. Sie hatte einen Vierteldollar gekostet, und er war sehr stolz darauf.

Das Baby weinte immer noch. Brownfield warf einen Blick auf seine Mutter, die sich die Bettdecke über den Kopf gezogen hatte. An der Wand neben ihrem Bett flatterten die Reklamekalender verschiedener Bestattungsinstitute und Fotografien und Zeitungsartikel, die sie aus dem Monatsblättchen der Ersten Farbigen Baptistischen Christus-Mission ausgeschnitten hatte. Das Baby lugte hoffnungsfroh nach dem Bett hinüber und dann in herzergreifender Trauer nach Brownfield. Mit groben, zupackenden Fingern stieß Brownfield dem Baby die Milchflasche in den Mund. Das Baby lag auf der Seite und nuckelte gierig, während es seinen großen Bruder aus mißtrauischen und verquollenen Augen anschaute. Das Baby war beinah zwei Jahre alt, aber es wollte nicht laufen lernen. Lieber ließ es sich umhertragen und irgendwo in die Ecke setzen, bis es einen Anlaß fand zu weinen. Das Baby hieß Star, aber niemand rief es bei seinem Namen. Es wurde meist gleichgültig behandelt und hatte sich scheinbar abgefunden, daß es nicht dazugehörte. Es hatte graue Augen und rötliches Haar, und seine Haut war goldgelb und flaumig glatt. Nach seiner merkwürdigen Hautfarbe zu urteilen, konnte jeder der vielen Liebhaber seiner Mutter sein Vater sein.

Margaret war nie beeindruckt gewesen vom Leben, das ihre Schwester «oben» im Norden führte, sagte sie jedenfalls zu Brownfield. Aber sie war unzufrieden mit ihrem eigenen Leben – ein Leben, genauso dumpf und eintönig wie das Baumwollfeld vom letzten Jahr. Irgendwann, im Lauf der Zeit, hatte Margaret sich verändert. Langsam und unmerklich. Bis es für Brownfield zu spät war, sich zu erinnern, wie sie gewesen war, als er sie noch liebhatte. Einen Tag, so schien es Brownfield, war sie die Mutter gewesen, wie er sie kannte – freundlich und unterwürfig und schwach, nach Milch duftend. Und am nächsten Tag war sie eine lebenshungrige Frau, frivol, auf der Suche nach Leidenschaft in den flüchtigen Umarmungen Fremder.

Brownfield gab seinem Vater die Schuld für die Veränderung seiner Mutter. Anfangs war sie nur Grange gefolgt. Grange war es, der sie einführte in das Ritual von Schnaps und Tanz und Musik. In die Freuden, die er seit jeher an jedem Wochenende suchte. Grange war es, der sich dann einer anderen zuwandte. Manchen Samstag abend verließen Grange und Margaret zusammen das Haus – in erregter Vorfreude auf etwas, das Brownfield nicht kannte. Er ahnte nur, daß es etwas Starkes und Mächtiges sein mußte, etwas, das sie verloren geglaubt hatten. Sie gerieten in Verzückung, wenn sie loszogen, um es zu suchen – was immer es sein mochte. Oft kamen sie zusammen nach Hause, immer noch strahlend vor Freude oder erhitzt von Streit oder der Leidenschaft, aber das Leuchten erstarb auf ihren Gesichtern, sobald sie die knarrenden Dielen ihres schäbigen Hauses sahen. Die Depression mündete immer in Streit – als bewahrte das Streiten etwas von jenem guten Gefühl, lebendig zu sein. So bestürzend es war, konnte jeder erkennen, daß sie sich liebten. Auch wenn Margaret in den Armen ihrer Kollegen aus der Würmerfabrik eine Linderung ihrer Sorgen suchte, wenn sie sich von den Männern der Kirchengemeinde trösten ließ – oder jenem Mann, der den Lastwagen steuerte und ihren Ehemann zu Stein erstarren ließ –, lag doch in ihren Augen stets eine Ehrerbietung, die ihre Liebe zu Grange deutlich verriet. Unter der Woche, wenn Margaret, hausfraulich und besonnen, aus wildwachsendem Gemüse und in der Schlinge gefangenen Kaninchen etwas Eßbares zubereitete, war sie noch immer unterwürfig wie eh und je. Nur an den Wochenenden wurde sie zur Jägerin zarter Berührungen, sanfter Stimmen und sinnlicher Wonnen – frei vom Streit über die ewigen drückenden Sorgen des Alltags. Das Baby war ein Zwischenfall, den sie ehrlich bedauerte. Und jetzt vernachlässigte sie es, in unterwürfiger Rücksicht auf die Gefühle ihres Mannes. Was Brownfield seiner Mutter und seinem Vater niemals verzeihen konnte, war, daß sie nicht allein waren im düsteren Drama ihres Lebens.

Als Brownfield in der Nacht aufwachte, war seine Mutter fort. Von seinem Pritschenlager in der Küche sah er seinen Vater auf dem Bett sitzen; er barg irgend etwas in den Armen. Es war lang und schwarz, wie eine Stahlrute, und schimmerte im Licht der Petroleumlampe. Sein Gesicht war teilnahmslos, seine Miene brütend. Er legte die Flinte aufs Bett und nahm seinen staubigen schwarzgrünen Hut. Er stand und starrte auf den Boden, mit hängenden Schultern und reglos. Er wirkte sehr alt. Schwerfällig tappte er in der Kammer umher. Unschlüssig wartete er auf die Rückkehr seiner Frau. Er betrachtete das Baby in seiner improvisierten Wiege – einer Obststeige, die einst voll Apfelsinen gewesen war. Er zuckte mit den Schultern. Dann hob er den Kopf und spähte zu Brownfields Bett hinüber, das an der Wand in der Küche stand, zwischen dem Tisch und dem Herd. Langsam schlurfte er in die Küche, die kalt war und nach alten Pfannkuchen roch und wo sich mit seinem Eintreten ein neuer Rhythmus der Nacht ausbreitete. Die Luft fing durch seine Bewegungen leicht an zu schwanken. Das Knarren der Fußbodendielen veränderte sich mit jedem Schritt, den er tat.

Brownfield tat so, als ob er schlief. Obwohl sein Herz so laut klopfte, daß er glaubte, sein Vater müßte es hören. Er sah, wie Grange sich herunterbeugte und sein Gesicht musterte. Er sah, wie er die Hand ausstreckte, um ihn zu streicheln. Er sah, wie seine Hand innehielt, kurz bevor sie seine Wange erreichte. Brownfield weinte lautlos und wünschte sich, die Hand seines Vaters möchte seine Tränen berühren. Er schob sich der Hand seines Vaters entgegen, als bewegte er sich bewußtlos im Schlaf. Er sah, wie die Hand seines Vaters zurückwich, ohne ihn zu berühren. Er sah, wie er sich abrupt abwandte und aus der Kammer ging. Er hörte, wie er das Haus verließ. Und noch bevor ihm klar wurde, daß sein Vater niemals wiederkommen würde, wußte er, daß er ihn haßte – für alles dies – und immer hassen würde. Am meisten haßte er ihn, weil Grange nicht einmal insgeheim und im Dunkel, während Brownfield sich schlafend stellte, es über sich bringen konnte, seinen Sohn zu berühren mit seiner Hand.

«Na. Er ist gegangen», sagte seine Mutter am Ende der dritten Woche, und ohne Zorn. Doch in der folgenden Woche ging sie mit ihrem vergifteten Baby hinaus auf die dunkle Lichtung, und in der Frühe fand Brownfield sie dort. Sie lag zusammengerollt, irgendwie einsam – ein Stück weit entfernt von ihrem Kind, als hätte sie ihre letzten Minuten auf den Knien gelegen.

3

«Such dir doch eine Frau», sagte Shipley vertraulich, «und richte dich ein in eurem alten Haus. Vielleicht braucht's ein paar kleine Reparaturen. Ich könnte dir genug Geld dafür borgen, und mit ein paar Handgriffen hier und dort wird's wieder wie neu.» Shipleys Haar war noch immer flaumig wie das Fell eines schlüpfrigen Tierchens, aber jetzt war es schmutzigweiß und dünn. Er starrte Brownfield an. Seine blaßblauen Augen – unter weißlichgelben Brauen – versuchten Freundlichkeit und Großzügigkeit auszudrücken. Brownfield stieg von der Lastwagenpritsche ab und wußte, sein Gesicht war genau dieselbe Maske wie einst das Gesicht seines Vaters. Es machte ihm angst. Er wußte nicht, warum er die Angst seines

Vaters geerbt hatte, und bürstete sich umständlich ein paar nicht vorhandene Staubflocken von den Schultern seines von Shipley abgelegten schwarzen Anzugs.

Er erschrak, als er Shipley beim Begräbnis sah. Dann aber erriet er, daß Shipley gekommen war, um Grange zu erwischen. Shipley verstand keinen Spaß mit Leuten, die davonliefen und ihm Geld schuldeten – ganz gleich, ob sie ihre Schulden bei ihm schon mehrfach abgearbeitet hatten. Niemand wagte ein Wort gegen ihn zu flüstern, wie er dort stand und auf die gedunsen schlummernde Mutter mit ihrem Kind hinabschaute. Für die meisten Leute bei dem Begräbnis war Shipleys Anwesenheit ein Statussymbol und eine Beleidigung, auch wenn sie es nicht gewöhnt waren, in solchen Begriffen zu denken, und solch gemischte Gefühle niemals ausgesprochen hätten. Shipley hatte sich eine Träne abgequetscht, nur um der anderen Trauergäste willen, und Brownfield hatte bitter in sich hineingelacht. Die Träne wäre nicht nötig gewesen: Mitleid war Mangelware bei der Beerdigung seiner Mutter. Die meisten Leute fanden, sie hatte gekriegt, was sie verdiente. Shipleys Krokodilsträne war die einzige, die vergossen wurde.

Brownfield selbst war schlaff und beklommen dagesessen und hatte sich gewünscht, er wäre Millionen Meilen weit weg. Seine Mutter, wie sie in den letzten Jahren gewesen war, verdiente von ihm keine Liebe, kein Mitleid und kaum einen Gedanken. Die Idee, weiter in ihrem Haus zu leben, weckte bei ihm nur Ekel. Auch wußte er, daß er erledigt war, wenn er sich Geld von Shipley borgte. Shipley würde schon dafür sorgen, daß er es nie zurückzahlen konnte.

«Meinetwegen bauen wir dir ein neues Haus», sagte Shipley. Er dachte, daß Brownfield mit seinen Muskeln arbeiten konnte wie ein erwachsener Mann. In einer Mischung von Furcht und Verachtung dachte Shipley, daß Schwarze sich schneller entwickelten – vor allem ihre Muskeln. Er dachte auch, er hätte die Chance, Grange zu erwischen, solange er Brownfield hatte. Weil er dachte, Brownfield sei stumm von Trauer und auch gerührt über sein großzügiges Angebot, redete er weiter aufmunternd auf ihn ein.

«Denk mal, falls du eine von diesen Gänschen auf meiner Farm heiratest, wird sie frisches Holz riechen wollen. Weißt du, ich kann hier nirgends an eine Tür anklopfen, ohne daß diese Weiber mich überfallen: Ich soll das Haus reparieren lassen, das ich für sie gebaut habe; oder ich soll ihnen ein neues bauen.»

Er bettelte offensichtlich um Sympathie, während Brownfield dastand und auf den Boden starrte.

«Aber Hauptsache ist», lächelte Shipley freundlich, «du bleibst hier bei uns. Wir tragen dir nichts nach, weil dein Daddy abgehauen ist. Wir streichen es einfach.» Er lächelte immer noch, musterte Brownfield aber listig mit schiefem Blick. «Ich glaub dir natürlich, wenn du sagst, daß du nicht weißt, wohin er verschwunden ist?»

«Nein, Sir», sagte Brownfield – aus einer weiten, leeren Ferne.

«Tja», sagte Shipley schließlich im Ton des gekränkten Wohltäters, «denk mal darüber nach, was wir besprochen haben. Und nimm dir 'n Tag frei, bis du drüber weg bist. Ich sage dir, wir werden gut miteinander auskommen. Und ich weiß, meine Jungs werden froh sein, jemand hier zu haben, mit dem sie arbeiten können, wenn sie einmal Shipleys Farm und Würmerfabrik übernehmen.» Er beugte sich aus dem Lastwagen, und seine Hand baumelte aus dem Jackenärmel, dürr wie ein Herbstblatt. «Du und ich, wir beide fangen von vorne an», sagte er. «Und vergiß nicht, im Norden oben ist's nicht ganz so, wie die Leute sagen. Vergiß das nicht.»

Als Brownfield aufblickte, waren Shipley und sein Lastwagen verschwunden. Er stand immer noch auf seiner altvertrauten Lichtung. Der Eisblock in seinem Magen brach, und er spuckte höhnisch auf Shipleys Grund und Boden. Kopfüber stürzte er sich in das Reich seiner Tagträume. Die Angst vor Shipley, die seine Zunge gelähmt hatte, war verschwunden. Der Drang, seine neue Freiheit auszuprobieren, wuchs gewaltig. Er wollte sein eigener Boss sein. Aus dem leeren, verlassenen Haus holte er nur seine Pappschachtel. Als er die Lichtung verließ, sangen ihm tausend Vögel ein wildes, glückliches Lebewohl.

TEIL 2

4

Er wanderte in die Richtung, in die am Himmel die Sonne zog. Er wanderte den ganzen Tag, ohne anzuhalten. Höchstens, daß er einmal stehenblieb, um Kieselsteine in einen Bach zu werfen oder die Eichhörnchen zu beobachten, die in den Wipfeln der Bäume spielten, von Ast zu Ast fliegend, als ob sie Flügel hätten. Unter seinen Füßen sank die frühlingsfeuchte Erde ein. Er blieb stehen und schaute zu, wie sein Fußabdruck im Moosbett am Flußufer sich wieder glättete. Flüsse und Bäche kreuzten seinen Weg, und alles, was er im Wald entdeckte, begeisterte ihn. Als es dunkel wurde, bereitete er sich ein Lager in einer Scheune auf einem großen Feld – eine Scheune, die als Speicher für Baumwolle diente, um sie nach dem Pflücken trocken zu halten. Jetzt war die Scheune leer, aber draußen fand er ein paar vergessene Pflückersäcke. Darauf bettete er sich und schlief ein.

Am anderen Morgen, nachdem er ein paar Meilen weit gewandert war, spürte er großen Hunger. Er kam an Farmhäusern vorbei, die groß und weiß getüncht waren; rundherum blühten Bäume und Büsche. Als er eine verwitterte graue Pächterhütte sah, beschleunigte er seine Schritte und kam auf einen weiten, ausgedörrten Hof.

Eine Frau stand am anderen Ende des Hofes und beugte sich über einen rostigen schwarzen Kessel. Darunter schwelte ein Feuer aus Gummireifen und Abfall. Die Luft war voll Rauch und Gestank. Die Frau stocherte mit einem langen, von Lauge zerfressenen Stock in der Wäsche. Sie zog den Stock aus dem Wasser und schüttelte ihn, während Brownfield näher kam. Mit raschem Blick kontrollierte sie ihre drei kleinen Kinder, die auf dem weiten Hof mit alten Autoreifen spielten. Sie sagte kein Wort und schien ihn nicht einmal zu bemerken, bevor er sprach.

«Morgen», sagte er.

«Na also … wie geht's?» antwortete sie mit leiser, singender Stimme.

«Strahlend schöner Morgen, nicht wahr?»

«Ja, klar», sagte sie und schaute ihn an.

«Mein Name ist Brownfield – Brownfield Copeland. Und wie, darf ich fragen, heißen Sie?»

«Mein Name ist Missas Mamie Lou Banks-sehr-erfreut.» Sie reichte ihm eine gebleichte, runzelige Hand, und sie begrüßten sich.

«Dürfte vielleicht ein halbverhungerter Mann eine Lady um was zu essen bitten?» sagte Brownfield und schaute weg, als sei nicht *sie* die Lady, die er meinte.

«Ach», sagte sie, ihren Stock auf den Kesselrand legend, «bist ja noch ein Junge, wie?»

«Ja, Ma'am, schätze ja», sagte er und senkte den Kopf.

«Bist auf der Flucht vor dem Weißen Mann? Wenn ja», fuhr sie fort, ohne ihn anzusehen und über ihren Kessel gebeugt, «gehst du am besten ins Haus, wo dich niemand sieht, falls jemand auf die Idee kommen sollte, mal nachzusehen. Auf dem Herd steht noch Grütze – und ein paar Eier, falls du sie braten kannst. Und falls du wirklich auf der Flucht vor den Weißen bist, sag ich dir, ich habe nichts gesehen den ganzen Tag, außer Pottasche und Seifenlauge. Das ist die Wahrheit.» Sie lächelte ein ganz klein bißchen – zumindest zitterten ihre Mundwinkel ein wenig. Sie hatte eine mächtige Beule an der Unterlippe.

«Herzlichen Dank, Ma'am, ich bin nicht auf der Flucht, aber ich habe Hunger. Tatsache ist, ich bin auf der Suche nach meinem Daddy.»

«Waren die weißen Männer auch hinter *ihm* her?» fragte sie. «Oder ist er bloß abgehauen?»

«Beides.»

«Na, kann mir nicht vorstellen, daß jemand *hier*her zurückkommt.»

Brownfield nickte und wandte sich zur Tür. Sie wischte sich die Hände ab und kam hinterher. Während er die Eier briet, lief sie durchs Haus, um noch mehr schmutzige Wäsche zu holen. Vielleicht war sie eine Waschfrau, dachte er. Weil sie soviel Wäsche zu waschen hatte.

«Na, lang mal zu», sagte sie. Ein tiefer Ernst lag in ihrer Freundlichkeit. Falls sie jemals hübsch gewesen sein sollte, dachte er, mußte sie es mit elf oder zwölf Jahren gewesen sein.

«Oh, ich hab genug.»

«Und ich sage dir, ein Junge, der wächst, frißt wie ein frisch gemauerter Ofen.»

«Haben Sie noch größere Kinder als die dort draußen?»

«Ah, noch fünf, sind aber alle hinauf in den Norden.» Sie sagte es voller Stolz, als wollte sie sagen, sie hätte sie alle aufs College nach Harvard geschickt. «Sie hatten es satt, hier immer rumzuhängen.» Sie drehte sich um und ging zum Küchenschrank und holte Butter, die sie neben seinen Teller stellte. «Kann's ihnen jedenfalls nicht verdenken.» Sie war eine sehr hagere Frau, mit knochigen Wangen und schwarzen Ringen unter den Augen. Sie hatte kaum mehr Figur als ein Stock, und sie trug einen Männeroverall und ein straff geknotetes, kariertes Kopftuch. «Sieh mal, vielleicht füttert gerade jemand meine hungrigen Kleinen – dort oben in Chicago. Ich schwöre dir, die konnten ein halbes Schwein zu Mittag futtern.» Sie seufzte und ging mit der Wäsche hinaus.

Vielleicht sollte er nach Chicago gehen, dachte Brownfield. Oder vielleicht sogar nach New York. Vielleicht sollte er einfach immer weiterwandern und irgendwann auf einen Güterzug aufspringen und eines Morgens irgendwo aufwachen, wo es nette Leute gab, die wußten, wie man sich anständig benimmt. Eigentlich war's ihm egal, ob sie sich benahmen – wenn sie ihn nur nicht verlockten, sich in Schulden zu stürzen und ihn dann durch ihre bloße Anwesenheit zu Stein erstarren ließen. Er hörte auf zu kauen und überlegte einen Moment, was seine Mutter über das Leben im Norden oben gesagt hatte. Und er erinnerte sich, wie seine Cousine erzählt hatte, daß es kalt war im Norden und daß die Leute nie miteinander sprachen – auf der Straße und überhaupt. Sein Vater hatte einmal gesagt, daß es Onkel Silas und Tante Marilyn ruiniert hatte, das Leben oben im Norden, wo es so kalt war und so gefühllos und so voll Beton. Aber sogar während Grange dies sagte, hatten seine Augen begeistert gefunkelt bei der Idee, selbst in den Norden zu gehen.

«Sagen Sie mal – ich hab solche Sachen über den Norden gehört», sagte Brownfield, nachdem er gegessen hatte und wieder hinausgegangen war. «Man sagt, dort ist's nicht so gut, wie die Leute glauben.»

«Vielleicht, vielleicht nicht», sagte sie und rührte in ihrem Kessel und spuckte Tabaksaft in das schwelende Feuer. «Ich weiß nicht, ich weiß nicht. Aber ich *kann* dir sagen, es ist so rückständig hier, daß man meinen sollte, überall auf der Welt ist es besser.»

«Ja, Ma'am», sagte er und überlegte, was eigentlich so verdammt schlimm daran war, daß die Leute nicht miteinander sprachen, wenn kein Shipley in der Nähe war, um aufzupassen, daß niemand sich nebenbei einen Dollar verdiente. «Ja, Ma'am.» Er sah den trostlosen Hof und dieses Haus, so windschief, daß es jeden Moment einstürzen konnte. «Da könnten Sie vielleicht recht haben.»

Sie rührte weiter in ihrem Kessel, sie stocherte in ihrem Feuer und huschte geschäftig über den Hof.

«Und wo ist denen ihr Daddy – bei der Arbeit?» fragte er und zeigte auf die drei Kleinen, die eifrig ihre Autoreifen rollten.

«Ach, sage dir», murmelte sie und richtete sich steifbeinig auf, nachdem sie Gummifetzen ins Feuer gestoßen hatte, «der eine von diesen Daddys – er starb im Krieg, obwohl er nicht weiter kam als bis Fort Bennet. Der andere von diesen Daddys ist jetzt verheiratet – mit der Frau, die im nächsten Haus an der Straße wohnt. Stell dich mal auf die Zehenspitzen, vielleicht siehst du das Dach ihres Hauses. Es ist so 'n grünes. Ich dachte, sie hilft mir, 'nen neuen Mann zu finden – dabei suchte sie die ganze Zeit für sich selbst. Aber wir sind noch immer Freundinnen. Und der dritte von diesen Daddys, das war mein letzter Mann – vor dem Gesetz. Ist aber auch schon tot, wurde erschossen von diesem Mann, für den er arbeitete, weil er die Kutteln nahm von dem Schwein, das sie schlachteten.» Sie schaute die Kinder an und runzelte die Stirn. «Aber sie sind sich so ähnlich, wenn man's bedenkt. Sie kommen gut aus miteinander.»

«Schätze, sie werden auch in den Norden gehen, wenn sie mal

groß geworden sind?» fragte er und schaute die Kinder an. Sie waren schlimm erkältet. Rotz klebte wie Leim an ihren Lippen.

«Keine Ahnung», sagte sie, in ihrem Kessel rührend. «Gott weiß, ich liebe diese Kinder. Aber ich hoffe, wenn sie mal groß geworden sind, werden sie schlau genug sein und hier verschwinden.»

«Na, ich danke ganz herzlich für dieses gute Frühstück.»

«Ach, keine Rede. Und laß dich blicken, falls du auf dem Rückweg hierher wieder Hunger hast.» Sie schenkte ihm ein schiefmäulig breites, hochherzig verschwörerisches Lächeln. «Und ich hoffe, du findest deinen Daddy.»

«Viel Glück, ihr Kleinen», rief er zu den Kindern hinüber, die aufhörten mit ihrem Spiel und ihn anstarrten.

«Wiedersehen! Wiedersehen!» zwitscherten sie wie kleine Vögelchen. Sie rannten ihm nach bis zum Rande des Highways und schrien: «Auf Wiedersehen!» Lange, nachdem er um die Straßenbiegung verschwunden war. Er hörte ihre Mutter rufen: «Kommt *sofort* zurück, bevor ein Auto euch überfährt!» Und sofort verstummten die kleinen Stimmchen. Dann hörte er nur noch das Geräusch seiner Schritte auf dem feuchten Sand des Straßenbanketts.

5

Nach wochenlangem und ziellosem Wandern, voll Sorge, daß Shipley ihn verfolgen könnte, nach manchem Frühstück mit manchen Familien, die einsam in Höhlen oder auf Lichtungen im Walde hausten, gab Brownfield einstweilen alle Hoffnung auf, jemals in Chicago anzukommen – oder in New York. Tagelang hatte er nach einem Güterzug gesucht, auf den er aufspringen könnte, aber er fand nicht mal einen Schienenstrang. Er wußte nicht, welche Richtung er einschlagen sollte, um nach Norden zu kommen. Anders als Tausende seiner Vorfahren, hatte er nie vom Polarstern gehört.

Manche Nacht hatte er hoffnungsvoll in den Himmel gestarrt, auf ein Omen wartend. Voller Hoffnung in den Himmel zu starren lag ihm im Blut. Doch es nützte nichts.

Am letzten Morgen seiner Wanderung frühstückte er mit einer Gruppe von Frauen, deren Männer und Freunde fort waren – auf der Jagd. Allein, ohne ihre Männer, überschütteten die Frauen Brownfield mit ihrer Gunst. Sie schöpften Wasser für sein Bad, sie plätteten sein Hemd und seinen gelben Seidenschlips, sie schenkten ihm eine Schuhschachtel für seine Habseligkeiten. Die wäre leichter zu tragen, sagten sie, als sein truhenförmiger Pappkarton. Brownfield schaute zu, wie die jüngeren Mädchen den alten Karton zerfetzten. Brownfield war mittlerweile echt überzeugt, daß es Zeit war, die Suche aufzugeben. Daß er dort, wo er am Abend eintreffen würde, bleiben wollte: zumindest für eine Weile. Er brauchte, wie er den Frauen schüchtern sagte, «ein wenig Zeit zum Atemholen».

Herausgeputzt in seinem neuen, mit Indianern und Vögeln und Hirschen verzierten Hemd, mit seinem keck umgehängten gelben Schlips, vorsichtig stelzend in seinen frisch gestärkten Drillichhosen und seinen auf Hochglanz polierten Schuhen, brach Brownfield auf in die neue Richtung, die die Frauen ihm gewiesen hatten. Beinah unhörbar murmelte er, daß er «irgendwie» seinen Daddy suchte. Das machte den Abschied irgendwie fröhlicher, machte sein Fortgehen weniger trostlos. Er hatte diese – zeitweilig unbemannten und sorgenfreien – Frauen liebgewonnen. Er liebte es, ihre ungeteilte Gunst zu genießen.

Während er ihnen Grange beschrieb, tauschten sie Blicke aus – und grinsten und grinsten. Aber sie mochten nicht sagen, ob sie Grange gesehen hatten. Sie beharrten lediglich darauf, Brownfield sollte eine gewisse Straße einschlagen, und keine andere, die in eine gewisse Richtung führte und ihn bis zur Abenddämmerung in ein gewisses, friedliches Städtchen bringen würde.

6

Er kam in die Stadt, als die Sonne unterging. Es gab zwei Straßen, mit feinem Kies bestreut, die den einen Winkel eines Platzes bildeten. Rechter Hand, abseits der Hauptstraße auf dem Platz, standen die festen Ziegelmauern des Distriktsgerichts. Direkt geradeaus, auf einem kreisrunden Rasenfleck in der Straßenmitte, stand ein steinerner Krieger, die bajonettbewehrte Flinte geschultert, mit dem reglosen Fuß unerschrocken ausschreitend, um nach Norden zu marschieren. Zu beiden Seiten der Straße gab es Kaufläden. Brownfield begegnete vielen Kutschen und zwei Autos und etlichen Ladenbesitzern zu Fuß. Johlende Schmiedegesellen stolperten in Lederschürzen vorbei. Einer warf einen flüchtigen Blick auf Brownfields Schlips. Abgesehen von diesem Blick, blieb Brownfields Ankunft in der Stadt unbemerkt.

Er hatte noch niemals mehr als dreißig Menschen auf einmal gesehen – außer beim Arbeiten auf einem Baumwollfeld. Und er staunte über die Vielfalt der Kleidung, die die Leute trugen. Da waren Ladenbesitzer im schwarzen Anzug, ihre Gehilfen in fadenscheinigem Blau. Er sah ein paar weiße Frauen am Arm ihres Gatten, protzig in Rüschenkleidern und breiten Hüten. Er sah schwarze Frauen, die sich von ihrem Tagewerk als Kinderfrau heimschleppten, ihre Uniformen erstaunlich gestärkt, die Schürzen noch umgebunden. Er sah schwarze Männer und Frauen, die mit gesenktem Blick und hängenden Köpfen zum Ende der zweiten Straße marschierten. Ihnen folgte Brownfield kurz entschlossen.

Als er sie aus den Augen verlor, bog Brownfield von der Straße ab. Bald darauf stand er vor der örtlichen Negerkneipe. Es war ein kleiner Holzbau mit einem leeren, hartgestampften und sauber gefegten Hof. Die Seitenwände waren mit blechernen und hölzernen Reklameschildern vollgepflastert, die unter anderem für Brown-Mule-Tabak, Red-Cherry-Schnupfpulver und Abführmittel warben. Andere warben für Cajun-Whiskey, Old Joe- und Grape-Bier.

Er wußte, was diese Namen besagten, denn wie alle Schwarzen aus dem Distrikt war er ganz gut vertraut mit allen diesen Produkten. Kein Vater ging Samstag abend in die Stadt, ohne nicht wenigstens einen dieser Artikel nach Hause zu bringen. Den Tabak in der Tasche; den Whiskey meistens in Bauch – und Kopf.

Fasziniert malte Brownfield sich aus, wie die Kneipe des Nachts bersten mochte vor Leben und Lichtern – und er beschloß zu versuchen, hier Arbeit zu finden. Er hatte kein Geld und wußte, er würde eins brauchen, wollte er später weiterziehen bis nach Chicago.

Seine Mutter und sein Vater hatten in solchen Kneipen verkehrt, vielleicht sogar in dieser hier. Und wenn sie in aller Öffentlichkeit rauften und stritten, geschah es meist vor jener Sorte von Leuten, die solche Kneipen aufsuchten. Diese Idee machte Brownfield nur noch neugieriger auf die Pinte, die – jetzt im düster grauen Zwielicht – alle latente Spannung eines bedeutenden Nachtklubs ausstrahlte. Seufzend, und im Gefühl seiner Jugend und Unzulänglichkeit, straffte er seine Schultern und ging hinein.

Zwölf kleine Tische, mit schwarzgeblümtem Wachstuch bedeckt, standen in hübscher Ordnung um einen dickbäuchigen Ofen, in dem ein Feuer gloste. Düfte von Kutteln und Eisbein und Grünkohl wehten von irgendwo hinter der Theke. Es gab einen Eiskasten in der Ecke, um Bier zu kühlen, und Kerosinlampen ringsherum an den Wänden. Ein Grammophon, wie er es in den Katalogen gesehen hatte, stand an der einen Ecke der Theke, sein großer Trichter auswärts geschwungen wie eine am Ende abgeschnittene Kalebasse. Ein dumpfes Schweigen, mit einer Unterströmung von Stimmengemurmel, wie es mit Küchenhantierungen einhergeht, umfing ihn. Schon jetzt war er überwältigt von den glänzenden Aussichten städtischen Lebens, die er hier sah.

Eine massige melonengelbe Frau mit sommersprossigen Wangen und graugrünen Augen musterte ihn von Kopf bis Fuß und sagte: «Du bist noch was jung, wie, mein Hübscher!» Sie musterte ihn auf eine Art, daß ihm die Hände feucht wurden. Er war überzeugt sie würde ihn nicht engagieren.

«Aber ich kann putzen helfen und Sachen austragen. Ich bin stark», sagte Brownfield, seine Hände an den Hosenbeinen reibend. «Ich kann Holz hacken.»

Jetzt blickte die Frau interessiert und verzog das Gesicht zu einem verschlagenen kleinen Lächeln.

«Kannst du hacken, wie?» fragte sie.

«Ja, Ma'am.»

«Nicht nötig, mich Ma'am zu nennen», gurrte sie träge. «Ich bin Josie. Die *fette* Josie.» Sie schaute Brownfield an, als erwartete sie, daß er den Namen schon einmal gehört hatte. Eine Pause entstand, und eine dünne, sehr schwarze junge Frau huschte vorbei.

«Das ist Lorene, meine Tochter.» Josie packte die junge Frau am Arm und zog sie zu sich her. Lorene musterte Brownfield mit einem raschen Blick und riß sich von ihrer Mutter los. Höhnisch grinsend betrachtete sie die beiden. Sie war mit einem kräftigen Damenbart geschlagen. Ihre bösen Augen blitzten gelb aus ihrem haarigen schwarzen Gesicht. Sie war sehnig und hager wie ein Mann. Nur ihr Geruch und ihre Brust waren weiblich. Sie roch nach Fisch und Zwiebeln.

«Jaja», kicherte Josie, als sie Brownfields verblüfften Blick und ihre Tochter davonschlurfen sah, «das ist Mamas ganzer Stolz.»

Lorene drehte sich um und zischte etwas Gemeines. Wie bei einer Schlange schoß ihre Zunge zwischen den Lippen hervor. Mit einer Hand riß sie ihren Rock hoch. Brownfield senkte verlegen den Blick. Ihre Beine waren noch stärker behaart als ihr Gesicht.

Brownfield sah Josie an. Sie fuhr sich mit ihrer Zunge über die Zähne. Ihre Augen waren zwei Messingknöpfe zwischen den Fettpolstern.

«Aufregende Vorstellung, zwischen all dem Haar durchzupflügen, eh?» fragte sie – schamlos grinsend, während Brownfield zu stottern anfing.

Beschämt wandte sich Brownfield ab. Er klemmte seine Schuhschachtel fester unter den Arm.

«*Warte* mal 'n Moment», keuchte die Frau. «Wie heißt du?»

«Brownfield.»

«Brown*field*?» kicherte die Frau. «O Scheiß. Brownfield – wie weiter?»

«Copeland», sagte Brownfield kleinlaut. Josie befingerte seinen Schlips. Sie war so nah, daß er ihren Atem roch. Plötzlich trat sie zurück.

«Wo kommst du *her*?» fragte sie mißtrauisch.

«Green County», sagte Brownfield. «Was ist das hier für 'n Bezirk?»

«Baker County.» Sie nahm ihm seine Schuhschachtel ab und schob ihn zu einem Tisch im Hintergrund.

«Und jetzt», sagte sie, «erzähle mir mal, wie du *hierher*gekommen bist.»

«Was soll hier so komisch sein?» fragte er.

«Keine Ahnung. Vielleicht kannst du's mir sagen.»

Um neun Uhr abends war er fest angestellt, er durfte Geschirr spülen und Holz hacken und konnte sein Glück kaum glauben und lauschte der tief erregenden Musik, die aus dem magischen Grammophon kam. Josie hatte mitleidig gekichert, als er von seinem unglücklichen Leben mit Margaret und Grange erzählte. Sie interessierte sich sehr dafür, was er über Grange zu sagen hatte, und während er von ihm sprach, zappelte Josie mit den Händen und biß sich auf die Lippen.

Nachdem er zu Ende erzählt hatte, machte sie ihm ein Abendbrot und zerrte ihn die Treppe hinauf in ihr Zimmer. Dort legte sie ihm eine Schürze um – sie stand hinter ihm und schob ihre Arme unter seine Achseln, um den Träger zu fassen.

«Wieso sind Sie so neugierig auf uns Copelands?» hatte Brownfield gefragt.

«Oh», hatte Josie gesagt. «Mir scheint, ich hab den Namen schon mal gehört.» Und dann, seine Hosenbeine hinunterblikkend: «Aber bei einem viel *größeren* Mann.»

Und er sagte: «Ma'am?» In seiner Aufregung, weil er den Job bekommen hatte, fiel ihm nicht ein, daß sein Vater vielleicht tatsächlich genau hier vorbeigekommen war. Durch diese Stadt, durch diese Taverne, sogar durch Josie. Und dann hatte sie ihren Arm auf den seinen gelegt, ihre Haut war trocken wie spröder Honig, und hatte in spaßigem Ton gesagt: «Mach dir nichts draus, mein Süßer. Ich rede nur mit mir selbst.»

In den folgenden Wochen lernte er sie kennen – eine gefräßige

Katze, verschlagen und unersättlich darauf aus, ihn zu verschlingen – ihn mit Haut und Haar aufzufressen. Der Gedanke an seinen Vater stellte sich immer seltener ein, während er sich in ihre unglaubliche Weichheit geleitet fühlte. Der Gedanke, in den Norden hinaufzuziehen, verlor sich im Feuer ihrer routinierten Geilheit. Er verstand nicht, was sie über jenen anderen – den soviel größeren Mann gleichen Namens – sagte, bis es zu spät war. In seiner faulen Zufriedenheit konnte er sich nicht mehr den Tag vorstellen, da er Grange wiedersehen würde: nicht in New York oder Chicago, sondern hier in dem Zimmer, wo er die meisten seiner Nächte verbrachte. Dieser Grange, weder untergegangen noch reich geworden im Norden, aber verrückt und wohlhabend hier im Süden, in Baker County, in Josies Zimmer, in Josies Armen, er verachtete alles und kümmerte sich um nichts und wollte – aus irgendeinem Grund – diese große, geile und unersättliche Katze zum Altar führen.

7

Josie hatte schwere Träume. Einmal war sie zu Schwester Madelaine gegangen und hatte Hilfe gesucht. Schwester Madelaine hatte gesagt daß sie ihre Träume erzählen müßte. Und genau das konnte Josie nicht.

«Es ist mir einfach zu peinlich, Schwester», sagte sie. «In der Kirche, wenn ich bete, lachen die anderen Frauen über mich. Sie wissen nicht, was ich gelitten habe. Wenn sie wüßten, dann würden sie nicht über mich lachen.»

«Gut, das ist *deine* Meinung. Aber weißt du, es heißt, du sollst deine Sorgen zum Herrn tragen. Es heißt, Er hört dir zu.» Schwester Madelaine unterdrückte ein Gähnen. «Aber *Ihm* mußt du die ganze Wahrheit sagen, sonst kann auch *Er* dir nicht helfen.»

«Ach, meine Sorgen! Ich habe sie überall hingetragen. Glaube mir, das ist die Wahrheit. Seit Jahren laufe ich zu allen, die zuhören wollen. Auch zu *Ihm*. Aber je öfter ich meine Sorgen erzähle, desto schwerer werden sie. Ich lebe mitten in einer großen Stille – wie vor einem Gewitter. Und wenn ich träume, dann ist es, als ob ein Unhold mir auf der Brust sitzt.»

Schwester Madelaine zog eine Augenbraue hoch. «Mein studierter Sohn würde dir sagen, daß es keine Unholde gibt, die auf der Brust sitzen. Im College hat er gelernt, daß es die Verdauung ist. Irgend etwas, das du gegessen hast. Oder die Art, wie du im Bett liegst. Dein Blut hört einfach auf zu kreisen, und du kannst dich nicht mehr bewegen. Wenn du im Bett liegst und schwitzt und dich nicht rühren kannst, hast du Alpträume. Wenn du dann aufwachst, glaubst du, daß ein Unhold auf deiner Brust gesessen hat. Mein Sohn würde sagen, du brauchst keine Wahrsagerin. Du brauchst eine Prise Glaubersalz!»

«Er sitzt auf meiner Brust», kreischte Josie flehend. «Ich weiß, daß er's tut.»

«Wer?»

«Ach», sagte Josie, «das kann ich nicht sagen.»

«Hör mal», sagte Schwester Madelaine und richtete Josie eine Tasse Tee. «Zu einem Arzt würdest du gehen und ihm erzählen, daß dein Hintern schmerzt, weil dich ein Maultier getreten hat, nicht wahr? Ich bin eine Wahrsagerin, aber ich bin nicht Gott. Ich habe meine Grenzen. Und einen Sohn auf dem College.»

Josie schlürfte Tee und schob ein paar Scheine über den Tisch.

Schwester Madelaine spazierte auf und ab und wandte Josie ihr Indianerprofil zu.

«Diese Theorie über die Unholde, die uns besitzen, die stammt von meinem studierten Sohn», sagte sie. «Ich will ihm nicht widersprechen, um den Frieden in der Familie zu wahren. Aber glaubst du, ich wäre noch im Geschäft, wenn ich *nicht* an Hexen und Unholde glaubte? Ich weiß, daß es sie gibt, denn ich hab selber ein paar davon abgeschüttelt. Mein kluger Sohn hat gelernt, daß es sie *nicht* gibt. Im College glauben die Leute an einen Mann namens Freud, der glaubt an alte Sofas. *Ich* jedenfalls glaube nicht an alte Sofas! Aber ich streite mich nicht mit den jungen Leuten!»

Sie blieb stehen und sah Josie an. Da war kein Mitleid in

Schwester Madelaines Blick – nur strahlende, starke Erwartung. Demütig senkte Josie den Blick vor der Wahrsagerin, die ihr wie ein höheres Wesen erschien. Sie konnte Schwester Madelaine nicht in die Augen sehen.

«Jeder, der von einem Unhold besessen ist, kennt diesen Unhold ganz genau», sagte Schwester Madelaine, Josie brüsk den Rücken kehrend. «Wenn du *seinen* Namen aussprechen kannst», sagte sie, als Josie ging, «bist du geheilt.»

Nachdem Josie fort war, kritzelte Schwester Madelaine einen kurzen Brief an ihren Sohn und schob das Geld hinein, das Josie ihr gegeben hatte. Dann saß sie nachdenklich in ihrem Sessel und schlürfte den letzten Tropfen von ihrem Tee.

8

Josie hatte seinen Namen nicht aussprechen können. Sie redete sich sogar ein, sie könne sich nicht erinnern. Sie wußte nicht, warum er sie im Schlaf heimsuchte bis sie schweißgebadet war, warum ihr Herz raste, wenn er sie niederdrückte mit seinem Gewicht – wie das Jüngste Gericht. Denn ihr Vater war ein schwerer Mann gewesen, und ihr Vater war es, der auf ihrer Brust saß und sie erstickte in der Nacht.

Ihr Vater. Wie war er in ihrer Erinnerung? Eine Frage, die sie sich ängstlich stellte und immer in tiefer Verwirrung. Sie wollte das unvergeßliche Bild eines grausamen Abends vor mehr als dreißig Jahren vergessen. Es war ihr letzter Abend als junges Mädchen im Haus ihres Vaters. Dieser Abend hätte ihr sündiges Leben ändern können, sie zurückführen können auf den Weg ländlicher Tugend.

Sie hatte geglaubt, ihr Vater sei einverstanden damit, daß sie heimkehrte in sein Haus. Die Geschenke für seine anderen Kinder, für sich selbst und für Josies Mutter hatte er nicht zurückgewiesen. *Endlich*, so hatte sie geglaubt, kehre ich zurück nach

Hause, um wieder ein Kind zu sein, wieder sechzehn zu sein, seinem Herzen nah und unter seiner schützenden Hand.

Es war der Geburtstag ihres Vaters. Josie kam auf der Straße daher, in staubigen Schuhen kam sie auf den peinlich sauber gefegten Hof. Der Vater saß auf der Veranda, diesem schäbigen Podest seiner Macht, und ahnte nichts von dem Fest, das sie für ihn plante. Sie trug viele kleine Päckchen im Arm, die größeren hatte sie am Vorabend versteckt. Seine ernsten Augen folgten ihr, wie sie die Treppe hinaufstieg. Er sagte nichts. Doch seine Augen leuchteten vor Verheißung, und ein verlegenes Lächeln spielte um seinen Mund. Endlich, so hoffte sie, sollte ihr verziehen werden.

«Glaubst du, er nimmt mich wieder auf?» fragte sie ihre Mutter, die schwanger war – wie ihre Tochter. Das Geld, das Josie für das Fest ihres Vaters ausgegeben hatte, sollte das letzte sein, das sie verdienen würde, bevor sie niederkam. Die Antwort ihrer Mutter war ein stummes Gebet und ein ängstliches Kopfnicken. Ihre Mutter war eine demütige Frau. Auch wenn sie mit dem Vater fast nie einer Meinung war, widersprach sie ihm nie.

Josie war zeitig gekommen, um das Essen vorzubereiten und die Drinks zu mixen – Maisschnaps mit Zuckerwasser und Pfefferminzblättern – und um die Gäste ihres Vaters zu begrüßen. Sie wußten von ihrer Schande und fürchteten die harte Moral ihres Vaters. Aber sie zählten darauf, daß die christliche Liebe, die er ihnen jeden Sonntag predigte, ihm helfen würde zu verzeihen. Nicht nur Josie, sondern auch ihnen.

Diese Männer hatten, wenn sie mit seiner Tochter schliefen, ehrlich bezahlt. Sie hatten nur milde Gewissensbisse, als sie hörten, daß sie mit diesem Geld die Liebe ihres Vaters zurückkaufen wollte. Und der Vater nahm die Pfeife, die Hausschuhe und die große Messinguhr. Die Männer sahen, wie er die Geschenke in die Hand nahm, und hörten seine Worte über das Wetter und die Ernte, und sie spürten die Freude und auch die Verwirrung in seinem Blick.

Bei dem Fest saßen sie im Halbkreis um ihn herum und sahen, wie er seine Tochter ignorierte.

«Möchtest du etwas von diesem hier, Pa?» – «Möchtest du etwas von jenem da?» Und diese runden fragenden Augen und dieser runde gewölbte Bauch, der keinem von ihnen gehörte. Josie nahm sich noch einen Schnaps, und als sie benebelt heraustrat aus dem Halbkreis der Männer (die Frauen waren natürlich nicht mitgekommen), stürzte sie plump auf den Rücken. Und jetzt erst erhob sich ihr Vater von seinem Stuhl, von dem farbenprächtigen Kissen mit den Vögeln und Kanonen und Pferden und roten Rosen, das sie für ihn gekauft hatte von ihrem Geld – jetzt erst erhob er sich. Und hoch über ihr aufragend, verbot er ihnen allen, ihr aufzuhelfen.

Ihre Mutter stand außerhalb des Kreises der Männer – wie viele von ihnen den geschwollenen Leib ihrer Tochter besessen hatten, wußte sie nicht – und weinte. Es waren Tränen und Seufzer der allzeit Bußwilligen – als sei sie schuld daran, daß ihre Tochter mit einem halbwüchsigen Jungen geschlafen hatte, und schuld an der kaum verschleierten Vergewaltigung ihres Kindes durch alle anderen. So herzerweichend war ihr Weinen, daß die Männer – als wären sie nackt ertappt – verlegen die Köpfe senkten. Sie bückten sich, immer noch dicht gedrängt, um dem verängstigten Kind aufzuhelfen, dessen benebelter Kopf jetzt klar geworden war und das – kraftlos wie eine auf den Rücken gewälzte Schildkröte – unter dem Fuß ihres Vaters lag. Er stellte ihr den Fuß auf die Schulter und drohte den Männern, sie sollten es nur nicht wagen, sie anzufassen. Es kam ihnen vor, als regte sich Josies Bauch. Und sie fürchteten, ihre Schuld würde vor ihnen auf die Erde fallen und sie laut bei ihrem Namen rufen.

Aber sie hatte sich nur aufgebäumt, hatte sich erbrochen und erstickte jetzt fast an ihrem Erbrochenen.

«Bitte, Sir», sagte jemand aus dem Kreis, «laßt sie *auf*stehen. Es geht ihr *schlecht*.»

Sie sahen, daß Josie bewußtlos geworden war, ihr schwarzes Kleid hinaufgerutscht bis über die Knie. Die Beine gespreizt, die Arme von sich gestreckt, sah sie aus wie eine Spinne, grotesk und unförmig unter den schreckgeweiteten Augen der versammelten Männer. Augen, die kollektives Entsetzen und nur vereinzelt

Scham empfanden. Sie hatten sie bereits früher so hingestreckt gesehen.

«Laßt sie liegen», knurrte ihr Vater. «Wie ich höre, verdient sie gutes Geld in dieser Stellung.»

So lautete der Segen ihres Vaters – des Unholds, der Josie in ihren mittleren Jahren die Brust abdrückte, bis sie nach Atem rang. Lorene kam fast unter seinem Fuß zur Welt. Immerhin kam sie in eine Welt, bevölkert von Männern wie diesen, den Freunden ihres Großvaters, die alle in der kleinen Hütte an der Poontang Street verkehrten, wo die «fette Josie» (sie wurde dick nach dem Kind) ihren Job mit einer Lust verrichtete, die jede Scham leugnete, und ihr Geld mit einer herrischen Geste einstrich, die jedes Mitleid erstickte. Und von diesen Männern – den Freunden ihres Vaters – nahm Josie das Geld, um sich schön anzuziehen, gut zu essen und das *Dew Drop Inn* zu kaufen. Als sie zu alt waren, um noch einen hochzukriegen, behandelte sie die Kerle mit fröhlicher Grausamkeit und sadistischer Herzlichkeit. Oft tanzte sie einen Striptease in ihrem eng zusammengerückten Kreis, mit dem Hintern stoßend und ihre Schenkel reibend und stöhnend, und nahm ihnen die letzten Cents ihrer knappen Ersparnisse ab. Sie durften sie angaffen – aber wehe, wenn sie sie anfassen wollten.

9

Ein feuchtes Gurgeln drang aus Josies Kehle. Eine unheimliche Macht schien sie auf ihre Matratze zu drücken. Ihr Körper erstarrte, sie rang zitternd nach Luft. Sie sammelte Kräfte für einen Schrei. Brownfield stieß sie – pflichtschuldig – in die Rippen, und eine Minute später schlug sie die Augen auf. Sie zitterte und keuchte.

«Alles in Ordnung?» fragte er. «Möchtest du einen Schluck Wasser oder sonstwas?»

«Was ist das für ein Traum, den du immer wieder hast?» fragte

Brownfield. «Du wirst steif und hart wie ’ne Leiche. Nur, daß du schwitzt. Und du zitterst, als ob da ein Motor wäre, wo das Herz sein soll, wie die Leute sagen.»

Seit einem Jahr hatte Brownfield immer wieder nach diesem Traum gefragt. Josie hatte niemals etwas gesagt. Sie lagen im Bett, zwischen weißen gestärkten Laken. Auf Josies Seite war die Stärke aufgeweicht von ihrem Schweiß. Brownfield zündete die Lampe an und stellte sie auf den Tisch neben ihrem Kopf. Nackt und besorgt stand er da und starrte ihr ins Gesicht. Josies Gesicht war massig und teigig, verquollen und faltig vom Schlaf, schweißnaß von ihrem Traum. Sie hatte das anonyme und stumpfe Gesicht einer Köchin in einem großen Haus, das Gesicht einer müden Kellnerin. Das Gesicht einer Frau, die zu fett, zu gierig und unbarmherzig war, um geliebt zu werden. Sie konnte grinsen mit ihrem Gesicht oder lachen oder eine lüsterne Fratze aufsetzen – aber sie hatte die simple Mechanik des Lächelns vergessen. Niemals verloren ihre Augen diesen kühnen Raubtierblick, nicht mal, wenn sie voll Angst aus dem Schlaf erwachte, wie jetzt.

Josie war niemals jung gewesen, so schien es Brownfield, nie hatte sie nach Milch oder Blumen geduftet – allenfalls nach einer süßen Verderbnis, die nur von ihr wich, wenn einer sich die Mühe machte, sie zentimeterweise mit dem lodernden Feuer der Liebe zu verzehren. Dann konnte es passieren, daß sie geläutert war. Aber Brownfield liebte Josie nicht. Darum wunderte er sich nicht, wieso sie ihm nichts von sich erzählte, auch wenn sie ihn dauernd nach Einzelheiten aus seinem Leben ausquetschte. Um ihn zu schockieren, hatte sie ihm einmal eine sonderbare Geschichte erzählt – die Geschichte, wie sein Vater auf seinem Weg nach Norden bei ihr im *Dew Drop Inn* eingekehrt war und bei ihr geblieben war und sie geliebt hatte. Brownfield lachte nur.

«Wenn er dich sehr liebte, wieso ist er nicht hier bei dir?»

Josie hatte sich in Tränen geflüchtet. Am nächsten Tag behauptete sie, daß die Geschichte nur erfunden sei.

«Gott sei Dank bin ich nicht arm», murmelte Josie aus ihrem Bett. «Und Gott sei Dank, daß ich für mich selbst sorgen kann –

ohne die Hilfe von Fremden, die, um's mal deutlich zu sagen, nicht mal 'nen Pißpott besitzen.» Sie nahm sich manchmal das Recht, Brownfield an seine Armut zu erinnern. Jetzt nahm sie sein Kopfkissen von der Bettkante und schloß es in ihre Arme, wie einen Geliebten.

«Hör mal», sagte sie, «das Bett auf meiner Seite ist naß.»

Brownfield stolperte wortlos nach nebenan, in Lorenes Zimmer. Und weil er keine Lust hatte, am Boden zu schlafen, stieg er ohne Zögern zu ihr ins Bett.

10

Als Brownfield die schöne Mem – Josies «Adoptivtochter» – zum erstenmal sah, vögelte er Lorene und Josie seit über zwei Jahren. Mem war fort gewesen, auf der Schule in Atlanta; ein ferner Vater zahlte die Kosten. Sie war Josies Nichte. Ihre Mutter war tot.

«Sie ist gestorben und hat mir diese *liebe* Last hinterlassen», sagte Josie gelegentlich zu rührseligen Freundinnen.

«Dies Mädchen braucht *Bücher*, die kosten mehr, als manche von uns für Kleider bezahlen!» Dann pflegte Josie stolz zu lächeln – mit boshaften Hintergedanken an manche ihrer weniger wohlgestellten Bekannten. Denn ihr «Geschäft» in der Kneipe zahlte sich aus, und sie ließ die Leute gerne im Glauben, daß sie es war, die Mem auf die Schule schickte.

Mems Vater, so hatte Brownfield erfahren, war ein großer Prediger aus dem Norden, mit einer großen und legitimen Familie. Er hatte Josies Schwester in einem Sommer kennengelernt, als er in den Süden kam, um Erweckungspredigten in der Kirche von Josies Vater zu halten. Sie hatten sich verliebt, und Mem war entstanden. Der Prediger kehrte zurück in den Norden, zu seiner Familie, und Mems Mutter wurde von ihrem Vater auf die Straße gejagt. Josie nahm sie auf, bis Mem zur Welt kam, und bald darauf war sie gestorben.

«Natürlich hat meine Schwester, um mich zu ärgern, mir diesen Prediger weggeschnappt, verstehst du?» Josie lächelte schüchtern und schaute Brownfield aufmerksam an. «Aber in Wirklichkeit war *ich* es, die er tatsächlich liebte.»

Der einzige Grund, warum Lorene nicht zur Schule ging, war laut Josie («Natürlich hätt ich's mir leisten können»), daß sie eigensinnig war. Aber mit fünfzehn war Lorene schon Mutter von zwei kleinen Jungen. In der Kneipe, wo sie aufwuchs, waren die Männer immer hinter ihr her, und nach ihrer Mutter war sie die leichteste Partie in der Stadt. Brownfield sah bald, daß Lorene auf ihre Art in ihn verknallt war – sie machte alles nach, was ihre Mutter machte. Und daß er Josie gefiel war mehr als offensichtlich. Mit siebzehn lebte er ganz bequem mit den beiden, und die Kneipe gehörte ihm genauso wie ihnen. Das versicherten sie ihm jedenfalls.

Er kam mit den beiden gut aus und hielt sich heraus, wenn sie um ihn stritten. Lorene, eine mit allen Wassern gewaschene Schlampe, aufdringlich parfümiert und mit kupferrotem Haar, war eine ebenso schmeichelhafte Eroberung wie ihre Mutter. Sie war zäh und hart, mehr Kumpel als Geliebte, und angesehen bei den Jugendlichen, die so werden wollten wie sie. Sie war gefürchtet wegen ihrer schnellen Hand mit dem Messer. Einmal hatte sie der Frau eines Kunden die Klinge an die Kehle gesetzt und ihren Freier dann hinausgejagt, während die Frau beinah verblutete. Brownfield imponierte es, wie sie darüber sprach: «Wollte den Nigger noch *erwischen* und ihm sagen, er soll die abgestochene Sau aus meinem Zimmer schaffen. Hab keine Lust, mir den Arsch aufzureißen und hinter diesem dreckigen Pack aufzuwischen.» Brownfield war glücklich, bis er zum erstenmal Mem sah.

Mem war kirschholzbraun, nicht so gelb wie Josie oder so schwarz und behaart wie Lorene. Sie war mollig und still, mit ernsten Mandelaugen. Als sie von der Schule nach Hause kam, wurde sie kaum bemerkt. Sie blieb oben auf ihrem Zimmer, auch wenn es in der Kneipe hoch herging. Kam sie doch einmal herunter, dann ging sie gleich aus dem Haus und im Wald spazieren – einfach spazieren. Brownfield versuchte mit ihr zu reden. Sie antwortete ihm scheu, den Blick gesenkt, scheinbar desinteressiert. Sie ging ihrer Wege, während er sich immer öfter nach ihr umschaute. Brownfield hatte noch nie gehört, daß jemand im Wald spazierenging – einfach spazieren! Außer den Alten, die am Stock dahintaperten.

«Was glaubt sie wohl, verdammt, *wer* sie ist?» fragte er Josie mit gerunzelter Stirn, weil er nicht verstand. «Ich hab was gegen Frauen, die für 'ne Weile verschwinden und wiederkommen und schön daherreden!»

Vielleicht hatte er sagen wollen: «schön dahergehen». Denn Mem hatte einen schönen Gang. Allein ihr Gang bezauberte ihn, und er war nicht abgeneigt, sich allen Mitgliedern der Familie zur Verfügung zu stellen.

«Ach, hör auf und komm ins Bett», schnurrte Josie. Ihre Ähnlichkeit mit einer fetten Raupe wurde jeden Tag deutlicher. «Nach *der* brauchst du dir nicht den Hals verdrehen. Bei der juckt es nicht zwischen den Beinen. Die kann nicht für dich tun, was ich für dich tu.»

Brownfield folgte ihren weichen, sündigen Händen und stieg zu ihr ins Bett.

«Wann heiraten wir beide, Liebster?» fragte Josie, während Brownfield dachte, daß Mems Bett nebenan hinter der Wand stand – nur einen Fußbreit entfernt vom Bett ihrer «Mutter».

Boshaft versuchte Lorene, Brownfield einzureden, daß alles stimmte, was Josie ihm über Grange erzählt hatte. Es wollte Brownfield nicht in den Kopf, daß Josie und Grange ein Liebespaar gewesen waren. Außerdem war's ihm egal, ob er den alten Acker seines Vaters pflügte – der ohnehin nie brachgelegen hatte. Seit Mem da war, konnten Lorene und Josie ihm erzählen, was sie wollten. Er interessierte sich nur noch für Mem. Er dachte nur noch daran, wie er in ihre stille Fremdartigkeit eindringen konnte.

11

Wenn er an Mem dachte, hatte er Schuldgefühle. Und er schämte sich, weil er so war, wie er war. Schmutz war er. Abschaum. Er dachte an sie wie an eine zweite Mutter – an eine Frau, die seine Mutter nicht gewesen war. Eine Frau, die er lieben und mit der er zärtlich sprechen konnte und die er niemals erschrecken wollte mit seiner unbeholfenen Grobheit. Aber nie konnte er ihr seine Gefühle zeigen. Er kannte nicht die Wörter, die sie kannte – und selbst wenn er sie hätte lernen können, hatte er kein Vertrauen, daß sie zu seinen Gefühlen passen würden. Sie konnte Zeitschriften und Bücher lesen – er konnte nur die Bilder anschauen und rätseln, was das Gedruckte bedeuten mochte. Oft, wenn sie beide zu Hause waren und sie hinaus auf die Veranda ging, um nicht allein mit ihm unter einem Dach zu sein, folgte er ihr und versuchte, mit ihr zu sprechen. Sie lächelte dann und sprach ein paar Worte – doch niemals böse – über seinen Umgang mit Lorene und Josie. Er hatte Interesse, lesen und schreiben zu lernen, und sie erbot sich, es ihm beizubringen. Er lernte schnell, zumindest am Anfang, und so manchen Nachmittag, bevor das *Dew Drop Inn* aufmachte, verbrachten sie auf der Veranda mit ihren alten Schulbüchern. Als sie im Herbst anfing, in der Grundschule zu unterrichten, nahm sie ihn mit in ihre Klasse. Oder versuchte es.

Sie war eine gute Lehrerin. Er hatte ja niemals eine gehabt. Er lernte, seinen Namen zu schreiben, das Abc aufzusagen und ihren und seinen Namen zusammen, in einem einzigen Zug, hinzuschreiben. Wenn sie in der Schule unterrichtete, saß er oft auf der Treppe vor der offenen Tür und lauschte ihrer klaren Stimme. Er konzentrierte sich darauf, was sie sagte – erstens aus Wißbegier (er lernte, wie man Huhn und Ziege, Kuh oder Schwein buchstabiert) und zweitens aus reiner Lust, sie sprechen zu hören. Sie redete ganz anders als Lorene oder Josie, die aus Gleichgültigkeit nuschelten wie zahnlose alte Weiber. Mem sprach mit soviel Aufmerksamkeit, soviel Herzlichkeit und soviel Respekt für diejenigen, mit denen sie sprach, daß Brownfield am liebsten losgeheult hätte.

In seinen Augen war er der perfekte Mann für Mem, weil er sie liebte. Aber die meisten im Ort sahen die Dinge anders – auch Lorene und Josie, die so eifersüchtig auf ihre Cinderella wurden, daß Brownfield sich Sorgen um sie machte (auch wenn sie keine Prinzessin war und er schon gar kein Prinz). Außerdem hatte Mem ihm noch nie gesagt, ob sie sich aus ihm etwas machte.

Was Brownfield aber wirklich Sorgen machte, war die Tatsache, daß er, seit er Herr im Hause geworden war, es nicht nötig gefunden hatte, seinen Lohn zu fordern. Er war immer abhängig von Lorenes und Josies Geld, das sie ihm reichlich gaben – aber unter der stillschweigenden Bedingung, daß er für seinen Lebensunterhalt arbeitete, und zwar genau so, wie sie es verlangten. Er ertrug es in diesem Haus, solange er konnte, er vögelte Lorene und Josie wie das Tier, als das er sich fühlte – besonders wenn er anderntags mit Mem zusammentraf, deren gequältes Herz durch ihre Augen sprach. Er hatte keinen Spaß mehr an seiner Eroberung der beiden Frauen, denn ihm war seit langem klar, daß *sie* ihn benutzten und nicht *er* sie. Er war nur ein Bauer in dem Spiel, das Josie und Lorene genossen. Manchmal kam er sich vor wie ein Bindeglied, das sie brauchten, um sich zu beweisen, daß sie Mutter und Tochter waren. Sonst wären sie sich fremd geblieben. Sie lebten ausschließlich für das Vergnügen, jeweils mit den Männern der anderen zu flirten – und anschließend ihren Streit auszukämpfen, vor der Kneipe, wo alle Männer in der Gegend bald merkten, daß sie nur eine anzumachen brauchten, damit sich die andere hinlegte.

Eine Zeitlang war er Hahn im Korb. Denn diese beiden, durch Schnaps, Hurerei und Raffgier verwüsteten Frauen glaubten, ihn ehrlich zu lieben – aber eher wie ein sauberes Tierchen, das sie noch nicht ganz verdorben hatten. Ihr Leben war schal wie die Zwei-Dollar-Absteige über der Kneipe. Unschuld kannten sie nur noch durch ihn, und sie fanden nichts dabei, was sie mit ihm machten. Ihm machte es Spaß, und immerhin war er mit keiner verheiratet.

Und falls sie doch Schuldgefühle hatten, dann vielleicht am Sonntag, in der Baptistenkirche, wo sie mit ihrem Staat alle anderen Frauen in den Schatten stellten und mit frommer Stimmgewalt die meisten niederschrien. Es war aber nur ein kleines, vorübergehendes Unbehagen, lustvoll angefacht durch die Lesungen aus der Heiligen Schrift. In fröhlicher Trauer schmetterten sie ihre Sünden heraus. Die rechtschaffene Lauterkeit ihrer Seelen dauerte selten länger als der Gottesdienst.

12

Für Brownfield wurde die Lage unerträglich, als er Mem zum erstenmal mit einem Mann gehen sah – mit einem Lehrer wie sie. Plötzlich wußte er, daß er eine große Chance verpassen könnte. Er war gekränkt durch ihre Wahl. Hatte Mem ihn verschmäht, weil er kein gebildeter Mann war? Sein Stolz war verletzt. Melancholisch dachte er an seine Armut und seine Abhängigkeit von Lorene und Josie. Er besaß nichts anderes als die Jacke auf seinem Buckel – und auch sie war nicht allzu neu.

Eines Abends belauschte er Mem und ihren aufrechten, anständigen Verehrer und wußte, er mußte sie haben. Als Mem an diesem Abend ins Haus kam, stand er auf der unbeleuchteten Schwelle, von wo er die beiden angestarrt hatte. Sie schlüpfte an ihm vorbei – mit Tränen in den Augen. Da wußte er, daß sie ihn liebte und daß sie ihn nur mit weiblicher Entschlossenheit aus ihrem Leben zu verdrängen suchte. Wenn er nicht bald etwas unternahm, würde sie für immer für ihn verloren sein. Als sie die Treppe hinaufgehen wollte, zog er sie in seine Arme und schwor ihr mit Worten und Küssen, daß er sie niemals verlassen werde.

Am nächsten Tag wanderte er hinaus aufs Land, auf eine Plantage, nicht weit von dort, wo er geboren war, zu einem Mann, von dem er gehört hatte, daß er anständig war. Er sprach mit ihm über die Pacht einer Farm auf zwei Jahre – oder so lange, bis Brownfield genug verdient hätte, um seine Braut mitzunehmen in den Norden.

Eine Woche darauf zogen Mem und Brownfield fort von Lorene und Josie, die immer noch um ihn stritten, und jede beschuldigte die andere, Mem angefeuert zu haben, sich ihn zu «schnappen». Brownfield lieh sich ein Fuhrwerk von dem Mann, für den er nun arbeitete, und Mem setzte sich neben ihn auf die verwitterte Bank.

«Wir werden nicht immer hier hängenbleiben, Schatz. Mach dir keine Sorgen», versprach er, während sie still neben ihm saß, ihren Schleier in ihren warmen braunen Händen drehte und zu ihm aufblickte. Sie lächelte mit frohen, gläubigen Augen, voll Liebe.

13

Drei Jahre später, als er noch immer auf dieser Farm schuftete und bis über die Ohren in Schulden steckte und Mem mit dem zweiten Kind schwanger ging, erinnerte er sich noch immer an seinen Hochzeitstag als den Höhepunkt seines Lebens: Damals, als er dem Bösen entronnen war und sich der Liebe verschrieben hatte. Nicht mal der Schatten ewiger Leibeigenschaft, der in diesen ersten Jahren auf ihm lastete, konnte den Glauben an sein Glück zerstören. Denn Mem war eine Frau, die sang, wenn sie morgens das Frühstück machte, und sang, wenn sie abends das Bett machte. Die sang, wenn sie ihre Babys stillte, und für ihn sang, wenn er erschöpft und niedergeschlagen zu ihr ins Bett kroch – an die lebenspendende Wärme ihrer Brust. Es war ihm egal, was die anderen dachten, Mem war so gut zu ihm, sie war so sehr das, was er brauchte, daß er ihren Körper zu seinem Heiligtum machte und endlos und schamlos und voller Liebe küßte und das Wunder mit Blumen und Tanz feierte. Wie die Babys, für die der Platz an ihrer Seite das Leben selbst bedeutete, saugte und labte auch er sich an ihrer Brust, und er wurde groß und stark vor Liebe, und er gedieh.

Sie waren leidenschaftlich und sorglos, Mem und er, sie liebten sich in den Wäldern, nachdem die ersten Blätter fielen, sie liebten sich im Kornspeicher, beim Gackern der Hühner, sie machten Liebe und Babys, eilig und in verzehrender Glut am Rande des Baumwollfeldes, wenn sie ihm Wasser aufs Feld brachte und ihn anschaute mit jenem Blick, während er trank und sich mit schmerzender Hand auf den verschwitzten Griff des Pfluges stützte. Und wie das kühle, lebenspendende Wasser ihm über das Kinn und die Brust strömte, so überströmte sie ihn mit Liebe und badete ihn in der Glut des Vergessens. Sie war seine Verheißung – ein weiteres Glied in der Kette, die ihn an dieses Land fesselte und an die Verantwortung für sie und ihre Kinder.

TEIL 3

14

Es war ein Jahr, als die endlose Arbeit – von früh bis spät – auf fünfzig *Acres* reicher Baumwollfelder sowie eine gute Ernte für sie nur zwei mickrige Ferkel als Winterfleisch brachte, verschrumpelte Äpfel und Kartoffeln aus dem Keller des Boss und alte Kleider von dessen Familie für seine Kinder. Es war der Sommer, als er seiner schwächlichen fünfjährigen Tochter das ekelhafte Geschäft des Arsenspritzens der Baumwollbüsche von Hand beibringen mußte. Das Herz tat ihm weh, wenn er sah, wie sie den Giftwedel schwang und über Erdklumpen stolperte, während der heiße Blechkübel mit dem Arsen blutige Schrammen an ihren Beinchen hinterließ. Sie stolperte, und fast stürzte sie mit diesem Eimer, der viel zu groß für sie war, und immer wenn er dies sah, verkrampfte sich sein Magen. Sie war schweißgebadet, ihr zerlumptes Kleidchen klatschnaß von Arsenverdünnung. Ihre großen Augen waren vom Gift gerötet. Sie atmete mühsam in diesem tödlichen Gestank. Nach der Arbeit übergab sie sich, und sie zitterte asthmatisch wie eine alte Frau. Doch sie beklagte sich nicht bei ihrem Vater, den sie genauso fürchtete wie den weißen Boss. Der kam manchmal mit Freunden vorbei, um das verlorene Negerkind anzugaffen, das ihn kaum sah vor Erschöpfung, während es seine Baumwolle mit Gift bespritzte.

Dieses Negerkind war Daphne, Brownfields älteste Tochter. Und auch dieses Jahr des Erwachens weckte ihn nicht aus dem Schlaf. Er verlor nur die Hoffnung, daß sein Kind heranwachsen würde zu einer *Lady* mit Sonnenschirm und Rüschenkleidern. Es war das Jahr, als er erkannte, daß sein Leben nur eine Wiederholung des Lebens seines Vaters war. Er konnte seine Kinder nicht vor der Sklaverei bewahren; ja, sie gehörten ihm nicht einmal.

Die Schulden drückten ihn nieder. Er dachte an Selbstmord, auch in Mems Armen. Er betete um Hilfe, er betete um einen gütigen Präsidenten, um einen gnädigen Jesus im Himmel. Er betete in Mems Armen um einen besseren Job. Aber aus solchen Gebeten wurde doch nur wieder ein Mund, den er füttern mußte, wieder ein kleiner Körper, den er in die Sklaverei schicken mußte, um seine Schulden abzuzahlen. Er fühlte sich verurteilt zu einer Existenz als Aufseher der eigenen Kinder – auf der Plantage des weißen Mannes.

Es war das Jahr, als er Mem beschuldigte, ihm untreu zu sein: sich benutzen zu lassen von weißen Männern – seinen Unterdrückern! Ein Vorwurf, den sie weinend von sich wies. Wenn er sie dann im Suff und unter gemeinen Anschuldigungen nahm, gab sie ihm nach und nahm ihn an, leer und passiv wie eine Kirche. Sie war zu unschuldig, um zu wissen, wie sehr ihr Schweigen seine Seele läuterte. Dann behandelte er sie wie eine Hure. Und fand sie schuldig, weil sie nicht klagte. Ihre sanften Worte konnten seinen Zorn nicht beschwichtigen – höchstens verzeihen.

Wovon sollte er leben? Von Luft – denn mehr blieb ihm nicht nach seiner Arbeit für andere. Diese anderen schienen das Recht zu haben, ihm für seine Plackerei nichts zu bezahlen. Wie sollte er sich aus diesem Dasein befreien? Wie sollte er jemals eigenes Land besitzen? Wie sollte er seiner Frau schicke Kleider kaufen – was er sich mehr wünschte als alles andere. Anscheinend meinten weiße Männer, daß seine Frau nichts Schickes brauchte, nichts Schickes verdiente und nichts Schickes bekommen sollte. Anscheinend war es ihr Vorrecht, ihn kaputtzumachen und seine Frau zu ficken.

Sein vernichteter Stolz, sein angeschlagenes Ego ließen nicht zu, daß Mem in der Schule unterrichtete. Ihre Bildung warf ein schlechtes Licht auf einen Mann, der kaum lesen und schreiben konnte. In seiner Unwissenheit schickte er sie als Dienstmädchen in die Häuser der Weißen. Zwanghaft wollte er sie zu sich hinabziehen! Er haßte sich selbst, sein Leben und seine Welt. Aus Haß verprügelte er seine Frau für die Lust, die sie angeblich bei anderen Männern weckte – bei weißen Crackers! Obwohl sie nichts damit zu tun hatte. In seiner Wut machte er seine Frau für *alles* verantwortlich. Und sie trug seine Bürde neben ihrer eigenen. Sie trug sie großherzig und kraft ihres größeren Wissens. Ihre Großherzigkeit mißgönnte er nicht, ihr größeres Wissen verzieh er nie. Es stellte sie mit den Mächtigen auf eine Stufe. Eine Stufe, die er nie würde erreichen können.

Bald war sein Traum gestorben, hinauf in den Norden zu gehen, die Welt zu sehen und Mem jene kleinen Dinge zu schenken, die sie sich vom Leben wünschte. In seiner Niedergeschlagenheit sah er seine passive, unterwürfige Frau als Fessel und Fußangel. Er kehrte zu Josie zurück und suchte Trost nach seinem «Irrtum» und suchte Geld für seine Pacht und überließ Mem den Überlebenskampf für die Familie. Er zog mit ihnen von Pächterhütte zu Pächterhütte, wo immer er Arbeit fand. Und als es mit der Baumwolle in Georgia zu Ende ging und mit Milchwirtschaft losging, versuchte er sein Glück mit Kühen und Käse. Irgendwie überlebten sie.

Nach ein paar Jahren hatten sie einen Tiefpunkt erreicht, den sie für unmöglich gehalten hätten – damals, als sie heirateten. Brownfield schlug regelmäßig seine Frau, die für ihn einst so wunderschön gewesen war. Dann ging es ihm eine Weile besser. Er prügelte sie jeden Samstag abend. Er gab *ihr* die Schuld an seinem Versagen und schrieb sie ihr ins Gesicht. Sie lohnte es ihm und wurde eine verhärmte, abgestumpfte Frau, neben der sogar Josie noch frisch wirkte.

Die zarte junge Frau, die er geheiratet hatte, wollte er zerstören. Bevor er sie zerstören konnte, mußte er sie umkrempeln. Es gelang ihm sogar. Er war ihr umgekehrter Pygmalion. Zuerst nahm er sich ihre Sprache vor. Zu Beginn ihrer Ehe hatte sie ihn manchmal verbessert. Das war ihm bald lästig. Zu Hause wollte er sich nicht auch noch demütigen lassen, nach einem Job, bei dem er alle Befehle in gebückter Haltung entgegenzunehmen hatte. Wenn sie mit sanfter Stimme «dich» für «dir» sagte, fuhr er sie an:

«Warum redest du nicht wie die anderen armen Nigger?» sagte er. «Warum sprichst du immer so verdammt korrekt? Ob ich ‹dir› oder ‹dich› sage, geht *dir* einen Scheißdreck an.»

In Gesellschaft blamierte er sie. Wenn sie den Mund aufmachte und etwas sagen wollte, wandte er sich mit einer Verbeugung an seine Freunde, die so redeten, wie ein Mann es verstehen konnte, und sagte: «Hört, hört! Die feine *Lady* spricht. Lauschen wir, wir dummen Nigger!» Mem wurde blaß vor Scham und hielt den Mund. Aber Schweigen – das wollte Brownfield auch wieder nicht. Sie sollte reden wie das verzweifelte Niggerweib, das sie war, das jeden Samstag abend seine Tracht Prügel bekam. Sie sollte reden wie eine Frau, die einen Mann wie ihn verdiente.

Er ertrug es nicht, wenn seine Freunde durchblicken ließen, sie sei zu gut für ihn.

«Mann, wie hast du's bei dieser *Schul*lehrerin geschafft?» fragten sie ihn. Sie beneideten ihn um sein gebügeltes Hemd und bewunderten, wieviel Schnaps er vertragen konnte.

«Hab ihr die schwarze Schlange reingeschoben», lachte Brownfield. Er rieb sich schamlos zwischen den Beinen und gab sein Intimleben auf offener Straße preis. «Und ihr dann den Arsch verhauen. Die einzig richtige Behandlung für so 'n Niggerweib!»

Eine Frau wie Mem, die der «Kultur der Armut» mit knapper Not entronnen war, konnte so leicht in diese «Kultur» zurückfallen. Zuerst ihrem Mann zuliebe, und dann, weil sie sich wirklich nicht mehr an Plural und Singular erinnern konnte, verfiel Mem wieder in ihren alten Dialekt. Die «Bügelfalte» verlor sich aus ihrer Sprache, und was aus ihrem Mund kam, war verwaschen – wie auch die Sprache ihrer Vorfahren verwaschen gewesen war. Nur, daß deren Sprache schön gewesen war, weil sie nichts anderes kannten und weil sie einfach zu ihnen gehörte – ohne viel Nachdenken. Mems Sprache dagegen war häßlich und ausdruckslos wie eine zerbrochene Zunge.

«Wo sind deine Bücher und das Zeug aus dem Schulhaus?» fragte Brownfield eines Tages. Er wollte sehen, ob sie wußte, wo sie hingehörte.

«Hab's verbrannt», sagte sie, ohne sich von dem großen Rattenloch abzuwenden, das sie im Fußboden zu flicken versuchte.

Er spürte einen bitteren Stich, als hätte er das Böse bis zur

Neige ausgekostet. Aber er kicherte, um dieses Gefühl zu verbergen.

«Ich suche was zum Feuermachen.»

«Nimm das hier», sagte sie tonlos. Sie zog ein paar zerfledderte Hefte der *True Confessions* unter ihrem Kleid hervor. Sie dachte, er hätte die Ausbuchtung unter ihrer Achsel gesehen – hatte er aber nicht. Er streckte die Hand aus, und seufzend gab sie alles hin, was sie je gewesen war, um zu werden, was sie nun war.

Alles hatte er an ihr umgekrempelt, nicht, weil sie ihm so gefiel. Sie hatte ihm gefallen, als sie heirateten. Er veränderte sie zu etwas, was er nicht wollte – nicht wollen konnte. So war es leichter für ihn, sie zu behandeln, wie sie es seiner Meinung nach verdiente. Nie hatte er mit häßlichen Frauen Mitleid gehabt. Ein Kerl mit einer häßlichen Frau – die kann er ignorieren, sagte er sich. Und es half ihm, wenn er sie prügelte.

Es hatte eine Zeit gegeben, da sparte sie jeden Cent, den sie von ihrem Lohn zurücklegen konnte, denn eines Tages wollte sie ein Haus kaufen. Das war ihr großer Traum. Als sie noch in der Schule unterrichtete, hatten sie beide Pennies zurückgelegt, um dieses Haus zu kaufen. Doch als er einmal wütend und besoffen war, stahl er das Geld und kaufte ein Schwein von irgendwelchen Freunden, die ihm versicherten, das Schwein sei ein registrierter Eber und wäre der Grundstein zu seinem Erfolg als Schweinezüchter. Mem weinte, als er nach Hause kam – ohne Geld und mit dem Schwein. Dann starb das Schwein. Als sie zum zweitenmal Geld sparten, um sich ein Haus zu kaufen, nahm er das Geld als Anzahlung für ein kleines rotes Auto. Sie war wütend, mehr als wütend. Sie konnte nicht verstehen, daß alle ihre Schritte nach oben, zu etwas Eigenem, von ihm vereitelt wurden. Am Ende hatte er Pech wie mit dem Schwein, und das Kreditbüro nahm das Auto weg.

Die Kinder – zwei waren am Leben geblieben, drei waren gestorben – bekamen in diesem Jahr nichts zu Weihnachten. Am Weihnachtsabend saßen sie da und schauten ihn an, bis er aus dem Haus rannte – zu Josie, damit sie ihm Geld gab für Alkohol. Als er nach Hause kam, weckte er die Kinder und weinte an ihrem Bett, doch als er sah, wie sie sich vor ihm fürchteten, gab er Mem die Schuld. Als sie sich verteidigte und ihm sagte, sie fürchteten sich nur vor ihm, weil er betrunken war, prügelte er sie besinnungslos. Dies war das erste Mal, daß er ihr einen Zahn ausschlug.

Sie wollte ihn verlassen, aber sie wußte nicht wohin. Sie hatte niemand als Josie, und Josie verachtete sie. Sie schrieb an ihren Vater, den sie niemals gesehen hatte, und er machte sich nicht mal die Mühe, ihr zu antworten. Früher eine mollige Frau, wurde sie immer dünner. Für Brownfield sah sie gar nicht mehr aus wie eine Frau. Sogar ihre wunderbaren Brüste vertrockneten und schrumpften. Ihr Haar fiel aus, und das einzig Gute, was er über sie sagen konnte, war, daß sie sich sauber hielt. Er beschimpfte sie dafür, aber weil es eine Kleinigkeit war und sogar er manchmal fand, daß sie so wenig im Leben hatte, schlug er sie dafür nicht.

«Ich hab dir doch nichts getan», sagte sie – eine flehende Bitte an etwas in ihm, das er meist unterdrückte, und er ließ die Sache auf sich beruhen.

«Vergiß niemals, daß du nicht weiß bist», sagte er, während er doch aus ganzem Herzen die Frauen haßte, die seine Frau imitieren und wieder nicht imitieren sollte. Oft hielt er ihr die Vollkommenheit weißer Frauen vor, denn die Hautfarbe war etwas, das sie nicht ändern konnte. Und weil seine eigene schwarze Haut ihn demütigte, nahm er das auch von ihr an.

Sie schämte sich aber nicht dafür, eine Farbige zu sein, egal, was er sagte. Sie hatte eine sehr einfache Auffassung von diesen Dingen. Farbe war etwas, das die Erde den Blumen schenkte. Mehr war darüber nicht zu sagen.

Daß sie immer wieder von einer Pächterhütte zur nächsten ziehen mußte, das haßte sie. Sie haßte die Arroganz der Weißen, die sie hinauswarfen – aus diesen oder jenen Gründen und immer ohne Erklärung. Sie haßte es, eine Behausung verlassen zu müssen, die sie mit ihren eigenen Händen eingerichtet und instandgesetzt hatte. Sie haßte es, ihre Blumen zu verlassen, die sie anpflanzte, wann immer sie Blumensamen in die Hand bekam.

Jedesmal, wenn Mem eine neue Hütte mit neuen, noch größeren Rattenlöchern betrat, weinte sie. Jedesmal, wenn sie Kuhmist aus einer Kammer räumen mußte, um sie bewohnbar zu machen für ihre Kinder, war sie zu Tode betrübt. Jedesmal, wenn sie mitten auf einer Kuhweide hausen mußte, mit Tieren, die ihre Blumen fraßen, bevor sie aufgeblüht waren, glich sie einer Schlafwandlerin – die nicht mehr aufwachen kann. Sie schleppte sich dahin, selbst schon schwerfällig wie eine Kuh, und nur um der Kinder willen. Aus ihrer Sanftheit wurde Erstarrung; aus ihrer Erstarrung wurde Schrecken, Verzweiflung und schließlich Haß.

Seltsamerweise ertrug Brownfield ihren Haß weniger als ihre Verzweiflung. Ihre Verzweiflung gefiel ihm sogar, weil sie ohne Hoffnung war. Sie war schwach und ohne Aussicht auf einen Himmel. Es ärgerte ihn, wenn sie ihn verachtete, denn aus Haß wehrte sie sich – mit Worten, niemals mit Schlägen, und immer nur für die Kinder. Aber sogar ihre Worte, weil sie von ihr kamen, störten die Harmonie der Verzweiflung, in der sie lebten.

Wenn Brownfield nach der Pfeife des weißen Boss tanzen mußte, war es für ihn ein weiterer Beweis für die Tatsache, daß sein Leben – bestimmungsgemäß – «kaputtgegangen» war und er nichts dagegen tun konnte. Er sprang, wenn die Crackers zu springen befahlen, und legte sein Schicksal in ihre Hand. Er hatte nicht einmal mehr den Wunsch abzuhauen, den sein Vater noch gehabt hatte. Er hatte den Glauben verloren, daß es woanders besser sein könnte. Er fügte sich in das Elend, in dem er steckte. Zum Spaß goß er Öl in die Bäche, um Fische zu töten; um seine Leere zu betäuben, ersäufte er Katzen.

15

Jeden Samstag abend war Brownfield im *Dew Drop Inn*. Josie hieß ihn willkommen. Er war wieder wie zu Hause. Sie waren ein Liebespaar gewesen, und jetzt waren sie noch mehr. Sie waren Kameraden. Sie hatten

Vertrauen zueinander. Lorene war ausgewandert nach Norden, und Josie führte die Kneipe allein, abgesehen von zwei jungen und talentierten Mädchen, die Lorenes altes Zimmer hatten.

Brownfield und Josie redeten viel miteinander. Über Mem und ihre Selbstgerechtigkeit, über Brownfields Irrtum, sie zu heiraten. Und über Josie und ihre Ängste und Träume und die grausamen Streiche, die das Schicksal ihr gespielt hatte. Sie redeten über Josies unbesiegbaren Überlebenswillen, ihren Drang, sich für das Unrecht, das man ihr angetan hatte, zu rächen. Sie redeten über Brownfield und seine verschwommenen und seltenen Erinnerungen an seine Mutter. Sie redeten über Margaret und über Star, ihr Bastardbaby. Sie redeten stundenlang über Grange.

«Deine Mammy war *dumm*, Junge. Zu glauben, sie könnte Grange halten, indem sie ihn auf andere Männer eifersüchtig machte.» Josies Kinn zitterte ein wenig.

«Aber du wolltest es genauso machen», sagte Brownfield, «während er fort war. Oder behauptest du, ich hätte den Job hier gekriegt, weil dir mein Gesicht gefiel?»

«Oh, ich *wollte* Grange nicht *eifersüchtig* machen», sagte Josie.

«Nein?»

«Nein.» Josies Kinn zitterte ziemlich stark. «Ich wollte den Hurensohn *umbringen*!»

Irgendwie mußte Brownfield lachen. «Es hätte ihn nicht umgebracht, mich mit dir zu sehen. Für ihn war ich immer nur ein Fremder.»

«Du hast noch immer nicht verstanden, wie?»

«Ich weiß genug.»

«Wie schön für dich!» sagte Josie. «Und jetzt setz dich hin und hör mir zu.»

Brownfield setzte sich auf den vertrauten blauen Sessel und sah Josie an, die aufrecht im Bett saß.

«Es war ein paar Wochen, bevor *du* kamst», sagte Josie. «Grange und ich wollten aus Georgia fortgehen. Wir wollten hinauf nach New York. Nach Harlem, wo uns Schwarzen *alles* gehört! Wär das nicht was? Wir wollten fortgehen und niemals wiederkommen. Du fragst dich, was ich mit Lorene gemacht hätte?» sagte sie, und schaute Brownfield an. «Na, unter uns gesagt, ich wollte Lorene *sitzen*lassen. Sie war mir schon immer eine Last. Ohne sie wären dein Daddy und ich von Anfang an zusammengewesen. Grange und ich waren zusammen in der Kirche – in den Wochen, als er hier war. Er hat mir *versprochen*, mich mitzunehmen. Dann schlich er sich davon, und seitdem hab ich ihn nicht wieder gesehen!»

Josie ließ sich in die Kissen sinken und starrte die Zimmerdecke an. Mit leiserer Stimme fuhr sie fort.

«Oh, Grange und ich, das ist eine lange Geschichte. Lange bevor du geboren warst. Lange sogar, bevor er deine Mama kennenlernte.»

Brownfield war nicht überrascht. Er hatte schon lange darauf gewartet, etwas über diesen Abschnitt im Leben seines Vaters zu erfahren.

«Wo warst du denn die ganze Zeit?» fragte er. «Ich hab zu Hause nie etwas von einer Josie gehört.»

«Hast du mir nicht erzählt, daß deine Mama immer von einer fetten gelben Schlampe sprach?»

«Willst du damit sagen ...» fragte Brownfield, immer noch nicht besonders überrascht.

«Genau!» Josie trug einen roten Seidenkimono mit blauen und lila Drachen auf den Ärmeln. Sie schob eine feiste Hand in den Ausschnitt ihres Kleides.

«Ich sage dir», sagte sie, «Grange hätte Margaret niemals geheiratet. Wenn seine verdammt ‹respektable› Familie ihn nicht gedrängt hätte. Seine frommen Brüder und ihre weißgepuderten Weiber konnten es nicht ertragen, jemand wie mich in der Familie zu haben. Ich war nicht *gut* genug für ihn. Auch wenn ich mit meinen eigenen Händen ein Geschäft aufgebaut habe und mit meinem eigenen Grips zu Geld gekommen bin. Trotzdem war ich nicht gut genug. Diese Familie wollte einfach, daß dein Daddy Margaret heiratet. Das einzige, was sie hatte und ich nicht, war eine unbenutzte Muschi. Aber das hinderte Grange und mich nicht daran, uns zu sehen. Er hatte nicht das Herz, deine Mama zu verlassen. Aber jeden Samstag abend, pünktlich wie die Uhr, konntest du Grange Copeland hier in der Kneipe finden, wo du jetzt bist.»

«Er kam also her, und du … *nahmst* ihn dir?» Der Stuhl auf dem er saß, wurde unbequem. Brownfield stand auf und ging hin und her.

«Ja», sagte Josie stolz. «Ich hab ihn mir genommen, weil er *mir* gehörte. Deine Mama tat mir *kein* bißchen leid.»

«Mama war okay», sagte Brownfield. «Wenigstens hat sie sich selbst aus dem Weg geschafft. Ich hab mich gefragt, warum sie so was gemacht hat. Dachte mir damals, sie hat was gewußt, was ich nicht wußte.»

«Gewußt hat sie 'ne Menge», höhnte Josie. «Sie hat gewußt, daß sie für deinen Daddy nicht tun konnte, was die fette Josie für ihn tat. Hat sie vielleicht 'ne Idee gehabt, wie sie Grange aus den Schulden rausholen könnte? Dabei waren alle Männer in diesem Bezirk hinter ihr her! Nicht mal der *Gedanke* kam ihr in den Sinn! Und dann, als sie *drauf* kam, vergaß sie zu *kassieren*! So was Blödes.»

«Na ja», sagte Brownfield verlegen, «das ist fast zehn Jahre her. Genug Zeit, damit ich zu dir kommen, von dir weglaufen und wieder *zu* dir kommen konnte.» Er schaute sie an und sah ihre neuen grauen Haare, die sie noch nicht gefärbt hatte, und sah ihre tiefen Falten überall.

«Du kannst gerne aufhören, mit mir zu schlafen», sagte er leise. Er fühlte sich so erwachsen und allwissend, daß er es kaum noch ertragen konnte. «Grange wird nicht wiederkommen. Falls du ihn immer noch schockieren willst, mußt du schon in den Norden gehen. Ich nütze dir nichts mehr.»

Josie sah das Elend in seinen Augen.

«Aber, *Liebster*», sie lächelte mütterlich und öffnete ihr Kleid und zog ihn in ihre Arme – «hast du noch immer nicht gemerkt, daß ich dich auch um *deinet*willen liebe?»

16

Die Jahre vergingen, und Brownfield dachte allmählich an Grange wie an jemand, den er nicht näher gekannt hatte. Er nannte ihn nicht Vater, sondern Grange. Die Sache mit Josie war dadurch weniger belastend. Und es beschwichtigte dieses Gefühl, das Brownfield oft hatte: daß Josie ihn zum Narren hielt, wenn sie vorgab, ihn zu lieben – einen Jungen, für den Männlichkeit nur eines bedeutete, während Josie sich nach Grange verzehrte.

Nie sollte er Josies Gesicht vergessen – in der Nacht, als Grange nach Baker County zurückkehrte. Wie war sie errötet vor Angst und Scham, vor Schuldgefühl und Freude, während sie Brownfield hastig von sich stieß. Ihn fortstieß wie eine häßliche Kröte, ein harmloses und wertloses Kriechtier. Trotz ihres Geredes, daß sie Grange «umbringen» wollte, hätte sie ihm diesen Augenblick gerne erspart. Brownfield wünschte sie in die Hölle für diesen panischen, schuldbewußten Ausdruck in ihrem Gesicht.

Sie hatten auf dem Bett gelegen, Josie im Slip, und sich gestreichelt. Sie hatten von ihrer unersättlichen Leidenschaft füreinander gesprochen – ein Thema, das immer aufkam, wenn er bei ihr impotent war. Oft kam es vor, daß er – nach Mem – nicht mit Josie schlafen konnte. Der Gedanke an Mem und ihre ewige, graue Müdigkeit ließen ihn schrumpfen. Er und Josie redeten über ihre Liebe, über die alten Zeiten, und Josie erfand für ihn Lügen über Mem. Und manchmal, wenn er sich einredete, irgendeine Gemeinheit über seine Frau zu glauben, so daß er heimgehen und sie verprügeln konnte, schaffte er es, mit Josie zu schlafen. Josie war es gleichgültig, wie sie seine Leidenschaft hochkitzelte – sie wollte ihn nur haben. Wenn er auf ihr lag, war ihr Herz frei von den Erinnerungen an Betrug. Sie vergaß die Schrecken ihres immer wiederkehrenden Traums, und sie tauchte ein in eine Welt der Güte und des Friedens. Dann hatte sie das Gesicht eines harmlosen dicken Mädchens. Dann fühlte sie sich wieder unschuldig, zufrieden und wirklich.

Dennoch war Brownfield nie wirklich zusammen mit Josie –

nicht auf die tiefe, vollkommene Art wie mit Mem. Josie nahm, und er nahm. Entweder war sie erregt in wüster Schamlosigkeit und beschimpfte ihn mit schmutzigen Wörtern. Oder sie glitt kraftlos in eine sichere Einsamkeit. Eine Einsamkeit, in die Brownfield sie gerne entließ, denn er glaubte, sie nur aus Freundlichkeit zu beschlafen, und freundlich wollte er gerne sein. Josies Alpträume, die er seit Jahren beobachtete, rührten ihn. Wenigstens konnte er ihr helfen einzuschlafen.

Diese Nacht aber fand er keine Gelegenheit, ihr beim Einschlafen zu helfen. Grange, mit ergrautem Haar und dürr wie ein Wolf, kam in das Schlafzimmer. Brownfield stieß einen Fluch aus. Im ersten Moment wollte er seinen Vater niederschlagen. Aber schluchzend erkannte er, daß er noch immer Angst vor ihm hatte. Angst, als sei er noch immer ein Kind. Statt seinen Vater herauszufordern, beschimpfte ihn Brownfield und weinte und vergaß eine Socke neben Josies Bett. Grange lehnte neben der Tür und starrte die beiden an, bis sein Blick an Josie hängenblieb.

Brownfield schlang seinen Arm um Josies Hals. Seine Tränen fielen auf ihren Busen. Aber Josie schaute an ihm vorbei, über seine Schulter hinweg. Und sie schob ihn endgültig fort.

Grange und Josie vergaßen Brownfield. Sie sperrten ihn einfach aus. Josie hüllte sich in ein dunkles Tuch, sie strich sich mit feuchten Händen über Schultern und Hals und schaute Grange an – mit einem Blick, als sei sie bereit, sofort für ihn zu sterben, falls er es verlangte. Während Brownfield wütend und tief getroffen davonschlurfte, um sich zu besaufen, blieben die beiden reglos sitzen, erstarrt in einer sonderbaren Treue füreinander, von der Brownfield nichts geahnt hatte. Sie fürchteten weder ihn noch seine Drohungen. Sie kümmerten sich gar nicht um ihn. Zwei Wochen später waren Grange und Josie verheiratet.

TEIL 4

17 Sehr früh an dem Morgen, als Ruth auf die Welt kam, um fünf Uhr an einem grauen, verregneten Donnerstag im November, weckte Mem Brownfield und bat ihn, die Hebamme zu holen, die acht Meilen entfernt wohnte. Brownfield schlief seinen Rausch aus und konnte nicht aufstehen, obwohl er's versuchte – bis sieben Uhr. Bis dahin war Ruth von selbst herausgefallen. Brownfield erwachte endlich, betäubt und mit dem Gefühl von etwas Neuem. Er fand seine Frau zitternd auf dem Bett, ein kleines Bündel in den Armen bergend. Seine Pritsche, näher am Feuer als Mems Bett, blockierte das bißchen Wärme, das von einem glimmenden Hickoryscheit im Kamin abstrahlte. Er entschuldigte sich für sein Versäumnis, es tat ihm leid, und er versuchte es gutzumachen mit gurrenden Zärtlichkeiten für seine kleine Tochter. Aber Mem hatte keine Lust, Ruth schon so früh dem fauligen Dunst von Kotze und Bier auszusetzen.

«Geh mir aus den Augen», flüsterte sie und wandte sich ab, ihr Baby mit dem bißchen Wärme umfangend, das sie selbst geben konnte.

Und in diese gespannte Stimmung platzte Grange, beladen mit Fleisch und Kohl, Bonbons und Orangen. Brownfield – verlegen und elend und wirr im Kopf – stand auf und ging ihm entgegen. Grange kam mit flottem Schritt die Straße entlang, frisch und sauber gekleidet und schüchtern lächelnd.

«Ah, *Grange*», stammelte Brownfield zur Begrüßung, während sein Vater über den Hof kam.

Verärgert sah Brownfield die Päckchen im Arm seines Vaters. Diese Einmischung in Form guter Gaben – nie kam Grange ohne etwas zum Essen und Anziehen zu seinem Sohn – machte Brownfield so wütend, daß er Grange zum Teufel wünschte.

«Das wäre nicht nötig gewesen, Grange», sagte er mit blödem Grinsen und zusammengebissenen Zähnen. Er haßte sich, weil er sehen wollte, was in den Päckchen war, die Grange ihm in die Hand drückte. Selbstmitleidig stellte er fest, daß er seit zwei Tagen nichts mehr gegessen hatte und hungrig war wie ein Wolf.

«Ist schon gut», murmelte Grange. Geduldig wartete er darauf, daß sein Sohn ihn ins Haus führte. Brownfield schnüffelte an den Tüten. In einer war Obst – eine Köstlichkeit, die die Kinder beglücken würde. Ein Grund mehr, den Großvater zu lieben. Sonst bekamen seine Kinder nur zu Weihnachten Äpfel oder Orangen und Pampelmusen. Brownfield hatte als Kind niemals eine Pampelmuse gesehen. Im Widerstreit seiner Gefühle drückte er die Tüten an sich. Er war hungrig, und ihm war elend, und er war eifersüchtig auf das Glück seiner Kinder. Er wünschte, er hätte keine Kinder, in deren Mäulern das schöne Obst verschwinden würde. Am liebsten wäre er selbst ein Kind gewesen.

Brownfield war nicht so groß wie Grange, der sich bücken mußte, um in die Kammer zu treten, wo Mem und Brownfield schliefen. Im Winter schliefen sie meist alle in einem Raum. Brownfield und Mem und Daphne und Ornette. In einem Haus mit so vielen Löchern war es unmöglich, zwei Räume zu heizen. Es war sogar unmöglich, einen Raum zu heizen. Wenn aber vier Menschen zusammen in einem kleinen Raum schliefen und ein Feuer brennen ließen, dann schafften sie es vielleicht, nicht zu erfrieren, bevor der Sommer kam.

Wenn Brownfield seine Frau und die Kinder mit den Augen seines Vaters sah und wenn er an die Farm und das schöne Haus dachte, das Josie und Grange besaßen, dann wünschte er sich sehnlichst, seine Familie möge einen glücklichen und wohlversorgten Eindruck machen. Aber ein Blick auf die Wände der Kammer offenbarte das ganze Elend: Einst waren sie ordentlich mit Papiertüten tapeziert, Tüten, an einer Kante aufgeschnitten und geglättet, die Ränder überlappend. Jetzt aber hingen überall raschelnde Lappen herunter; der Wind hatte sie losgerissen. Durch die Löcher in der Decke sah man in den Dachboden und an manchen Stellen direkt in den Himmel. In die Fensterrahmen, wo die Scheiben fehlten, hatte irgend jemand säuberliche Quadrate aus Pappkarton eingefügt. Aber der Regen hatte sie an der Unterseite aufgeweicht, und der Wind drückte die Pappe ein – und eisige Wasserpfützen sammelten sich auf den grauen Fußbodenbrettern.

Grange erfaßte mit einem Blick den traurigen Zustand der Behausung. Er konnte einen Seufzer nicht unterdrücken. Ein Seufzer, den Brownfield hörte und sofort als Verdammungsurteil begriff. Brownfield dachte an das Geld, das sein Vater aus dem Norden mitgebracht hatte – genug Geld, um eine Farm zu kaufen, genug, um Josie zu heiraten, und genug, um Brownfield einiges zu borgen: unter der Bedingung, daß er aufhörte zu trinken! Und jetzt hoffte er auf eine Chance, noch mehr zu kriegen von diesem Geld, das sein Vater zu geben bereit schien. Darum jammerte er: «Ach, wir armen Leute!» Er rieb sich den Schlaf aus den Augen und bat seinen Vater, sich auf die Pritsche zu setzen, die jetzt sein Bett war, da Mem das Doppelbett allein brauchte.

Grange schaute sich schweigend um. Das Feuer flackerte und erlosch. Brownfield machte keine Anstalten, es wieder anzufachen. Grange zog seinen Mantel aus und machte sich am Kamin zu schaffen. Empört stellte er fest, daß kein Holz da war.

«*Wie* bringst du es fertig, kein *Holz* zu haben, wo deine *Frau* jeden Augenblick ...?» fragte er.

Brownfield spähte über die Schulter auf das zusammengefaltete Laken seiner Frau. Weil sie nicht wollte, daß ihre Kinder das Blut sahen, hatte sie es zusammengefaltet, ordentlich wie eine Zeitung, und mit Schnur zusammengebunden. Eine Decke hing vor Mems Bett. Sie bildete einen Vorhang, der ihren Kindern den Anblick des Kindbetts ersparte. Welch ein Glück für Mem, dachte Brownfield, daß das Baby in der Nacht geboren wurde, während Daphne und Ornette schliefen und Wind und Regen ihre Wehlaute dämpften.

Brownfield wagte seinem Vater nicht zu sagen, daß Mem das Baby bereits bekommen hatte – ohne Hilfe von irgend jemand. Er hoffte nur, sein Vater würde bald gehen und nicht, wie er's oft tat, zu erklären versuchen, warum er seine Familie verlassen hatte. Grange hatte Schuldgefühle, und er beschwichtigte sie, indem er Brownfields Familie Lebensmittel und Geld gab. Nie gab er das Geld Brownfield selbst, der den ersten Betrag, den Grange ihm gab, versoffen hatte. Danach gab es keine zweite Chance. Grange hatte kein Vertrauen zu ihm, wie Brownfield richtig vermutete. Aber Grange wollte noch nicht gehen. Er wollte mit Mem sprechen, ob sie etwas brauchte für das Baby, dessen Geburt – wie Grange meinte – so nah bevorstand.

«Ach, sie *schläft*», sagte Brownfield. Er hoffte, sein Vater würde sich beeilen. Aber Grange warf einen Blick auf den Kamin, rieb sich die Hände und sprach von Belanglosigkeiten, vom Wetter – und schließlich davon, was ihn bedrückte.

«Du weißt ja – ich wollte es dir schon immer sagen, seit ich zurück bin. Ich habe damals so vieles *getan*, was ich *nicht* gut finde. Es waren die Zeiten. Da konnte man sich totschinden – für nichts. Und die Zeiten wurden immer härter. Ich war kaputt von der Arbeit, das ist die Wahrheit. Die Tage vergingen für mich im Einerlei. Da war kein Anfang und kein Ende.»

Brownfield starrte verbittert auf den Boden. «Auch für Margaret vergingen die Tage im Einerlei, nachdem du fort warst.» Er sprach den Namen seiner Mutter stockend aus, von Rührung ergriffen, auch wenn die Erinnerung an ihre letzten Tage ihm nicht weniger verhaßt war als sonst. Brownfield hatte das Gefühl, als sei er durch Granges Untreue den Wölfen vorgeworfen worden. Nicht damals, zur Zeit seiner Flucht, und auch nicht in der Zeit, als Brownfield im *Dew Drop Inn* lebte; aber im Rückblick auf seine Ehe, auf sein elendes Leben, das zu ertragen er sich als Mut anrechnete. Was seine Mutter gefühlt hatte, fragte er sich nicht.

Grange sah Brownfield an. Brownfield sah ihn an. Josies Schatten drängte sich zwischen die beiden. Sie hinderte sie zu werden, was sie ohnehin kaum je gewesen waren – Vater und Sohn. Das war ihre Rache.

«Das muß ein starkes Kind sein, das hier geboren werden soll. Ein halber Eskimo, sonst wird es erfrieren. Na ja», sagte Grange und stand endlich auf, «sag Mem, ich werde Josie zur Hilfe schikken, oder vielleicht komme ich selbst noch einmal.» Grange stand da und schaute zum Bett hinüber. «Weiß Gott, das Ganze ist doch ein Wunder, irgendwie. Aus Blut und Dreck kommt etwas hervor, das ist sauber und weich und duftet süß.»

«Wenn du findest, daß es so süß duftet, kannst du's haben», sagte Brownfield, der sein Baby mit völlig anderen Augen sah, illusionslos und unter dem Aspekt der Not. Hinter der Decke lag Mem, an ihr Baby geschmiegt. Das Baby, noch ungewaschen, lag feucht und klebrig in dem weichen Tuch, in das sie es gehüllt hatte. Mem hatte die feuchte Schleimschicht abtrocknen wollen, als Grange hereinkam. Sie hatte aufgehört, weil sie die schneidende Kälte fürchtete. Und jetzt massierte sie sanft den reglosen Körper des Babys. Durch das Fenster über ihrem Bett wehte ein naßkalter Wind. Während der Nacht hatte sie Brownfield gebeten, es zu verhängen. Die einzige Decke, die er verwenden könnte, hatte er gesagt, sei seine Bettdecke oder ihre.

Ein Windstoß raschelte mit den Zeitungen unter ihrem Bett. Mem rief mit schwacher Stimme nach ihrem Mann.

«Brauchst du etwas, Schatz?» fragte er und kam, um durch den Vorhang zu spähen. Auch Grange kam näher. Mem hörte, wie Grange die Luft anhielt, als er neben Brownfield stand und ungläubig auf das Bündel starrte.

«Du nichtsnutziger, trauriger *Lump*», sagte er, Brownfield beiseite stoßend. Aufgeregt bückte er sich, um Mems Bett näher an die Feuerstelle zu rücken.

«Es läßt sich nicht bewegen», sagte Mem, mit einem ängstlichen Seitenblick auf ihren Mann. «Es steht auf Ziegelsteinen.»

Ihre Augen waren eingesunken und verschleiert von ihrer langen Nacht. Ihr demütiger Blick flehte Grange an, endlich zu gehen und sie beide allein zu lassen. Sie beobachtete ihn ängstlich, wie er in der Kammer hin und her ging, wie er das blutige Laken verbrannte, das – mit alten Zeitungen und sauberen Lappen aufgepolstert – trotz der schleimigen Nässe gut brannte. Und wie er schließlich den Nachttopf hinaustrug – angefüllt mit den Beweisen für ihre schwere Nacht.

Grange nahm den provisorischen Vorhang ab, er befahl Brownfield, sein Bett zu machen und Holz zu holen, und dann richtete er das Baby her, damit seine Schwestern es sehen konnten.

«Mir geht's gut, mir geht's wirklich gut», seufzte Mem, während Grange ihre dünne Steppdecke auf ihrem Bett zurechtzog.

Mit größter Selbstbeherrschung nahm Grange das Holz, das Brownfield gebracht hatte, und machte Feuer. Dankbar beobachtete er, wie es zu brennen anfing.

«Wenigstens hast du genug Verstand, um zu wissen, daß nasses Holz nicht brennt», sagte er. Brownfield stand neben ihm, ein höhnisches und streitlustiges Grinsen im Gesicht.

«Hab's aus der Scheune geholt», sagte er.

«Brownfield, gib mir etwas zu trinken, warmes Wasser – oder vielleicht ein bißchen Kaffee», sagte Mem. Grange hatte ihren Kopf höher gebettet und ihr seine Jacke um die Schultern gelegt.

Grange hatte Mem immer gut leiden können. Er kannte sie schon als kleines Kind, als sie hinter der Kneipe spielte. Lorene hatte sie immer gereizt, bis sie weinend davonrannte und sich im Wald versteckte. Grange hatte sich gefreut, als Josie ihm sagte, daß Brownfield mit ihr verheiratet war. Eine gute Frau, so dachte er, würde Brownfield bändigen – auch wenn sie mit Josie verwandt war. Obwohl Mem nichts von Josies Härte hatte.

In der Nacht, als er ins *Dew Drop Inn* heimgekehrt war, als er Josie mit Brownfield ertappt hatte, da hatte er entdeckt, welche Bitterkeit sein Sohn für ihn empfand; welche Ablehnung, welchen Haß. Doch er hatte gehofft, daß Brownfields Erfahrungen als Familienvater und Kleinpächter ihn verändern würden. Jetzt aber, da Mem acht Jahre mit Brownfield verheiratet war, kam sie ihm vor wie eine alte verhärmte Tante des Mädchens, das Brownfield einst geheiratet hatte. Mems Haare, einst so dicht und schwarz, klebten jetzt grau wie Asche an ihrem Kopfkissen. Viele waren ausgefallen. Grange fühlte sich auch dafür schuldig – neben allen anderen Gründen für ihre Erniedrigung. Darum verbrachte er soviel Zeit mit ihr und mit seinen Enkelkindern, darum brachte er ihnen Fleisch und Gemüse. Darum steckte er ihnen heimlich Geld zu – und nahm dafür den Zorn seiner Frau und den Haß seines Sohnes in Kauf.

Brownfield reichte Mem einen Becher mit lauwarmem Kaffee.

«Sie wollte Kaffee, ich weiß», sagte Grange, «aber es muß doch etwas zu *essen* geben in diesem Haus! Eine warme Suppe, oder so etwas.»

Brownfield, das Gesicht starr entschlossen, ging zur Tür und goß den Kaffee auf den Hof.

«Ich hab ihr nur gebracht, was sie wollte», sagte er. «Was willst du eigentlich?» Er hockte sich stur vor die Feuerstelle und war jetzt überhaupt nicht mehr gewillt, ihr etwas zu geben. Er trotzte wie ein Kind.

Aus den Vorräten, die er mitgebracht hatte, kochte Grange ein Stew. Als Daphne und Ornette aus ihren feuchten Bettdecken krochen, wurden sie angelockt von würzigen Essensdüften und einem prasselnden Feuer. Anfangs wollte Brownfield das Stew nicht anrühren. Mißmutig schaute er zu, wie seine Kinder ihren Großvater bestürmten. Bald aber langte er zu. Sein Hunger kümmerte sich nicht um seinen Stolz.

«Mein Problem ist», sagte er zu seinem Vater, «daß ich immer gut *ohne* Kinder auskommen konnte.» Er beobachtete Daphne und Ornette, die abwechselnd die winzigen Fäustchen des Babys untersuchten. «Ich hatte auch keine Lust, diesen Balg zu hüten, den *ihr* mir angehängt habt.» Brownfield sah seinem Vater in die Augen.

«Ich habe meinen Bruder nie geliebt, wie du weißt. Weil *du* ihn nie geliebt hast. Ich hab gesehen, wie du ihn gekniffen hast, wenn niemand hinschaute. Wahrscheinlich war damals das Ganze für dich zum Kotzen – für Margarets Bastard zu sorgen. Und für mich auch!»

Grange senkte den Kopf und ertrug es schweigend.

18

Seinen drei Töchtern schenkte Brownfield nur dann flüchtige Aufmerksamkeit, wenn er halb betrunken war. Für ihn waren sie eigentlich keine Menschen, auch wenn ihm manchmal wegen ihnen fast das Herz brach! Für ihn waren es keine unschuldigen Kinder, eigentlich nicht mal Kinder. Ornette, ein Jahr nach Daphne geboren, beschimpfte er mit Ausdrücken, als wäre sie eine Hure. Und Ruth, das Baby, berührte er nicht mal mit seiner Hand.

Als die Kinder älter wurden, führte Daphne – die sich an die seltenen «guten alten Tage» erinnerte, bevor Brownfield seine Kinder zu hassen begann – Ornette und das Baby hinaus unter die Bäume und erzählte ihnen, welch ein guter Daddy Brownfield einst gewesen war. Brownfield hörte, wie sie dem Baby ihre Geschichten ins Ohr flüsterte, als wollte sie ihr Schwesterchen in dem Glauben aufwachsen lassen, auch sie hätte Brownfield manchmal als einen so guten Vater gekannt.

TEIL 5

19

Brownfield glaubte nicht, daß Mem ein Haus finden würde. Er hatte kein anständiges Haus gefunden, als er zum ersten und einzigen Mal auf die Suche ging. Und, was noch schlimmer war, er glaubte ihr nicht, daß sie suchte.

«Kannst deinen vertrockneten Freundinnen ruhig mal erzählen, daß ich mir bei der Arbeit den Arsch aufreiße, während du dir – zur Abwechslung – nach einer Villa die Augen verdrehst!»

Er packte sie am Handgelenk.

«Oh, Brownfield», sagte sie und ließ ihre Schuhe fallen.

«Ich werde dir beibringen, mich *Mister* zu nennen», sagte er. Langsam drehte er ihren Arm herum, bis sie vor ihm auf der Erde kniete. «Eine Frau, die so schwarz und häßlich ist wie du, sollte ihren Mann *Mister* nennen.»

«Ich habe heute kein Haus gefunden», wimmerte sie tonlos. Sie war so müde, und die Füße taten ihr weh.

Er gab ihr einen Stoß, und sie stürzte über ihre Blumenkästen. Erde und Blütenblätter flogen durch die Luft. Zitternd erhob sie sich auf die Knie, stand auf und drückte sich – aufschluchzend – die runzelige Hand gegen die Stirn. Ihre Töchter, das Baby in den Armen, standen hinter der schiefen Fliegengittertür und schauten zu.

Wir sollten ihn umbringen, dachte Mem. Den Blicken der Kinder ausweichend, nahm sie Baby-Ruth auf den Arm und ging ins Haus.

«Gottverdammte, knochige *Schind*mähre», brummte Brownfield böse und legte die Füße auf das morsche Geländer seiner Veranda.

20

Am Ende der zweiten Fütterung, als er die Schöpfkellen zurück in die Futtersäcke schob, kam Captain Davis herein und blieb im Türrahmen stehen, kauend und ausspuckend und halb interessiert, was Brownfield machte. Hauptsächlich schien er betonen zu wollen, daß *ihm* die Kühe und der Stall und alles andere gehörten. Er stand da, die Hemdsärmel aufgekrempelt, sein kahler Kopf mit Altersflecken gesprenkelt. Er war der Boss.

«Ich habe Mr. J. L. gesagt, daß du dich nach einer neuen Stelle umschauen willst», sagte er. Mit schiefgestelltem Kopf beobachtete er, wie Brownfield die Futtersäcke verschnürte. Er verzog den Mund, als ein paar Körner auf den Betonboden fielen.

«Ich hab ihm gesagt, er würde mit dir keinen schlechten Fang machen.»

Brownfields Hände hörten auf, die Säcke zu verknoten.

«Ja, Sir?»

Er wollte sich aufrichten – doch es gelang ihm, halb gebückt stehenzubleiben, so daß er klein und schwarz wie eine Laus vor Captain Davis stand, der mit seinem schütteren weißen Haar aufragte wie ein Riese, der ihn jederzeit zertreten konnte.

«Ja, Sir?» sagte er noch einmal, während Captain Davis' Augen über die Leiber seiner Kühe glitten. Ganz langsam. Du verdammter, einarmiger Hund, dachte Brownfield, der reglos zu dem großen weißen Mann aufblickte, jederzeit bereit, die Augen niederzuschlagen, falls der Captain ihn anschauen sollte.

Warum sagt er nicht, was er zu sagen hat, statt hier herumzustehen, als hätte ich den *ganzen* Tag Zeit, mir Geschichten von seinem Sohn, diesem Sklaventreiber anzuhören. Soll er sich doch selbst, verdammt noch mal, einen Helfer suchen – statt mich *einzutauschen*! Als der Captain sich umdrehte, wandte Brownfield den Blick ab. Ein gehorsames Lächeln zitterte um seinen Mund.

«Natürlich wird das Leben dort nicht so leicht sein wie hier», sagte Captain Davis. Er ließ sich herbei, Brownfield anzusehen, und Brownfield senkte den Blick – gehorsam ein aufmerksames und respektvolles Lächeln aufsetzend.

«Hast du Interesse, Brown?» fragte der Alte. Er räusperte sich und spuckte aus und machte sich nicht mal die Mühe, den Kopf abzuwenden. «Habe Mr. J. L. schon gesagt, daß du willst.»

«Ja, Sir!» sagte Brownfield. Er zog ein großes kariertes Taschentuch heraus und wischte sich die Hände ab. Mit besonderer Sorgfalt zwischen den Fingern. Er dachte an Mr. J. L. – geizig und böse und gefährlich für jede schwarze Frau. Und schauderte. Er wollte nicht für ihn arbeiten. Er erinnerte sich, wie er und Mem auf Captain Davis' Farm gekommen waren. Der Bruder des Captain hatte sie herübergeschickt, zur Arbeit, nachdem er Brownfield nicht mehr brauchen konnte. Seine Frau war gestorben, und auch für Mem gab es keine Arbeit mehr. Captain Davis hatte seinem Bruder für eine Saison einen Traktor geliehen. Der Tausch wurde abgewickelt, als wären Brownfield und seine Familie ein Gespann Ackergäule.

«Ich bin Ihnen sehr dankbar, daß Sie ein Wort für mich eingelegt haben.» Brownfield nickte, noch immer lächelnd, aber die Augen ängstlich abgewandt. Er spielte mit der Idee, das Angebot auszuschlagen, aber die ablehnenden Worte, die ihm auf der Zunge lagen, wollten ihm nicht über die Lippen. Er räusperte sich und scharrte mit dem Fuß, als wollte er etwas sagen. Aber es kamen keine Worte – nur ein zögerndes Grunzen, das sich anhörte wie ein ersticktes Ja.

«Was sagst du dazu, Brown?» fragte Captain Davis ungeduldig und streng. Er drehte sich um, und die Sonne verzauberte seinen spärlichen Haarkranz in einen Heiligenschein. Brownfield blickte einen kurzen Moment in seine hellblauen Augen und blieb stumm.

«Ja, Sir», sagte er endlich, wie hypnotisiert von dem alten Mann in der Sonne.

Captain Davis zog seine knochigen weißen Schultern hoch und stelzte hinüber zu seinem weißen Haus mit den leuchtendroten Kaminen.

Ein Jammer, wie man sich dauernd um diese Kerle kümmern muß! dachte er und umklammerte mit der gesunden Hand seinen Armstumpf.

21

Er verspätete sich und hatte ihr nicht Bescheid gesagt. Dennoch wagten sie nicht, ohne ihn mit dem Abendbrot anzufangen. Daphne betrachtete eine bunte Katalogseite mit sanitären Anlagen. Sie schielte fast im Licht der Petroleumlampe, die an einer Schnur über dem Tisch baumelte.

«Ist das das Kinderklo, das wir haben werden, Ma?» fragte Ornette. Staunend spähte sie über Daphnes spitzen Ellbogen hinweg auf die funkelnden Sanitäranlagen.

«Guck, diese blitzblanken *Kloschüsseln*!» flüsterte sie aufgeregt. Mit gespreizten Fingern fuhr sie über vier Badezimmerschränkchen gleichzeitig, und ihre Stimme klang rauh und gierig. Daphne hielt ihren Ellbogen abwehrend zwischen den Katalog von Sears & Roebuck und ihre kleine Schwester.

«Geh doch weg, Mädchen!» rief sie und versuchte, das Buch an sich zu raffen. Aber Ornette umklammerte mit ihrer schmutzigen kleinen Faust eine kleine Ecke des Katalogs und verdeckte eine tiefe weiße Badewanne, die mit grünlichblauem Wasser gefüllt war – wie der Swimmingpool der Weißen in der Stadt.

Mem, die Beine unter dem Tisch gespreizt und ihr zerschlagenes, hungriges Gesicht zu einem Grinsen verzogen, überwachte das Umblättern der Katalogseiten.

«Warte mal, Daphne, laß mich diese Spülbecken und Geschirrständer sehen!» sagte sie streng, während Daphne rasch weiterblättern wollte zu den warm leuchtenden Bildern von bunten Glühbirnen und modernen Lampen.

«Haben wir auch elektrisches Licht in unserem neuen Haus?» fragte Ornette, atemlos die glatten Katalogseiten streichelnd. Der gelbe Schimmer der Lampe tauchte Mem und ihre armen Kinder in ein sanftes, freundliches Licht und machte sie schön füreinander. Das Baby Ruth, noch zu klein, um sich für Haushaltsgeräte und Möbel zu interessieren, gurgelte und krähte in seiner Kiste neben dem Herd. Vergeblich bemühte sie sich um die Aufmerksamkeit ihrer Mutter.

«Ich kann euch nichts versprechen», sagte Mem. Sie lachte

über Ornettes ernsten Blick und strich ihr mit rauher Hand über den Kopf. «Ich kann nicht sagen, was sein wird», fuhr sie fort. «Aber wenn Gott will, werden wir es haben!» Das letzte sagte sie tonlos und beinah zu sich selbst. Denn sie hörte das Klappen der Hintertür und spürte den Luftzug, den Brownfields Eintritt verursachte, und sah die Lampe flackern und beinah verlöschen.

«Warum steht kein Essen auf dem Tisch?» fragte Brownfield, kaum daß er eingetreten war.

«Wir wußten nicht, wann du kommst, Brownfield», sagte Mem leise und sprang so schnell vom Stuhl hoch, daß sie sich ihr knochiges Knie an der Tischkante aufschlug. Demütig beugte sie sich über den Herd und rührte im Topf und schöpfte Hammelfleisch mit Erbsen. Sie stellte einen vollen Teller vor Brownfield hin und ging wieder zum Herd, um Essen für sich und die Kinder zu holen. Brownfield sah, daß sie sich am Herd verbrannte, als sie sich ungeschickt umdrehte. Er grinste, während er mit dem Löffel durch seine Erbsen pflügte.

Ornette saß wie betäubt und beobachtete ihren Vater, der mit beiden Händen das Fleisch packte und es zerriß, während das Fett über das Tischtuch spritzte, auf dessen fleckenloses Weiß Mem so stolz war. Immer wenn Ornette ihren Vater essen sah, kam er ihr vor wie ein Schwein. Sie blinzelte, während Brownfield, den Mund voller Erbsen und Brot, zu ihr sagte: «Was glotzt du mich an?»

Sie senkte den Blick auf ihren eigenen Teller und fing langsam an zu essen. Sie gab sich Mühe, nicht dieses Pfeifen und Schmatzen zu hören, das ihr Vater machte, während er das Fleisch auslutschte und die Erbsen verschlang.

Mem aß mit gesenktem Kopf und legte ihrem Mann immer wieder auf. Daphne saß ängstlich da, sie kaute nervös und zupfte an ihrem Kleid und drängte sich an ihre Mutter. Sie stellte sich vor, wie Brownfield soviel Erbsen fraß, daß er platzte. Mit Freuden malte sie sich aus, wie sie ihn verscharren half, und sah riesige Erbsenranken aus seinem Grab wachsen. Bei dieser Vorstellung stieß sie, mit starrem Gesicht, ein seltsames Wimmern aus.

«Was ist mit dir los, *dumme* Kuh?» Die Augen ihres Vaters musterten sie hart und eindringlich funkelnd wie die Augen einer großen Ratte.

Ich wollte, er würde verrecken! dachte sie hinter ihrem wachsamen, aber traurig leeren Gesicht. Ich wünschte, er würde uns den Gefallen tun. Damit wir ihn *begraben* könnten!

«Was höre ich da, von einem *neuen* Haus!» fragte Brownfield endlich. Er kaute geräuschvoll und grunzte hinterhältig, als wollte er ein Lachen ersticken. «Wir ziehen auf die Farm von Mister J. L.»

Zufrieden registrierte er ihr bedrücktes Schweigen.

«Ich nicht», sagte Mem. «Ich nicht und diese Kinder auch nicht.» Sie straffte ihren knochigen Nacken – als erwarte sie einen Schlag. Aber er lachte nur und aß weiter Erbsen und Maisbrot.

«Gib mir Wasser», raunzte er Ornette an, die sich ausmalte, wie sie den Trog für ein Schwein füllte.

«Ja, Sir», murmelte sie mit gesenktem Kopf und ging zum Eisschrank.

«Du hättest gestern Eis besorgen sollen», sagte Mem, die den Moderdunst aus dem Eisschrank roch.

«Und du hättest gestern zu Hause bleiben sollen, statt in der Weltgeschichte herumzulaufen und nach einer *Villa* zu suchen. Hättest du mehr Verstand, dann hätten wir Eis. Er verdrehte die Augen, als sei er entsetzt über ihre Dummheit, und hustete ihr ins Gesicht.

Seine Frau zitterte vor unterdrücktem Ekel. Du gemeiner Hund! dachte sie, während sie schuldbewußt ihre Kinder zum Aufessen antrieb.

Einst war er ein hübscher Mann gewesen, schlank und groß, mit schmalen, schönen Händen. Jetzt waren seine einmal so klaren Augen gelb und rot unterlaufen. Er blinzelte dauernd. Von der Arbeit auf dem Feld und mit den Kühen der Weißen, bei jedem Wetter, hatte er Rheumatismus im Bein, und eine schwere Bronchitis und Allergien und eiternde Ekzeme.

Er war nicht gesund. Von der Arbeit im Kuhstall juckten seine

Hände. Sie juckten so stark, daß er sich beinah die Haut abkratzte. Erst nach Jahren ließ das Jucken nach, und dann waren seine Hände außen wie graues Leder und innen schuppig und verschorft. Sie waren zu deformiert für jede andere Arbeit als mit Tieren. Je härter und fühlloser die Elefantenhaut an seinen Händen wurde, desto häufiger knallte er seiner Frau die Fäuste an den Kopf.

Niemals heirate ich so einen wie den, schwor sich Daphne, wenn sie die großen, häßlichen Hände sah, die immer nach Kühen und saurer Milch rochen.

«Alles ist abgemacht», sagte Brownfield, laut rülpsend und rieb sich unter dem Tisch zwischen den Beinen. «Nächsten Montag ziehen wir zu Mister J. L.», sagte er drohend zu Mem. «Keine Widerrede!»

«Ich sagte dir schon», antwortete sie, «mich und diese Kinder wirst du nicht mehr durch irgendwelche Schweineställe schleifen. Wir haben lange genug im Dreck gehaust. Daphne soll wie eine junge Lady aufwachsen, unter anständigen Leuten – nicht hier im Stall, auf der Farm eines weißen Mannes wie zu Zeiten der Sklaverei. Ornette soll in eine anständige Schule gehen. Und die kleine Ruth», sagte sie trotzig, «soll ein Plumpsklo nicht mal vom Hörensagen kennen!»

«So 'n Quatsch kannst du dir gleich aus dem Kopf schlagen, bevor ich dir 'n rausprügle!»

«Ich habe keine Angst vor dir», log seine Frau.

«Wirst's ja sehen, wenn es soweit ist, du häßliche Schlampe!» sagte er, und kniff sie grob in ihre verspannte Wange. Manchmal dachte er zurück an damals, als diese Wange glatt und rund gewesen war. Nur noch selten verzog sie sich jetzt zu einem Lächeln.

«Ich und diese Kinder, wir haben ein Recht, in einem Haus zu leben, wo es nicht durchs Dach regnet und wo es im Fußboden keine Rattenlöcher gibt», sagte sie und riß sich von ihm los. Er wußte, wie sehr ihr vor seinen Händen graute. Jetzt hielt er ihr seine feuchte, stinkende Pranke vor die Augen und grapschte nach ihrem Busen.

Wenn ich ein Mann wäre ... dachte sie, über den Spülstein gebeugt. Wenn ich ein Mann wäre, ich würde alle Männer zusammenschlagen – so böse und gemein sind diese Schweine.

22

«Tag, Brownfield», sagte sie ernst, als sie am nächsten Nachmittag nach Hause kam.

«Tag, häßliche Kröte», sagte Brownfield. Er baute sich vor ihr auf und beäugte sie mißtrauisch. Er sah ihr trauriges kleines Lächeln. Im letzten Sonnenstrahl sah er, wie grau ihr Haar geworden war. Sie lehnte in der Tür, ihr Gesichtsausdruck wechselte zwischen tiefem Ernst und plötzlicher Belustigung. Seit Jahren hatte er keinen ähnlichen Blick bei ihr wahrgenommen.

«Was starrst du mich so blöde an?» Noch nie war sie ihm so widerlich gewesen. Konnte er ahnen, daß sie einmal so häßlich werden würde? fragte er sich, während ihr Gesicht vor seinen Augen aufging wie ein Pfannkuchen und Mem leise lachte – jenes tiefe Lachen von damals, als sie jung verheiratet waren und kein Tag ohne Liebe verging.

«Wir haben ein neues Haus», sagte sie, als stellte sie etwas Kostbares vor ihn hin, das mit fröhlichem Geknatter jeden Moment explodieren konnte. «Wir haben ein neues Haus in der *Stadt*!» flüsterte sie glücklich.

Er schaute sich um und sah die Kinder, staunend mit dem gleichen glücklichen Ausdruck wie ihre Mutter.

«Ich weiß, wir haben ein neues Haus», sagte er geduldig. «Aber es ist drüben auf Mister J.L.s Farm und nirgendwo anders!»

«Oh, nein!» sagte sie heiter und lachte immer noch dieses tiefe, lange nicht mehr geübte Lachen. «*Dieses* Haus hat ein Waschbecken und ein Klo im Haus, und es hat elektrisches Licht und sogar einen Garten für Blumen und Gemüse. Du hast doch selbst gesagt –» sie lachte, noch fröhlicher – «daß die Hütte von diesem J. L. fast zusammenkracht. Außerdem ist sie voll Heu.» Sie war wie berauscht von dem Gedanken an ihr neues Haus. Sie ließ sich auf einen Stuhl fallen und schlug die Hand vor die Augen. «Außerdem», sagte sie, plötzlich ernüchtert, «kostet es nur zwanzig Dollar Miete im Monat, und soviel verdienst du leicht in einer Fabrik. Bei der Fabrikarbeit stehst du nicht im *Regen*. Eine Schule ist da, für die Kinder, und die Nachbarn sind nette Leute. Übrigens ...» Und sie fing noch einmal von vorne an, die Vorzüge des Hauses aufzuzählen. Ihre Augen leuchteten – dann wurden sie stumpf und müde. «Übrigens», sagte sie mutlos, «habe ich dem Mann gesagt, daß wir Montag früh einziehen. Ich habe den Mietvertrag unterschrieben.»

«Du hast den Mietvertrag *unterschrieben*?» Er war wütend. Er konnte ja nicht lesen und schreiben – auch nach ihrem Versuch, es ihm beizubringen. Es hatte angefangen mit dem ersten Kuß und aufgehört mit der Hochzeit. «Ich sollte dir, verdammt noch mal, die Finger abhacken!»

«Tut mir wirklich leid, Brownfield», sagte Mem. Neun Jahre lang hatte sie ihn den Herrn im Haus spielen lassen. Damit hatte sie sich neun Jahre erbärmlichen Elends eingehandelt. Niemals hatte er eingestanden, daß er nicht genug lesen konnte, um einen Mietvertrag zu unterschreiben, und sie hatte sich gefügt und ihm dieses bißchen Stolz zugestanden. Und jetzt war er krank und vorzeitig alt geworden, und sie war verbittert und wünschte ihm jeden Tag den Tod. Ihre Geduld hatte sie beide in Fesseln geschlagen.

«Irgend jemand *mußte* den Mietvertrag unterschreiben, Brownfield», sagte sie sanft und blickte in seine zornigen Augen. «Ich hab genug davon, mich von einer Müllkippe zur anderen zu schleppen und von den Weißen verschachert zu werden wie eine Maschine.» Sie straffte ihre Schultern und zog ihre Kinder an sich. «Du kannst diesem weißen Schwein sagen – sperrt eure Ohren auf Kinder! –, daß wir für uns selbst sorgen können. Wir mögen arm sein und schwarz, aber wir sind nicht dumm. «Sie machte eine Pause. «Wenigstens *ich* bin es nicht», sagte sie hart und barg ihr Gesicht in Ruths Haaren.

«Du weißt hoffentlich, daß du in der Stadt nicht einfach auf den Acker gehen und einen Korb Gemüse holen kannst, wenn du hungrig bist. Außerdem kannst du nicht einfach das Feld leer ernten, wenn wir hier fortgehen.»

«Erstens gibt's Kaufläden in der Stadt», sagte sie, ohne von ihrer Arbeit aufzublicken. «Und zweitens habe ich dieses Gemüse mit eigenen Händen gepflanzt, und ich will verdammt sein, wenn ich mich von einem alten, schwachsinnigen Cracker daran hindern lasse, es mitzunehmen. Diesen Leuten ist es doch ganz egal, ob ich verhungere!»

«Es macht keinen guten Eindruck», beharrte Brownfield und richtete sich von seinem Lager auf. «Nächsten Montag ziehen wir zu Mister J. L., und heute – am Donnerstag – rennst du hinaus und erntest das Feld kahl. «Er starrte ihre schwieligen Füße an. «Meine Mama hat immer gesagt: Junge, laß dich nicht mit einer häßlichen Schwarzen ein, die keinen Respekt vor dem Eigentum hat.»

«Falls deine Ma eine Schwarze war, Brownfield», sagte Mem und stemmte die Fäuste in die Hüften, «wird sie – schätze ich – schon *lange* herausgefunden haben, daß man von so 'nem Blödsinn nichts abbeißen kann.»

«Du glaubst doch nicht etwa, daß ich in die Stadt ziehe?» sagte Brownfield gedehnt. Er drehte sich zur Wand, als wollte er schlafen. Er grinste. «Ich bin ein *Mann*, und ich habe nicht die Absicht, in einer Scheißfabrik zu arbeiten.»

Daphne und Ornette drängten sich hinter ihrer Mutter in der Küchentür, und beobachteten mit erschrockenen Augen.

«Hast du gehört, Frau!» Brownfield sprang auf und stampfte wütend mit dem Fuß. «Wir ziehen dorthin, wo ich sage – und dann, wann ich sage! Solange ich diese Scheißfamilie ernähre, sage *ich*, wo wir hinziehen.» Drohend stierte er sie aus blutunterlaufenen Augen an. «Ich kann vielleicht nicht lesen und schreiben – aber ich bin noch immer der Mann in diesem Haus!»

«Mach, was du willst, Brownfield», sagte sie und trat einen Schritt zurück. «Tu, was du willst, und geh, wohin du willst. Aber ich und diese Kinder werden in dem Haus leben, das ich gemietet habe. Wir werden nicht mehr in Hundehütten leben. Wir werden ein Klo und ein Bad haben und elektrisches Licht – wie andere Leute!»

«Wer bezahlt für deine Klosetts und deine Bäder und dein elektrisches Licht, du abgehalfterte Schlampe?» Brownfield stieß die Kinder beiseite und packte Mem an der Schulter.

«Ich will dir was sagen, Mann», sagte Mem schwer atmend. «Ich habe mein Leben lang schwer gearbeitet. Erst, um vorwärtszukommen, und dann ums nackte Leben. Damit ist jetzt Schluß! Jetzt werde ich noch schwerer arbeiten, um diese Kinder durchzubringen, und *du* wirst mich nicht daran hindern, du stinkfauler Teufel!»

«Und wer soll einem zahnlosen alten Maultier wie dir Arbeit geben?» Er schwitzte, und seine Hände juckten. «Schau doch mal in den Spiegel», sagte er, die Fäuste geballt. «Du bist nicht nur häßlich und runtergekommen, du bist auch *alt*!»

Ich bin noch nicht dreißig, wollte sie sagen, aber statt dessen sagte sie: «Ich weiß, wie ich aussehe, und ich weiß, wie alt ich bin.» Es schien ihr unmöglich, ihn anzuschauen, ohne zu weinen. «Und beides wird mich nicht abhalten, mir einen Job zu suchen, damit wir am Montag früh in dieses Haus einziehen können.»

«Das möchte ich *sehen*, du Schlampe!» schrie er und stürzte hinaus. Ruth erwachte wimmernd von diesem Lärm. Mem legte sie trocken und drückte sie an die Brust.

«Dieses Kind wird mit elektrischem Licht und Gasheizung aufwachsen!» sagte sie zitternd und bedeckte den Wuschelkopf des Babys mit tränenfeuchten Küssen.

23

«Wie geht's Mem?» fragte Captain Davis freundlich am Freitag nachmittag, als Brownfield sich auf den Weg nach Hause machte. «Freut sie sich schon auf das neue Haus bei Mister J. L.s Farm? Ich habe J. L.s Frau von ihrem Maisbrot erzählt. Hmmm-mmm», sagte er gönnerhaft, «kochen kann sie ja!»

«Oh, ihr geht's gut», sagte Brownfield eifrig. «Ihr geht's gut, und sie freut sich schon auf den großen Umzug.» Er konnte kaum atmen und fühlte sich schwarz und schmierig unter dem kühlen Blick des Mannes.

Warum nehm ich keinen Stein und schlag ihm seine Glatze ein! dachte er. Ha, Mem und ich haben keine Lust, für seinen bescheuerten Sohn zu arbeiten! Wer sind wir denn? Sind wir verrückt? – Er grinste breit zu Captain Davis hinauf und verkrampfte die Hände hinter dem Rücken. Er preßte die Knie zusammen.

«Es wird sicher ganz schön», sagte er hoffnungslos und bemüht um ein möglichst freundliches Gesicht. «Ganz schön!»

«Sieh zu, daß du deine Arbeit gut machst», sagte der Alte streng, räusperte sich und wandte sich ab. «Du und Mem, ihr seid keine schlechten Arbeiter», sagte er nach einer Pause. «Freut mich, daß ihr in der Familie bleibt!»

Aber wir schreiben 1944! wollte Brownfield schreien. Statt dessen sagte er: «Ja, Sir», und wartete, bis Captain Davis weitergegangen war, bevor er wagte, sich zu bewegen. «Warum renne ich ihm kein Messer in den Bauch», flüsterte er, während der Angstschweiß über seine Schenkel lief. Langsam ging er nach Hause und trat mit dem Fuß gegen Steine und Büsche.

24

«Brownfield, ich hab einen Job in der Stadt gefunden», sagte Mem. Sie setzte sich auf das Geländer und ließ ihre dünnen Beine baumeln. Brownfield schwieg. Er spürte, daß seine beiden Töchter hinter seinem Rücken feixten.

«Ich hab einen Job in der Stadt gefunden – zwölf Dollar die Woche», sagte Mem leise, aber mit freudiger Erregung in der Stimme. Es war, als erzählte ein Vogel von seinem ersten Flug.

Er sagte noch immer nichts. Seine Finger umklammerten seinen Stuhl so hart, daß die Knöchel hervortraten.

«Zwölf Dollar die Woche – mehr als du verdienst, Brownfield?» fragte Mem, die niemals wußte, wieviel ihr Mann verdiente. Ihr häßlicher Mund verzog sich vor Glück. Langsam erschlafften ihre Mundwinkel wieder, als sie ihn stumm anschaute. Ihre Kinder stellten sich neben sie, und alle schauten Brownfield an.

«Kommst du mit uns, oder nicht?» fragte sie ohne besondere Anteilnahme. «Wenn ja», fuhr sie fort, «kannst du dir einen Job suchen, um dein Teil beizutragen. Wenn nicht, schaffen wir's auch ohne dich.»

Er blieb auf der Veranda sitzen, die Füße auf das Geländer gelegt, und dachte an die trostlosen Jahre seines Lebens. Und fragte sich voller Grauen, wie lange es noch so weitergehen sollte.

25

Am Samstag abend schwankte Brownfield wie üblich nach Hause, voll Wut auf Mem und vollgetankt mit Whiskey. Fluchend trat er die Tür auf. Mem lag mit dem Gesicht zur Wand und tat, als ob sie schlief.

«Du glaubst wohl, du bist was Besseres als ich?» schrie er. «Nicht wahr? NICHT WAHR? Du mieses Schwein!» Er streckte die Hand aus und packte sie an den Haaren.

«Wach auf und schau mich an, wenn ich mit dir rede!» nuschelte er. Mit seinem von Fusel triefenden Mund versuchte er sie zu küssen.

«Du mit deinen verdammten, schwachsinnigen Bälgern, die du gegen mich aufgehetzt hast!» Die letzten Worte gingen fast unter in einem wütenden Schluchzen. Mem sagte nichts. Sie lag reglos da und wagte kaum zu atmen. Nur ihre müden Augen hingen an ihm, in jenem erregten, gespannten Warten, das viele Jahre der samstagnächtlichen Prügelei eingeübt hatten.

«Dieser Saustall kotzt mich an», sagte sie. Abrupt richtete sie sich auf und wartete auf den ersten Schlag gegen den Kopf, in die Rippen oder vor die Brust. «Scheiße!» rief sie, die Bettdecke zurückschleudernd. In ihrem schäbigen Nachthemd wirkte sie dünn wie ein Draht. «*Du* kotzt mich an!»

Kaum waren die Worte als elendes Häufchen Protest aus ihr herausgeplatzt, da krachte Brownfields große, elefantenhäutige Faust breit auf ihren Mund.

«Du unterbrichst mich nicht, wenn ich spreche, du Schlampe!» sagte er – und schüttelte sie, bis Blut von ihren brennenden Lippen tropfte. Der eine Schlag hatte sie zu einem Nichts reduziert. Wie tot ertrug sie die Ohrfeigen, dann sank sie – wie immer – schlaff auf das Bett.

«Du wirst umziehen, wann und wohin ich's dir sage, *verstehst* du mich?» schrie Brownfield. Er gab ihr einen Tritt in die Rippen. «Wir werden auf Mister J. L.s Farm ziehen, oder wir ziehen nirgendwohin!» Er war hysterisch. Mem lag da, mit geschlossenen Augen.

«Hörst du mich, du Schlampe?» Mem öffnete die Augen – zögernd, wie jemand der einen Sargdeckel öffnet. «Ich werde nicht auf Mister J. L.s Farm ziehen», sagte sie ruhig. «Das habe ich dir gesagt, Brownfield.» Vorsichtig hob sie die Hand, um das Blut von ihrem Kinn zu wischen. «Ich hab so lange zugeschaut, wie du den *Mann* gespielt hast, bis ich herausgefunden habe, daß du keiner bist», sagte sie langsam und noch leiser. «Du kannst mich totschlagen, und ich sage trotzdem: Ich komme nicht mit dir!»

«Du gottverdammte, streitsüchtige schwarze Niggerschlampe!» schrie Brownfield außer sich. «Sag noch ein Wort, nur noch ein einziges verdammtes Wort, und ich schneide dir deine gottverdammte Kehle durch!» Er tastete in der Hosentasche nach seinem Messer und bückte sich und umklammerte Mem mit trunken schlaffem Arm. Mem schloß die Augen, während er sie gegen den Bettpfosten schleuderte und ihr einen krachenden Fußtritt gegen die Schläfe versetzte. Sie sah blaß verschwommene Sterne – dann nichts mehr.

Nebenan lagen Ornette und Daphne und hielten ihre Tränen

zurück, um nicht niesen zu müssen. Sie umschlangen sich zitternd mit mageren Ärmchen und leckten sich mit ihren warmen roten Zungen über die schmerzenden Augen. Und hatten nur den einen Wunsch, ihr Vater sollte über seine eigenen Füße stolpern, in sein eigenes offenes Messer fallen.

Von Ruth kam ein schlafloses Wimmern. «Glaubst du, er kommt hier herein?» fragte Ornette ihre Schwester. Sie wußte nicht, sollte sie weglaufen oder tapfer sein und ihre Geschwister schützen?

«Wenn er hereinkommt», flüsterte Daphne mit der Kälte einer Erwachsenen, «wenn er hereinkommt, läßt du dich packen. Und ich lauf in die Küche und hol das Fleischermesser.» Vorsichtig fuhr sie mit der Zunge über die Wange der Schwester, die Spur der Tränen nachziehend. «Wenn ich zurückkomme, und er hat dich nur ein einziges Mal geschlagen, stoße ich ihm das Messer in den stinkenden Bauch!»

Unter dem Bett zusammengekauert, hörten sie die Vögel im Morgengrau zwitschern. Sie schliefen ein und träumten in grausamer Kälte von einem Mord, der sie befreien würde.

Brownfield träumte nicht. Er verlor das Bewußtsein, und am Sonntag morgen, reichlich spät, stach ihm die Sonne durch die Augenlider wie die Spitzhacke eines Kettensträflings. Er reckte die Glieder und wunderte sich, daß er ausgezogen im Bett lag. Er räkelte sich und griff nach seiner Frau.

«*Mach die Augen auf*!» Mems Stimme war ruhig wie ein Wasserspiegel. Er schlug die Augen auf und klappte sie gleich wieder zu, um das Licht auszusperren. Mem hockte auf der Bettkante und hatte eine Schrotflinte in den Händen. Im ersten Moment sah er nur den Schaft, glatt und schwarz neben seinem Kopf. Mems runzeliger Finger lag am Abzug. Er fuhr hoch – halb zu ihr hin, halb von ihr weg. Ein stechender Schmerz zwischen den Beinen warf ihn aufs Bett zurück.

«Keine Bewegung», sagte Mem träge. Ungerührt drückte sie ihm den Gewehrlauf in die Leiste. Brownfield brach kalter Schweiß aus. Seine Augen hetzten verwirrt durch die Kammer.

«Was'n los mit dir, Mem?» fragte er heiser. Er hatte einen verwesten Geschmack im Mund. «Was, um Himmels willen, ist heute morgen in dich gefahren?» Er blickte um sich. «Wo sind die Kinder, Frau?» fragte er. «Weißt du nicht, was sich gehört?» Mem fing an zu kichern. Ein tiefes, kehliges Kichern. O Gott! dachte Brownfield und fing unter der Bettdecke an zu zittern. Dieser Fußtritt gestern hat sie um den Verstand gebracht! Mem packte das Gewehr mit beiden Händen und gab ihm einen Stoß. Brownfield heulte auf vor Schmerz und schob seine breiten Hände vorsichtig nach unten.

«Keine Bewegung, ich hab dich gewarnt!» sagte Mem, «nur noch eine klitzekleine Bewegung, und du kannst deine Eier von der Wand kratzen.»

«Oh, Mem», winselte er, «Süße, du hast doch gar keinen Grund ...»

«Halt's Maul», sagte Mem und starrte ihn aus übernächtigten Augen an. «Die Kinder sind den ganzen Tag fort, in der Kirche. Ihr Grandpa hat sie abgeholt, und ich hab ihm sogar das Baby mitgegeben. Hier ist keiner, außer uns beiden. Keiner kümmert sich darum, ob einer von uns auf der Strecke bleibt.»

«Lieber Gott», stöhnte Brownfield.

«Spare dir deine Gebete, Junge!» sagte Mem, ungerührt kichernd über seine Angst. «Bete lieber zu deinem *wahren* Herrn.»

Unwillkürlich dachte Brownfield an Captain Davis. Der hagere alte Cracker stand vor seinem inneren Auge auf, als sei er Gott persönlich.

«Denk daran, Captain Davis wird dich bestrafen!» Er begann sinnlos draufloszubrabbeln und übergab sich schließlich.

«Wehe, wenn du dieses Bett versaust!» sagte Mem, als er die Hand auf den Mund drückte. Er beugte sich über die Bettkante und kotzte auf den Boden. Er kotzte die ganze Fäulnis aus sich heraus und sank erschöpft aufs Bett zurück.

«Runter mit dir, in deinen Dreck!» sagte Mem angewidert. «Ich will dich nicht neben mir im Bett! Runter mit dir!» sagte sie und stieß ihn wieder mit dem Gewehr. Brownfield fiel aus dem

Bett und landete mit dem nackten Hintern in seiner gelben, stinkenden Kotzbrühe. Noch nie im Leben hatte er sich so schlecht gefühlt. Mem hockte auf dem Bett und beobachtete ihn mit kaltem, gleichgültigem Blick. Sie hob das Gewehr und zielte auf seinen Unterleib. Brownfield fuhr zurück und kauerte sich zusammen, um seine Lenden zu schützen. Sie grinste freudlos. Wie ein räudiger alter Gorilla! dachte er.

«Wenn ich mir vorstelle, daß ich so dumm war und dich auch noch heiraten *wollte*», sagte sie. «Wenn ich mir vorstelle, daß ich so dumm war und all die Babys haben wollte. Für dich. Und du hast nicht ein einziges Mal die Hebamme geholt! Immer warst du zu betrunken, oder es war dir zu kalt.» Ihre linke Hand streichelte den Gewehrlauf.

«Glaubst du, dein Captain Davis kümmert sich einen Dreck, ob ich dich niederknalle, Brownfield?» fragte sie. «Was glaubst du, wird er sagen? ‹Ach, Mem, wird er wohl sagen, wer hat schon mal gehört, daß Frauen rumlaufen und ihren Männern die Eier abschießen? Jaja, ihr Schwarzen. Habt ihr schon mal gehört, daß weiße Frauen so was tun? Dem eigenen Mann die Eier abschießen – was 'ne Schande!› Dein Captain Davis würde sagen: ‹Ich hab's ja schon immer gesagt, die *Nigger sind verrückt*. Und diese Mem Copeland hier beweist wieder einmal, daß ich recht habe. Geht hin und knallt dem eigenen Mann die Eier ab ... Natürlich –› würde er sagen und auf die Erde spucken – ‹was diesen Brownfield Copeland betrifft, bei dem hab ich schon immer bezweifelt, ob der überhaupt 'n Paar Eier in der Hose *hatte*!›» So plapperte Mem drauflos und hatte die Augen zusammengekniffen wie Captain Davis, wenn er mit ihr und Brownfield sprach und sie nicht anschauen wollte. Das heißt – immer wenn er mit ihnen sprach.

«Niemand wird sich 'nen Dreck um uns beide kümmern, du alter Narr! Hast du das noch nicht begriffen?»

«Du häßliche schwarze Schlampe!» flüsterte Brownfield tonlos. Er versuchte, sich aufzurappeln. Mem hob den Gewehrkolben und verpaßte ihm eine Schramme, drei Zentimeter breit, über die Stirn. Hellrotes Blut tropfte auf Brownfields Bauch, tropfte auf den Fußboden und färbte die verwitterten Bodendielen. Er fing an zu weinen.

«Solange du lebst – und das wird nicht mehr lange sein, wie du's treibst –, wirst du mich nur noch mit meinem Namen anreden!» Mem blieb ganz ruhig. «Wenn ich mir vorstelle, wie ich mich von dir von einem Schweinestall in den anderen zerren ließ, nur weil ich nicht deine Gefühle verletzen wollte», sagte sie leise, beinah verwundert. «Und wenn ich mir vorstelle, wie oft ich mich von dir verprügeln ließ, nur damit du dich als Mann fühlen konntest, Brownfield Copeland.» Sie kniff die Augen zusammen und starrte ihn an. «Und wenn ich mir vorstelle, wie du mich erniedrigt hast – und das seit neun Jahren!» Sie umspannte fester das Gewehr. Brownfield wand sich in Zuckungen. «Eine Frau, die so häßlich ist wie du, sollte einen Mann *Mister* nennen. Das sagst du mir, seit du die Häßlichkeit in mich reingeprügelt hast!» stöhnte seine Frau.

«Mem», jammerte er, die Veränderung ihres Gesichts mit Schwäche verwechselnd, «du weißt doch, wie schwer es für einen Schwarzen ist, ein Mann zu sein.» Kotze, Blut und Tränen vermischten sich auf seinen Schenkeln. «Du weißt doch, Mem, daß ich immer nur ein Mann sein wollte. Baby, die Weißen erlauben einem nicht, sich als Mann zu *fühlen*.»

«Du kannst nichts gegen sie machen, willst du doch sagen, was?» fragte Mem, die ihre Fassung wiedergefunden hatte. Sie stützte das Kinn in die rechte Hand und hielt das Gewehr mit der linken. «Schau dich doch an. Heulst wie ein kleiner Junge, der sich in die Hose gemacht hat.»

«O Gott, Mem, du weißt doch, wie ich mich anstrengen muß. Ich verdiene fast nichts, das weißt du. Und die Weißen geben uns keine anständige Wohnung, das weißt du auch. Was kann ein Mann *tun*?» fragte er, lauernd wie ein geprügelter Hund. Er wartete auf eine Chance, das Gewehr zu packen. Mem umklammerte den Schaft wieder mit beiden Händen und schlug die Beine übereinander.

«Zum Beispiel könnte er aufhören zu heulen wie ein feiger

Kojote!» sagte sie und gab ihm mit dem Gewehr einen Schlag auf den Kopf. Brownfield glitt aus und blieb in der Kotze liegen, zu schwach, um aufzustehen.

«Weißt du was», sagte Mem, die sich vor ihm aufbaute, «in den Dreck, in dem du jetzt liegst, gehörst du auch hin, und zwar schon lange. Und jetzt sage ich es dir zum letztenmal. Denn anscheinend bist du schwer von Begriff. Ich und meine Kinder, wir werden in das Haus ziehen, das ich in der Stadt gemietet habe. Wir werden einziehen – mit dir oder ohne dich. «Sie trat gegen eine saubere Stelle an seinem schlaffen Bein. «Hast du gehört, Junge?» Brownfield stöhnte und nickte.

Geschieht mir ganz recht! dachte er. – Warum habe ich mich mit einer Verrückten eingelassen? Er spürte den stechenden Schmerz in seinem Schienbein.

«Für den Fall, daß du mitkommen willst, hab ich ein paar Regeln aufgestellt für dich. Denn es wird mein Haus sein, und in meinem Haus wird nicht getan, was die Weißen von uns erwarten! Also erstens: In Zukunft wirst du mich Mem nennen, Mrs. Copeland oder *Mrs. Mem R. Copeland*. Schreib dir das hinter die Ohren. Und zweitens: In Zukunft nennst du unsere Kinder Daphne, Ornette und Baby-Ruth. Du kannst sie auch ‹Schatz› oder ‹Liebling› nennen, falls es dir einfällt. Drittens: Falls du jemals wieder die Hand gegen mich erhebst, schieße ich dir das Hirn aus dem Kopf – und vorher knalle ich dir in die Eier, dies einzige Zeichen von Männlichkeit, das du zu haben *glaubst*. Viertens: Falls du einem meiner Kinder ein Haar krümmst, werde ich dich kreuzigen, werde ich dich aufspießen mit dem Messer – genau wie sie's mit dem Herrn gemacht haben. War's für ihn gut genug, dann ist's für dich erst recht gut genug. Fünftens: Du wirst lernen, an meinem Tisch wie ein Gentleman zu essen und nicht wie ein Schwein deinen Fraß runterzuschlingen. Du wirst mit Messer und Gabel essen wie jeder andere zivilisierte Mensch. Sechstens: Mir ist's egal, ob du in der Stadt rumhurst, aber mich wirst du nie wieder am Sonntag morgen mit deinen Pfoten betatschen, nachdem du dich die ganze Nacht herumgetrieben hast. Siebtens: Falls du je wieder fluchst in meinem Haus, werde ich dir deine verdammte Zunge abschneiden. Achtens: Du wirst selbst die Verantwortung für alle deine Fehler übernehmen und nie wieder Captain Davis oder Ornette und Daphne und Ruth die Schuld geben – oder wem auch immer. Neuntens: Du wirst mein Haus respektieren und nie wieder betrunken nach Hause kommen. Und zehntens: du wirst nie wieder ‹häßliches Niggerweib› zu mir sagen oder ‹Schlampe›, sonst wirst du merken, wozu diese häßliche Niggerschlampe fähig ist, wenn sie wütend wird!» Mem trat einen Schritt zurück. «Und jetzt steh auf», knurrte sie, «und wasch dir deinen dreckigen Arsch!»

Brownfield rappelte sich langsam hoch, den Kopf gesenkt, seine Augen flackernd vor Angst. Er heulte immer noch, und Rotz lief aus seiner Nase. «Wenn du dich gewaschen hast, wirst du diese Schweinerei wegputzen. Wenn meine Kinder mit ihrem Großpapa aus der Kirche kommen, werden sie einen musterhaften Daddy vorfinden. Wenn nicht – wissen wir beide, was passiert! Hast du gehört, Brownfield?» sagte Mem, das Gewehr auf ihn gerichtet. Brownfield brachte keinen Ton heraus. Er stolperte in die Küche.

«Ich sage: Hast du gehört, Junge?» Mem rannte hinter ihm her und erwischte ihn mit dem Gewehrkolben am Hinterkopf. Seine Knie gaben nach, aber er konnte sich am Türrahmen festhalten. Seine blutunterlaufenen Augen mieden ihren stahlharten Blick.

«Ja, Ma'am», murmelte er, in der Tür kauernd und ohne aufzublicken. «Ja, Ma'am», sagte er noch einmal schluchzend, während Mem das Gewehr mit schwerer Hand in die Ecke stellte.

TEIL 6

26

Brownfield lag auf der Lauer und wartete, daß Mems Schwäche wiederkehrte. Die erste morgendliche Übelkeit war ein gutes Zeichen. Ihr Körper tat ihr an, was Brownfield ihr nicht mehr antun konnte. Mit verschlagener Neugier beobachtete er, wie sich die hellen Falten auf ihrem runzeligen Bauch dehnten. Abwarten. Mit schmerzenden Füßen und Zähnen, mit geschwollenen Beinen, Krampfadern und Kopfweh und Übelkeit war sie ihm nicht gewachsen. Er konnte sie wieder erniedrigen – bis zu einer Tiefe, die sie im Traum nicht geahnt hätte.

27

In dem Haus in der Stadt – einer «Villa» mit vier bruchsteingemauerten Zimmern, ohne Rattenlöcher und mit Rasenfläche und Briefkasten vor der Veranda – fügte er sich in seine Rolle. Er spielte den durch Angst Bekehrten, lange nachdem die Angst vorbei war. Aber er hatte einen Plan, wie er es schaffen würde, seine Wut loszuwerden, seine Demütigung und seinen tiefen Haß.

Tagsüber, bei der Arbeit in einer Fabrik für Tiefkühlpasteten, haßte er seine eigene Zufriedenheit. Es schien ihm nicht fair, daß die Arbeit tatsächlich leichter war als das Kühemelken oder die Plackerei auf Baumwoll- und Maisfeldern. Gewiß war es langweilig, die Pastetenbleche immer wieder aufs Fließband zu schieben, aber nach jahrelanger Sklavenarbeit für weiße Farmer schien ihm die Monotonie ganz tröstlich. Die gleichmäßige Temperatur in der Fabrikhalle ließ ihn beinah die Kälte und Hitze der Felder vergessen. Seine Hände näßten nicht mehr, denn er trug Gummihandschuhe bei der Arbeit. Er rührte gern den Pastetenteig in den riesigen Bottichen, er hantierte gern mit Wasserschläuchen und Ventilen und freute sich jeden Tag auf das Säubern der chromglänzenden Maschinen.

Auch in dem neuen Haus spürten sie den Fortschritt. Eine Innentoilette mit weißem Wasserrohr, ein Waschbecken, ein Spiegel und ein weißes Badezimmerschränkchen. Jetzt konnte er vom Klo aufstehen und sich im Spiegel betrachten – und sehen, wie seine Augen jeden Tag klarer wurden, ohne die haßgeröteten Adern und das tigerböse Gelb. Jetzt, wo er nicht mehr in Gestank und Regenwetter arbeitete – beinah wie ein Gentleman. Oder, wie er unwillkürlich dachte, wie ein Weißer.

Gehorsam schwenkte er die Malerbürste gegen vergilbte Wände, er pflanzte Büsche und versuchte, schadhafte Leitungen zu reparieren. Ja, es gab elektrisches Licht! Und manchmal konnte er der Versuchung nicht widerstehen, in den Katalogen zu blättern. Die abgebildeten Werkzeuge und Kleider und Gewehre waren noch verlockender im hellen Lampenlicht. Morgens erwachte er in der Wärme einer geräuschlos funktionierenden Heizung. Und der Kühlschrank – ein paar Jahre alt, aber ein weiterer Beweis für Mems Zielstrebigkeit – ließ tröpfelndes Eis und verdorbene Lebensmittel vergessen. Hätte er selbst etwas dazu getan, hätte er selbst diesen Umzug gewollt, dann hätte er diesen Komfort, diese Verbesserungen leichter bejahen können. So aber konnte er sich nicht lösen von dem Haß auf seine Frau. Denn sie war klüger und einfallsreicher gewesen als er. Er klagte oft laut über dieses oder jenes – und stellte sich vor, wie er sie erniedrigen würde – wenn erst sein Tag gekommen wäre!

Und als sie wieder versöhnt waren in einem Glück, ähnlich – aber längst nicht so tief – wie sie es als Neuvermählte gekannt hatten, da war es nur Mem, die sich freute auf eine menschlichere Zukunft. Er kam nicht hinweg über sein verletztes Gefühl. Er hielt sich zurück, und selbst wenn er in verzweifelter Leidenschaft Kinder zu machen versuchte, plante er weit voraus. Er wollte einen Samen pflanzen, der sie erneut in Schwäche und Abhängigkeit ziehen würde – und schließlich in ihren Untergang. Friedliebend, wie sie im Grunde war, glaubte Mem, der Kampf sei vorüber. Sie war nicht böse, und davon profitierte er.

Statt alte Wunden heilen zu lassen, wollte sie sie auslöschen, als wären sie nie gewesen.

Wenn er an die schlechte Gesundheit seiner Frau dachte – was er in einsamen, bangen Stunden oft tat –, an ihre spitzen Rippen und ihre faulenden Zähne (die von ihm ausgeschlagenen, sowie die zwei Goldkronen von einem Zahnarzt, der ihr mit glitzerndem Gold eine Freude zu machen versuchte), peinigte ihn die Erinnerung, wie Mem einmal gewesen war: rund und mollig und ein Mund von reinem Weiß, wenn sie lächelte. Und er hatte ihr dieses Lächeln geraubt! Jetzt aber, wenn sie über harmlose Witze in heiseres Lachen ausbrach, einfach weil sie auch die kleinste Freude auskosten wollte, sah Brownfield sein Abbild in den Zwillingsspiegeln ihrer Eckzähne. Und er wünschte sich einen gigantischen Schlag – nicht vom Himmel herab, sondern von seiner Faust –, um sie auszulöschen.

28 Welch gemeine und triumphierende *Freude* empfand er, als sie nicht mehr arbeiten konnte. Sie war krank. Die zwei Schwangerschaften, die er ihr aufzwang in dem neuen Haus, hatten – auch wenn sie nicht fruchteten – ihre Gesundheit beinah völlig zerstört. Und doch, wie traurig war er manchmal in seinem Herzen, weil er noch immer munter durch die Gegend laufen konnte, während sie ihre Zeit damit verbrachte, ihre Füße zu kurieren, ihre erkälteten Kinder zu pflegen und ihnen Zuversicht einzuflößen, daß sie nicht wieder aufs flache Land ziehen müßten, weil sie, Mem, immer noch Arbeit in der Stadt finden konnte. Doch es war hoffnungslos. Ihr Traum eines besseren Lebens für sie und die Kinder zerrann. Sie hatte sich so sehr angestrengt, und sogar ihr Mann, so dachte sie, hatte angefangen, sie wieder zu achten. Sie fragte sich nicht, ob sie ihn liebte. Sie hatte irgendwie Frieden geschlossen. In dem Haus in der Stadt schlug er sie nicht mehr.

Die Kinder liefen mit fröhlichem Lachen zur Schule. Das Baby lernte, eine Innentoilette zu benutzen.

All ihre Zuversicht verfiel mit ihrer Gesundheit, wie Brownfield – abwartend und feixend – feststellte. Sie konnte nicht glauben, daß er es geplant hatte. Sie glaubte, er habe sich Mühe gegeben, alles in allem. Und er wollte sie in diesem Glauben lassen, bis er bereit war, ihr die Wahrheit zu sagen. Und dann kam der Tag, als sie nicht mehr vom Bett aufstehen konnte, um Arbeit zu suchen.

Es hatte seit Tagen geregnet. Mem hatte jeden Tag versucht, etwas zu finden – egal, ob in der Fabrik, in der Küche oder in einem Laden. Aber vielleicht fanden die Arbeitgeber sie zu mager, vielleicht befürchteten sie Tuberkulose, und so gaben sie ihr keinen Job. Jeden Abend kam sie niedergeschlagen nach Hause.

Die Kinder verstanden ihr Schweigen, und früher als sie selbst erkannten sie die Gefahr, der Vater könnte wieder das Regiment übernehmen, jetzt, wo die Mutter krank war. Und natürlich: An diesem Tag, als Mem hustete und zitterte, fiel der Schlag.

«Warum ist die Heizung nicht an?» keuchte sie, als Brownfield von der Arbeit nach Hause kam.

«Weil niemand die Rechnung bezahlt hat.»

«Oh, warum hast *du* sie nicht bezahlt?»

«Weil es *dein* Haus ist, *du* zahlst doch die beschißnen Rechnungen.»

Mem stöhnte und drehte sich zur Wand. Ruth trippelte herbei und versuchte ihre Wange zu tätscheln. Doch ihre Mutter stieß sie fort. Sie war aschfahl geworden, als hätte sie einen Geist gesehen.

«Aber du hast auch Pflichten», sagte sie zu ihrem Ehemann. «Du kannst diese Kinder nicht erfrieren lassen.»

«Die Miete ist auch nicht bezahlt.» Er begann, seine Kleider aus der Kommode hinter dem Bett seiner Frau hervorzukramen.

«Wie lange schon?» Alle starrten ihn mit verängstigten Augen an, als ob er die Macht hätte, ihnen die Luft zum Atmen zu nehmen.

«Seit du diese Medikamente gekauft und alles Geld für dich

und die Kinder ausgegeben hast. Das hättest du nicht tun sollen. Schätze, es war vor zwei Monaten.» Und dann zog er seine Trumpfkarte: Aus der Hosentasche zerrte er das Kündigungsschreiben und warf es aufs Bett. «Du bist doch so verdammt gebildet. Vielleicht kannst *du* mir sagen, was das bedeuten soll?»

Seine Frau nahm das Papier in die Hand und überflog es zitternd. Entsetzt, bleich und matt schaute sie zu, wie ihr Mann seine Sachen packte.

«Was machst du da?»

«Ich ziehe aus.»

«Aus – ?» Sie sah ihr hübsches kleines Haus, all die Sachen, die sie auf Raten gekauft hatte. Sie sah die blaugestrichenen Wände, die polierten Fußbodenbretter, die Fenstersimse voll Immergrün.

«Aber – wohin? Wir haben keine Pläne gemacht. Warum hast du die Miete nicht bezahlt? Du verdienst genug Geld.» Und dann: «Wir waren *krank*, wir hatten alle Grippe. Darum mußte ich letzten Monat das ganze Geld ausgeben.» Sie wurde beinah hysterisch. Die Mädchen hockten auf ihrer Bettkante, in einer Wolke von Menthol, aber sie beachtete sie nicht. «Wo in aller Welt, glaubst du, sollen wir jetzt wohnen?» fragte sie noch einmal, schwach und kläglich – mit einem letzten Versuch, Stärke zu zeigen, die sie nicht mehr hatte.

«Ach», sagte er, in sich hineinkichernd, «kannst du's nicht erraten? Du bist doch sonst so klug! Wir wohnen natürlich nirgendwo anders als bei Mister J. L.!»

Es war wie ein überwältigend böser Traum. Mem wurde ohnmächtig. Später lag sie halb bewußtlos auf dem Lastwagen, der sie abholen kam. Sie hatte keine Zeit gehabt, ihre Sachen zu packen und ihrem Haus Lebewohl zu sagen. Sie war zu schwach, um zu protestieren, als seine Freunde ihr kostbares Geschirr zerbrachen, ihre Gardinen zerfetzten, die Kleider der Mädchen durch den Matsch schleiften.

Spät in der Nacht erreichten sie die Hütte, die er für Mems «Erniedrigung» ausersehen hatte – und sogar er bekam eine Gänsehaut bei diesem Anblick. Mr. J. L. hatte versprochen, daß irgend jemand die Bude auskehren würde, doch sie war noch immer halb voll Heu. Es gab keine Fensterscheiben, nur hölzerne Läden. Regen troff in alle drei kleinen Kammern, und es gab keinen richtigen Fußboden, nur ausgebreitete alte Bleche, um die untersten Heuballen vor Nässe zu schützen.

«Steig aus, steig aus, dies ist dein neues Zuhause!» schrie Brownfield. Mem und die Mädchen hatten Angst, einen Fuß auf die Erde zu setzen. Das Haus stand nicht weit von der Straße entfernt, aber es lag in Finsternis, in einer verwahrlosten Einsamkeit.

«Nein – ich kann nicht.» Mem scheute zurück vor seiner Hand und fiel wieder in Ohnmacht. Als sie erwachte, lag sie ausgestreckt im Heu, neben sich die Mädchen, und all ihre neu erworbenen Möbel achtlos aufgestapelt. Brownfield war mit seinen Freunden in die Stadt gefahren, und die Mädchen erzählten, daß sie die Freunde nur mit Mühe daran hindern konnten, alle Möbel zu nehmen. Brownfield hatte sie verschenken wollen, sagten sie.

29

«Ich habe lang genug gewartet, bis du wieder 'runterkommst von deinem Podest, Missy», sagte er, als er nach Hause kam – nach Alkohol stinkend, und dies zum erstenmal seit fast drei Jahren. «Dies ist ein Haus, wie ich's mir leisten kann. Damit mußt du dich abfinden. Mal sehen, wie's dir gefällt, wenn *ich* die Zügel in der Hand habe.» Er freute sich, auf eine unheimliche, irre Art.

«Du wolltest dein eigenes Haus haben, sauber und ordentlich gekalkt und geschrubbt – wie die Weißen. Du wolltest dies, du wolltest das. Scheiße», sagte er, «glaubst du, ich hätte dich gefickt, weil ich Lust hatte? Josie ist viel besser, als du je gewesen bist. Dein Problem ist, daß du nie gelernt hast, nicht schwanger zu werden. Ha-ha! Du kannst eben nicht durchhalten – mit deinem dicken Bauch!» Er starrte sie finster an. Beide wußten: Brownfield hatte endgültig seine Maske fallenlassen.

«Und jetzt, Lady Allmächtig, kommst du runter von deinem hohen Roß!» Er kicherte zwanghaft. Sie schwieg – wie gelähmt.

«Jetzt kommst du runter.» Er fing schrill an zu lachen. Mann, dachte er, gleich fällt sie tot um!

«Brownfield, ich bin krank», sagte Mem, «aber ich werde nicht um Gnade bitten, und ich werde nicht sterben und meine Kinder allein lassen. Auch hier im Dreck und in der Kälte werde ich keine Lungensucht kriegen. Ich werde wieder gesund, und ich werde wieder arbeiten, und dann werde ich dich verlassen.»

«Du kannst es immer noch nicht lassen, wie? Was ein Ausbund an Energie ...!» Wieder lachte er. «Du klapperdürres Gerippe», sagte er. Plötzlich ernst geworden, starrte er sie an: «Was willst du machen? Liegst im Bett und jammerst. Auch wenn du deinen faulen Arsch aus dem Bett schleppen könntest ... ja, glaubst du, ich würde dich aus dem Haus lassen, damit du mich zum Gespött der Leute machst?!»

«Bildest du dir wirklich ein, du könntest mich zurückhalten?» sagte sie. Um der Kinder willen vermied sie jedes Wort, das ihn provozieren konnte.

«Ich halte dich auf!» sagte er und schielte hinüber zu einem länglichen, in Plastikfolie gehüllten Objekt.

«Mit einem Gewehr verhinderst du nichts.»

«Für dich verhindere ich *alles*, du traurige Schlampe.»

Daphne wimmerte, Ornette weinte und Ruth schaute verwirrt um sich. Die Mädchen waren entsetzt über ihren Vater. Auch sie hatten geglaubt, daß weniger Arbeit, weniger Not, Gasheizung und elektrisches Licht einen Menschen verändern könnten. Sie hatten sich grausam in ihm getäuscht, weil sie nichts von seinen quälenden Erinnerungen ahnten. Ihr Vater hatte sich nicht geändert, er hatte nur eine Maske aufgesetzt.

«Weißt du was?» krähte Ruth hinter einem Heuballen hervor. Daphne versuchte, ihr den Mund zuzuhalten. «He, weißt du, was du bist?» krähte sie noch einmal, lauter, allen Mut zusammennehmend, auch wenn ihr flau im Magen war. Ihr Vater drehte sich herum. Sie war seine Jüngste, kaum vier Jahre alt. «Du bist ein alter Hurensohn!» rief sie und zog sich die Decke über den Kopf, als Polster gegen die erste Tracht Prügel, die ihr Vater ihr verabreichen sollte.

30

In diesem Haus erlebte Ruth ihren fünften und sechsten Geburtstag. Dieses Haus war die bewußte Entscheidung ihres Vaters gewesen – die einzige, die er je getroffen hatte, soweit sie sich erinnern konnte. Mit fünf Jahren kam sie in die Schule. Jeden Morgen trippelte sie los mit Ornette und Daphne. In diesem Haus waren im Winter die Wassereimer vereist, und die prasselnden Regengüsse im Sommer spülten spitze Glasscherben aus der Erde im Hof, rostige Blechstücke und ausgefranste Linoleumfetzen. Im Sommer roch es moderig in diesem Haus, Schmeißfliegen brummten, und in der Luft hing ein Schleier von Heu- und Mistpartikeln.

Es gab eine Quelle hinter dem Haus, an einem Abhang, von wo sie Wasser holten. Daneben war ein Schweinekoben. Unkraut umwucherte den Holzstapel, dahinter ein alter windschiefer Maisspeicher, vollgestopft mit alten Pflugscharen und Trichtern und eingetrockneter Pferdetinktur in fleckigen grünen Flaschen. Dutzende von Pächterfamilien hatten in dieser Hütte gehaust und einen Geruch von Schweiß, Schweinegülle und Trostlosigkeit in dem morschen Holz hinterlassen.

Daphne und Ornette fanden das Haus unerträglich. Die stumme Anklage lag ständig in ihren Augen. Für sie war es jedesmal ein Absturz, wenn sie Wasser in Eimern von der Quelle heranschleppen oder im Regen zum stinkenden Außenklosett waten mußten. Diese Verhältnisse, so hatten sie geglaubt, wären für immer vorbei. Baby-Ruth, kaum aus den Windeln, litt weniger unter der neuen Umgebung, auch wenn sie wußte, wie unglücklich ihre Mutter war. Auf dem Stoppelfeld hinter dem Haus gab es genug, was ihre Aufmerksamkeit anzog. Sie liebte das kühle Grün der Farne und Wasserlilien neben der Quelle, in der Panzerkrebse hausten.

Daphne war neun, als sie in das Haus einzogen, und Ornette war acht. Der große Abstand zwischen Ornette und Ruth kam von den Babys, die gestorben waren. Als Ruth vier war, wurde Mem wieder schwanger, und eine kurze Zeitlang gab es wieder ein Baby im Haus. Daphne und Ornette hielten es in den Armen, damit Ruth es anschauen konnte. Daphne, immer einfallsreich, erfand Geschichten über die Zukunft des Kleinen. Er würde ein Doktor werden, sagte sie, Chef eines großen Spitals in der Stadt, und eine seiner Krankenschwestern heiraten – vielleicht sogar zwei (falls es mit der einen nicht klappte). Der Junge war klein, still und grau. Ruth fand, er sah wie eine Wasserratte aus. Er krümmte sich im Schlaf, und mit seinen grauen, rotgeränderten Augen und seinem gelblichen Filz von Haaren sah er gar nicht aus wie ein echtes Baby. Ruth konnte sich nicht vorstellen, daß jemals etwas aus ihm werden würde. Sie konnte sich nicht mal vorstellen, daß er wachsen würde. Sein Weinen war ein dünnes, erbärmliches Piepsen. Niemals, auch nicht in Momenten kindlicher Einsamkeit, wenn Ornette und Daphne behaupteten, sie sei zu klein, um mit ihnen zu spielen, kam Ruth auf die Idee, mit ihrem Brüderchen zu spielen.

Man merkte ihn kaum – so still war er. Und sie vermißten ihn nicht, als er starb. Zwar flüsterten Ornette und Daphne sich weinend zu, daß das Baby wahrscheinlich erfroren war, so starr und blau war es in seinem Kistchen gelegen. Aber die Schule, das Spiel und der Alltag im Haus halfen bald, das bleiche Brüderchen zu vergessen.

Nach seinem Tod fand Mem einen Job, der sie den ganzen Tag von zu Hause fernhielt. Sie war Dienstmädchen in einem Haus in der Stadt. Ruth verstand nicht, warum ihre Mutter sie wieder verließ. Als sie noch in der Stadt wohnten, hatte sie oft genug unter der Obhut fremder Frauen gelitten – fette Tabakschnupferinnen mit weißgepuderten Busen und magersüchtige Mädchen ohne Zukunft, die keine Geduld hatten mit der Kleinen. Daphne erklärte ihr, daß ihre Mama arbeiten ging, damit sie eines Tages fortgehen könnten aus Baker County, aus Georgia und fort von Brownfield. Die ersten beiden Wörter kannte Ruth noch gar nicht. Doch die Idee, fortzugehen von diesem Daddy, gefiel ihr.

Daphne wußte mehr als Ornette. Sie nannte sich «Hüterin der Familiengeheimnisse der Copelands». Bei jeder Gelegenheit erzählte sie, wie Brownfield mit ihr gespielt hatte, als sie klein war. Wie er ihr Süßigkeiten gekauft hatte. Wie er sie in den Armen gewiegt hatte. Wie er für sie sang und tanzte. Ornette und Ruth waren eifersüchtig auf ihre Erinnerungen und übernahmen sie als ihre eigenen. Sie lebten in Daphnes Erinnerungen an Brownfield als liebenden Vater, auch wenn dieser Brownfield keine Ähnlichkeit hatte mit dem Mann, den sie kannten – außer für Daphne. Als Brownfield einmal Ornettes Geplapper über seine angebliche Freundlichkeit mit anhörte («Er hat mir ein Kleid gekauft» oder «Er hat meine Puppe heil gemacht»), dachte er sich nichts dabei. Nur, daß Ornette ein unverbesserliches Lügenmaul ist. Sie wußten, er verstand ihr Spiel nicht. Und dies machte besonderen Spaß. Der «gute» Daddy, so sagten sie, hätte es natürlich verstanden. Was wieder einmal bewies, wie schlecht Brownfield neben ihm dastand.

Daphne konnte leichter verzeihen als Ornette. Sie wurde erst wild, wenn Brownfield Mem mißhandelte. Wenn Brownfield Daphne selbst prügelte, versuchte, sie es zu ertragen, indem sie ihrem Herzen eine vollkommene – wenn auch brennende – Fühllosigkeit befahl. Sie versuchte, ein wenig Liebe für ihn zu bewahren – vielleicht wegen ihrer Erinnerungen an eine andere Zeit. Sie wurde nervös. Sie zuckte beim leisesten Geräusch zusammen. Brownfield quälte sie mit ihrer Schreckhaftigkeit. Er sagte ihr, sie sei dumm und verrückt. Er verfluchte sie und nannte sie Doofie statt Daphne. Er kniff sie, daß blaue Flecken entstanden. All dies ertrug sie tapfer, und sie verbarg ihr Zittern, so gut sie konnte. Sie haßte dieses Haus, weil man es unmöglich sauberhalten konnte – und weil sie besser als Ruth oder Ornette begriff, welch ein grausames Spiel Brownfield mit Mem gespielt hatte. Sie haßte das Haus, weil es so kalt war; sie zitterte im Sommer wie im Winter. Irgendwie trennte sie ihr Gefühl für ihren Vater von ihrem Haß auf das Haus. Wie sie das schaffte, sollten Ruth und Ornette nie herausbekommen. Sie hatten weniger Nachsicht mit Brownfield als Daphne, weil sie ihn nur als Teufel in Menschengestalt kannten. Und wo immer er war, war für sie die Hölle. Sie fürchteten ihn genauso wie Daphne, aber auf eine distanziertere, unpersönlichere Art. Er war wie ein Unwetter, wie Zahnweh, wie die täglichen schlechten Nachrichten.

Ornette war meistens lustig. Ein lautes, lärmendes Mädchen, frech und stets aufsässig. Sie war dick und prall. Ihre Haut war von frisch-orangefarbener Glätte und fühlte sich an wie gewachstes Obst. Von allen drei Kindern liebte Brownfield sie offenbar am wenigsten. Er glaubte, sie würde ein molliges leichtes Flittchen werden – und sagte es ihr immer wieder, schon seit sie acht war. Ornette lernte früh, sich gegen ihn aufzulehnen. Mit sieben weigerte sie sich, in die Kirche zu gehen oder ihr Nachtgebet aufzusagen. Mit acht hatte sie ein umfangreiches Sexualvokabular und mit neun ein ausgeprägtes Interesse für Muschis und Pimmel. Ihre Meinung über das Haus war, daß es ein Stall sei und daß nur die dümmsten Kühe schlechter wohnten. Nie konnte man sich darauf verlassen, daß sie den Boden fegte oder auch nur das Reisig für einen richtigen Besen fand. Am liebsten hockte sie auf dem Stoppelfeld und sang *Rhythm-and-Blues*-Melodien, die sie im Radio gehört hatte. Wenn Mem auf dem Feld Strohhalme sammelte zum Besenbinden, lauschte sie beinah verträumt den Liedern Ornettes. Sie schalt sie nicht. Ornette war frech zu ihrer Mutter und hielt sie für eine Schlampe, die keinen Respekt verdiente. Sie fand, daß Mem unter Standes geheiratet hatte – lieber hätte sie einen Lehrer heiraten sollen, einen Maurer oder jemand mit eigenem Land unter den Füßen und einem schönen Haus. Sie verachtete Mem. Manchmal klaute sie Pennies aus ihrer Geldbörse.

Mem trug den Kummer um ihr «anständiges Haus» nicht offen zur Schau. Sie erholte sich von der Krankheit, durch die sie es verloren hatte, und stürzte sich mit grimmiger Entschlossenheit auf Dachlücken und Rattenlöcher in dieser Hütte. Sie flickte losgerissene Fensterläden und schaffte Unrat aus dem Hof. Sie steckte nicht soviel Arbeit in dieses Haus wie in die früheren. Sie versuchte, darauf zu achten, daß es einigermaßen sauber war oder so sauber, wie sie und Daphne es putzen konnten. Und daß die Ratten nicht Herr im Haus blieben, wie sie's gewesen waren, als die Familie einzog. Und mutlos warf sie ein paar Blumensamen in die reiche, feuchte Erde rund um den Holzstapel. Nie wieder wollte sie Blumen in Kästen pflanzen oder in einem Garten.

TEIL 7

31

Es war Ruths erster Tag im Haus ihres Großvaters. Verwirrt schlug sie die Augen auf, während die große Standuhr auf dem Kamin einen letzten Gongschlag durchs Schlafzimmer hallen ließ. Ruth schnupperte in der frostigen Morgenluft, dann kroch sie tiefer unter die Decke und kuschelte sich an den knochigen Rücken neben ihr. Doch dieser Jemand, dem dieser Rücken gehörte, glitt von ihr fort und stand plötzlich neben dem Bett. Dann hörte sie schlurfende Schritte – drüben im Wohnzimmer. Ruth seufzte und spähte aus verklebten Wimpern hervor. Dort lag ja noch jemand, im Bett neben ihr, leise schnarchend und einen Duft nach Zwiebeln und Löwenzahnwurzeln verströmend. Ruth wälzte sich auf die andere Seite – in diese warme Kuhle, wo eben noch jemand gelegen hatte. Sie fühlte sich unsicher und fremd, als hätte sie über Nacht eine lange Reise gemacht – an einen unbekannten Ort. Es roch ganz anders hier, und als Ruth sich den Schlaf aus den Augen rieb, konnte sie sich nicht erinnern, in diesem Zimmer eingeschlafen zu sein.

Sie blickte um sich. Eine Kommode stand dort in der Ecke, aus braunem Holz mit gelbgefirnißten Fächern, mit Klinken aus buntem Glas. Ein Sofa mit fuchsroten Polstern stand unter dem Fenster, und Fotografien von altmodischen Männern und Frauen mit pomadisierten Schnurrbärten und streng gescheiteltem Haar hingen an den Wänden. Aus einem schwarzen Rahmen schaute – mit Wasserfarben gemalt – das bleiche Gesicht einer kränklichen Frau – die schon lange tot war, als ihr Porträt angefertigt wurde. Dies war Margaret, Ruths Großmutter – Granges erste Frau.

Wo bin ich? dachte die Kleine, deren Bewußtsein nur langsam erwachte. Mit einem heißen Prickeln fiel ihr dann ein, daß sie sich im Haus ihres Großvaters befand – und daß es Josie war, Granges zweite Frau, die neben ihr schnarchte. Ruth versuchte sich zu erinnern, wie sie am Abend in dieses Bett gekommen war.

Und während im Wohnzimmer nebenan das Kaminfeuer zu

prasseln anfing, nachdem Grange es mit Kerosin angefacht hatte, und während die Großmutter neben ihr mit fröhlichem Pfeifen weiterschnarchte, stürmten die Bilder des letzten Abends auf sie ein.

Es war Weihnachtsabend gewesen. Ruth hatte sich ein Dreirad von Santa Claus gewünscht. Doch ihre Mama hatte ihr immer wieder erzählt, daß Mister Santa diesmal ein besonders hartes Jahr hinter sich habe, weil seine liebe Mrs. Santa gestorben (oder ihm weggelaufen) sei. Darum sitze er traurig am Nordpol herum und habe gar keine Lust, etwas zu machen – am allerwenigsten Spielzeug für schwarze kleine Kinder. Höchstens – so hatte sie zu Ruth und Ornette und Daphne gesagt – würde es ein paar Apfelsinen und Zuckerlutscher zu Weihnachten geben.

Brownfield war an diesem Abend mit einem schweren Rausch aus der Stadt heimgekehrt. Er hatte so wütend herumgetobt, daß Daphne und Ornette ihr Schwesterchen bei der Hand nahmen und sich im Hühnerstall versteckten. Ruth erinnerte sich, wie komisch die gackernden Hühner gerochen hatten – nicht frisch, sondern eher wie rohes Fleisch. Die Mädchen hatten sich Gesicht und Hände mit Hühnerkacke beschmiert, aber Daphne befahl den anderen beiden, ruhig in einem Winkel sitzen zu bleiben, während sie selbst durch einen Spalt zwischen den Brettern zum Haus hinüberspähte.

Irgendwann hatte Ornette kichernd erzählt, wie ein Junge aus ihrer Klasse immer versuchte, ihr die Unterhose runterzuziehen. Zitternd am ganzen Leib, war Daphne herübergekrochen und hatte die beiden geohrfeigt. Daphne war immer so ernst und verstand keinen Spaß. Während Ruth und Ornette diesen Weihnachtsabend im Hühnerstall ganz lustig gefunden hatten. Immerhin waren sie daran gewöhnt, ihren Daddy gewalttätig und betrunken zu sehen.

Wenn Brownfield gesoffen hatte, kam er meist gar nicht nach Hause, sondern verbrachte die ganze Nacht in den Kneipen der Stadt oder bei Schlägereien auf der Straße. Er war streitlustig wie ein Stier – aber meistens war er es, der Prügel einstecken mußte. Seine Kumpane, die Mitleid mit ihm hatten, fuhren ihn irgendwann im Auto nach Hause, während er nuschelnd grölte: «Ich bin ein Mann, ich hab meinen Stolz. Ja, verdammt, den hab ich!» Und wenn er eingeschlafen war, schmissen die anderen seinen leblosen Körper – Krach! – auf die Veranda. Wenn Ruth und Ornette von dem Gepolter erwachten, krochen sie tiefer unter die Bettdecke und kicherten schadenfroh.

Daphne spürte die gespannte Atmosphäre im Haus, von der Ornette und Ruth nichts zu merken schienen. Sie versuchte aufzupassen auf ihre Schwestern, denn Brownfield war böse, auch wenn er nicht betrunken war, und hatte für seine Kinder nur Schläge und Fußtritte übrig. Die Mädchen haßten ihn, wenn er sie quälte. Doch wenn sie tagelang im Schatten der Bäume hinter der Hütte spielten, dann war der drohende Schatten des Vaters beinah vergessen.

Mem versuchte, ihm in den Arm zu fallen, wenn er die Kinder schlug. «Brownfield», sagte sie oft, «du wirst dir selbst nicht mehr ins Gesicht schauen können, wenn du alt bist – und die Kinder fort sind.» Seine Antwort war meist ein Faustschlag in ihr Gesicht, ein Tritt gegen ihre Beine.

Nur Mem hatte einen Job. Er hatte seine Arbeit bei Mr. J. L. verloren. Jetzt zahlten sie Miete für das Haus. Die Miete zahlten sie von Mems Lohn. Was sie an sechs Arbeitstagen verdiente, kam ihnen wie ein Vermögen vor – es war mehr, als Brownfield in einem ganzen Monat als Melker im Kuhstall verdient hatte. Brownfield prahlte manchmal vor seinen Saufkumpanen, wie praktisch es sei, seine Frau wie ein Pascha zur Arbeit zu schicken. Doch wenn sie morgens das Haus verließ, versuchte er oft, sie zurückzuhalten. Er räkelte sich noch im Bett, und wenn sie zur Tür ging, packte er sie am Arm:

«Komm doch, Liebste», brummte er geil. «Komm her ins Bett, zu deinem armen Alten!» Doch seine triefenden Augen funkelten böse, voll Haß.

Mem schaute sich ängstlich um nach den Kindern, die immer ihr Spiel unterbrachen, wenn Brownfield die Hand nach ihr ausstreckte. («Warum will er sie ins Bett holen?» fragten sie argwöhnisch. «Weiß er denn nicht, daß *heller* Tag ist?») «Laß mich los,

Brownfield», sagte sie. «Du weißt, ich muß zur Arbeit.» Mit verlegenem Blick auf ihre Schuhe – weiße Schuhe, wie eine Krankenschwester – riß sie sich los und rannte hinaus. Und noch weit hinten, am Ende der Straße, rannte sie atemlos, wie gehetzt.

«Scheiße», brummte Brownfield. «Die Weiber denken nur noch an ihren Job. Muß wohl nach Japan fahren, die Japsinnen wissen noch, was sich für eine Frau gehört!» Und so begann er den Tag mit einem Fluch. Dann spuckte er fauligen Rotz in die kalte Asche im Herd, oder er schleuderte einen Schuh nach den Kindern – traf aber nur einen Krug mit frischen Küchenkräutern oder den Zeitungsdruck, den Mem mit einem rostigen Nagel an die kahle Wand gehängt hatte.

Die Kinder zogen sich eilig an, sie schnappten sich ein Stück Brot – meist die Reste des Maisfladens vom gestrigen Abend – aus dem Küchenregal und machten sich auf den Weg zur Schule.

«Ihr lernt ja doch nichts Gescheites», grölte er ihnen nach, mit im Nacken verschränkten Armen auf dem zerwühlten Bett flegelnd. «Nicht mal *Kühe*melken!» Mit solchen Sprüchen hatte Brownfield die kleine Ruth furchtbar verletzt. Aber eines Tages kam sie zutraulich an, hielt ihre Schulfibel hoch und versuchte stolz, ihm die ersten Wörter vorzubuchstabieren. Brownfield packte das Buch und schlug es ihr auf den Kopf. Ruth wich aus und ging traurig hinaus. Als Erstkläßlerin erkannte sie schon den Neid der Dummen, wo immer sie ihm begegnete.

Jetzt im Hühnerstall fingen die Mädchen an zu frieren. Staub kitzelte sie in der Nase, sie mußten niesen. Sie sahen Brownfield drüben auf die Veranda hinaustorkeln. Er spähte mißtrauisch über den Hof und fuchtelte mit seinem Schrotgewehr. Mit einem rülpsenden Fluch wankte er wieder ins Haus.

Endlich begriffen Ornette und Ruth, daß dies hier kein Spiel war. Als sie ihren Vater mit dem Gewehr in den Händen sahen, da wußten sie – ohne daß jemand es ihnen sagte –, daß er auf ihre Mutter wartete. Sie fingen an zu weinen.

Daphne war schreckhaft und nervös. Es brauchte nur jemand hinter ihr ins Zimmer zu treten und «Huh!» zu rufen – und schon drückte sie sich krampfhaft die Hände auf den Magen. Das tat sie immer, wenn sie erschrocken oder verstört war. Jeden Monat litt sie an Übelkeit, und dann weinte sie in der Nacht. Einmal, als sie sich wimmernd den Bauch hielt, ihr Gesicht von kalten Schweißperlen übersät, hatte Brownfield ihr einen Fußtritt gegeben – in den Bauch, genau dort, wo ihre zuckenden Hände waren. Er habe nicht einschlafen können bei ihrem Gezeter, sagte er.

Mem hatte Daphne ins Spital gebracht. Aber die Schwester sagte, dem Kind fehle überhaupt nichts, nur sei es nervös. Sie wisse selbst, hatte Mem gesagt, daß ihr Kind zu nervös sei. Und sie hatte die Schwester gefragt, was man dagegen tun könne. Diese Krankenschwester hatte jedoch keine Zeit für eine verängstigte Mutter. Sie unterhielt sich – «Oh, wissen Sie, Liebste ...» – mit ihrer weißen Kollegin über die Kunst des Haarefärbens und ignorierte Mem, die mit ihrem zitternden Kind an der Hand im Korridor stand. Daphne fürchtete sich in der Gegenwart von Weißen. Sie fürchtete sich nicht vor der Grausamkeit der Weißen; sie kannte sie ja noch kaum. Aber sie fürchtete sich vor der geisterhaften Blässe dieser Gesichter, vor der marmornen Kälte dieser blauen Augen. Ja, dachte sie, solche schneeweißen Frauen waren rein, blutleer und ohne Körpergeruch, und sie beteten zu einem schrecklichen, kalten Gott. Daphne fürchtete sich vor der ganzen Welt – vor der Dunkelheit, vor den Häusern, vor Bäumen und Pflanzen und Tieren. Und doch war sie es, die immer wieder ihre Geschwister beschützte. Zitternd vor Angst und Schwäche, hielt sie der Faust ihres Vaters stand, während Ruth und Ornette schreiend vor ihm davonliefen – hinaus auf den dunklen Hof, in den Wald.

Und jetzt war sie es, die mit angstbebender Stimme erklärte, sie werde jetzt in der Nacht in die Stadt laufen – der Mutter entgegen, um sie zu warnen. Sie wollte Mem überreden, an diesem Abend nicht heimzukommen, solange Brownfield betrunken war. Ruth und Ornette wollten mitkommen, aber sie sagte, sie könne allein schneller laufen. So blieben die beiden zurück und sahen sie forthuschen, aschfahl in der dunklen Nacht – ein mageres Mädchen in einem dünnen Kattunkleid. Ein leichter Graupelregen hatte eingesetzt. Wie ein dürres braunes Kaninchen schlitterte Daphne die Straße entlang. Die Schwärze der Nacht, grau gesprenkelt von Hagelkörnern, verschluckte sie auf der regennassen Fahrbahn.

Zurückgeblieben im Hühnerstall, weinte Ornette leise vor sich hin. Ruth spähte, schlotternd vor Kälte, durch einen Spalt auf den Hof hinaus. Der Hühnerstall war ein windschiefer, morscher Verschlag, roh zusammengefügt aus Latten und mit rostigem Blech abgedichtet. Der Hof, im Sommer eine staubige Fläche mit vereinzelten Grasbüscheln, war jetzt voll Matsch und glitschigem Eis. Ein schmaler, mit Kies aufgeschütteter Weg führte bis vor die Haustür. Das Haus, diese Elendsbehausung, hatte sich kaum verändert, seit Brownfield und die Seinen hier eingezogen waren. Vor der Veranda stand ein zerzauster Busch, der im Sommer lila Blüten und im Winter nichts als Dornen trug. Die Veranda selbst war eingesunken am einen Ende, am anderen hob sie sich von ihrem Fundament. Sie war mit rostigem, zerlöchertem Gitterdraht vernagelt. Die Treppe bestand aus zwei Balken, die Mem mit Hammer und Keilen gespalten und in die Erde getrieben hatte. Das Haus war aus rissigen grauen Brettern gebaut, ohne Verschalung an der Innenseite. Mem hatte die Wände von innen mit Pappe verkleidet. Und wenn der Wind durch die Ritzen fegte, klapperten und pochten die Pappkartons, als ob sie lebendig wären.

Ruth sah Licht in der Kammer, wo ihre Eltern sonst schliefen – die große Kammer, die auch als Wohnzimmer diente. Das Haus hatte drei Kammern – und eine davon war die Küche. Die Mädchen hatten es besser als andere Kinder. Sie brauchten nicht im gleichen Raum mit den Eltern zu schlafen. Auch wenn ihr Zimmerchen klein war, bot es ein wenig Geborgenheit. Das heißt, die Wände waren so dünn, daß die Kinder jedes Geräusch aus dem Wohn- und Schlafzimmer hörten. Aber wenigstens brauchten sie nicht alles mit anzusehen.

Jetzt tauchte Brownfields Schatten wieder am Fenster auf. Er starrte hinaus in die Nacht. Ruth duckte sich instinktiv in den Schmutz des Hühnerstalls. Sie und Ornette wußten nicht, warum sie dort in der Kälte saßen. Aber sie wußten, sie hatten Angst – zuviel Angst, um sich hinauszuwagen.

Manchmal ging Mem zu Fuß in die Stadt, zu ihrem Job. Manchmal fuhr sie per Autostop. Und manchmal fuhr sie der Mann jener Frau, bei der sie als Dienstmädchen arbeitete, in seinem großen blauen Chrysler nach Hause. Ein sonderbarer Mann! so dachte Mem. Denn er beharrte darauf, ihr jede Woche siebzehn Dollar auszuzahlen – fünf Dollar mehr als der übliche Lohn für schwarze Hausgehilfinnen. Dieser Mann stammte aus dem Norden, und er war sterbenskrank. Er hatte Mundkrebs, so hieß es. Die Leute sagten, daß er Jude sei – aber niemand wußte, woran es lag, daß er anders war als andere Männer. Wenn er Mem anschaute, brauchte sie nicht verlegen vor sich auf den Boden zu starren. Er gab ihr Zeitschriften mit nach Hause, und manchmal sogar ein Buch für Daphne und Ornette. Seine Frau gefiel Mem weniger. Sie war die typische Südstaaten-«Belle», und ihr Vater besaß eine große Baumwollplantage vor der Stadt. Sie seufzte bei jeder Gelegenheit, wie «süß» kleine Negerkinder wären, und warf ihnen blanke Pennies zu. Mem nannte sie herablassend «mein farbiges Mädchen».

Jetzt erschrak Ruth, weil sie ein Auto am Straßenrand bremsen hörte. Sie hörte leises Stimmengemurmel, und dann hörte sie ihre Mama mit schweren und matten Schritten den Weg heraufkommen. Durch eine Ritze zwischen den Brettern versuchte Ruth zu erkennen, ob Daphne mit ihrer Mutter gekommen ist. Aber die Mutter sprach mit niemand. Vielleicht, so dachte Ruth, hatten Mem und der freundliche weiße Mann das kleine Mädchen am Straßenrand übersehen. Und dann erkannte sie die einsame Gestalt ihrer Mutter.

Sie ging leicht gebeugt, über die Päckchen hinwegspähend, die sie mit beiden Armen vor ihre Brust drückte. Ruth wollte hinauslaufen und ihre Mama bei der Hand nehmen, um sie den dunklen Weg bis zum Haus zu führen. Aber die beiden Mädchen blieben wie festgefroren im Hühnerstall sitzen. Während sie zähneklappernd ins Freie spähten, war drüben auf der Veranda das Licht aufgeflammt, und Brownfields langer Schatten fiel drohend über den Hof. Er war noch immer betrunken und fuchtelte mit dem Gewehr.

Mem rief einen fröhlichen Gruß zur Veranda hinauf – wenn auch tonlos, mit matter Stimme. Brownfield erwiderte einen Fluch, er torkelte vorwärts und stand auf der obersten Treppenstufe, bis Mem in den Lichtkreis der Lampe trat. Dann zielte er mit besoffener Präzision und drückte ab.

Mit einem Gefühl von Ekel und Todeskälte erinnerte sich Ruth an dies letzte Bild ihrer Mutter – lang hingestreckt in den Schlamm, ohne Gesicht, in einer stockenden Blutlache rund um ihren Kopf, in der – wie ein Heiligenschein – fast ein Dutzend leuchtendgelber Orangen lagen, halbmondförmig im trüben Schein des Verandalichts glänzend. Im nächsten Moment knieten die beiden Mädchen schluchzend vor ihrer Mutter – während ihr Vater fluchend im Haus verschwand. Sie sahen die Apfelsinen, die Zuckerlutscher und alles. Tatsächlich! so dachte Ruth absurderweise in kindlicher Trauer: Es gab keinen Weihnachtsmann! Sie selbst – ihre Mutter – hatte den Kindern jedes Jahr ihr spärliches Weihnachtsgeschenk vor den Kamin gelegt.

Und sie sahen die Schuhsohlen ihrer Mutter, in denen – mitten im Winter – riesige, ausgezackte Löcher klafften. Mems rechter Fuß war halb aus dem Schuh gerutscht, und ein paar Lagen feuchten Zeitungspapiers quollen hervor. Daphne kam über den Hof gelaufen und warf sich schreiend auf ihre Mutter. Sie fing an, Mems leblose Füße zu reiben – um sie zu wärmen.

Was dann passierte, daran konnte Ruth sich nicht mehr erinnern. Sie wollte es gar nicht wissen. Sie grub ihr Gesicht in das Kissen und schluchzte leise. Warum war Mama nicht stehengeblieben, als sie das Gewehr in Daddys Händen sah? Sie hätte weglaufen können – aber sie tat es nicht. Ohne zu zögern, war sie ihrem Mann entgegengetreten. Nach ihrem ersten fröhlichen Gruß hatte sie nichts mehr gesagt. Und wie sie dort lag – in ihrem Blut, in der grotesken Haltung einer kaputten Puppe –, da kündete sie noch im Tod von einer tiefen, entschlossenen Ruhe.

«Sie schläft, nicht wahr?» hatte Ornette gefragt. Und nach geschlossenen Augen gesucht – wo keine Augen mehr waren.

«Pst, nicht weinen», flüsterte ihr Großvater, der hereinkam

und sich neben sie auf die Bettkante setzte. «Wir wollen doch nicht die alte Dame wecken, wie?» Ruth schüttelte den Kopf. Aufschluchzend schlang sie ihre Ärmchen um seinen Hals. Grange hatte bereits getrunken. Sein Atem roch so verwirrend nach Tabak und Mais, und er klopfte der Kleinen begütigend auf den Rücken.

«Na, na. Soll ich dir eine spannende Geschichte erzählen? Vom alten Fuchs in der Prärie. Aber, was soll's, du hörst ja doch nicht zu ...» Er schaute sie nachdenklich an. «Ich weiß, du willst jetzt lieber nichts hören. Und ich brauch jetzt nichts zu sagen, jaja. Oh, Scheiß, wir haben großen Kummer, mein kleines Mädchen. Es gibt keinen größeren Kummer, als eine Mama zu verlieren ...» Er schüttelte traurig den Kopf. «Das ist die Wahrheit, bei Gott! Und», sagte er, mit einem Seitenblick auf seine Frau, «ich wünschte bei Gott, die alte Dame würde den Mund zumachen. Ihr Schnarchen treibt mich noch in den Wahnsinn!»

Ruth schaute ihren Großvater an. Seine faltigen Wangen zitterten, in seinen Augen schimmerten Tränen.

«Guck nicht so», sagte er bitter. «Ich weiß auch nicht *mehr* als du! Ich versteh das alles –» mit ausladender Gebärde umfaßte er die ganze Welt – «genausowenig wie du!» Und nie, auch nicht im Scherz, sollte Ruth von ihrem Großvater hören, daß er es wüßte.

32

Grange war ein großer, hagerer Mann – mit einem dichten Wald von grauen Haaren, die in den folgenden Jahren immer weißer wurden, bis sie so weiß waren wie Schnee. Sein Mund duftete erstaunlich frisch, obwohl er Kautabak kaute, Zigarren rauchte und schnupfte und alle hochprozentigen Sachen trank. Obwohl er sich selten die Zähne putzte. Nur manchmal betupfte er sie mit seinem Nachthemdzipfel – doch Ruth verstand nie, wieso seine Zähne von solcher Pflege so weiß und gesund blieben. Aber einmal sah sie sein breites Grinsen in einem sprudelnden Wasserglas auf dem Balkon hinter dem Haus. So etwas! staunte die Kleine. Konnte der Großvater seine Zähne allesamt aus dem Mund nehmen und auskochen? Ihre eigenen Milchzähne, braun und zerlöchert, fielen nur langsam aus – einer nach dem andern.

Manchmal war Großvater fürchterlich schlechter Laune. Dann war er niedergeschlagen und sagte, er wolle sich umbringen. Dann brauchte er Ruth. So klein sie war – sie mußte ihm sagen, er solle ein Mann sein und sich zusammenreißen. Und manchmal lag er starr – und wie tot – auf dem Boden. Dann näherte sie sich auf Zehenspitzen, um die Magie ihrer Umarmungen und kleinen Küsse zu erproben. Der große Unterschied zwischen Großvater und Kind störte nicht mehr. Sie waren Freunde, fast unzertrennliche Kameraden. Und Streit um Kleinigkeiten gab es nie. Grange erhob niemals die Hand gegen sie – auch nicht, um ihr einen Klaps zu geben. Er hätte jeden verprügelt, der es versucht hätte. Auch Josie durfte das Kind nicht anfassen. Arme Josie – sie durfte Ruth nicht einmal schelten!

«Du hast keine Ahnung von Kindererziehung», sagte Grange, wenn Josie auf Ruth einzuwirken versuchte. «Schau nur, was du aus deiner Tochter gemacht hast!» Josie war eingeschnappt. Grange behielt immer das letzte Wort.

Anfangs war die kleine Ruth eifersüchtig auf Josie. Fand der Großvater etwa die Großmutter hübsch? Na, Grange fand seine Frau überhaupt nicht hübsch, und das sagte er ihr oft genug. «Streunende Katze», so nannte er Josie manchmal. «Bleibt zu oft und zu lange fort von zu Hause!»

Josie war eine dicke Frau mit gelber Haut und Sommersprossen. Die meisten Männer hätten gesagt, sie sei hübsch – ohne genauer hinzuschauen. Doch Ruth schaute sehr genau hin – und was sie sah, war eine fette gelbe alte Frau mit säuerlichem Atem, mit viel zuviel lila Lippenstift und einer ewig nörgelnden Stimme. Es war die Stimme eines verzogenen dicken Mädchens, das immer pinkeln will, nachdem der Autobus losgefahren ist.

Ruth wußte, daß Josie nicht glücklich war, die Kleine bei sich zu haben. «Ich verstehe nichts vom Zöpfchenflechten!» maulte Josie verdrießlich, als Grange von ihr verlangte, dem Kind die Haare zu waschen und es hübsch zu frisieren. «Jaja, Lorene hast du lieber kurz geschoren, statt dir die Zeit zu nehmen für ihr Haar», sagte Grange. «Aber dies hier ist *meine* Enkeltochter, und *ihr* Haar wirst du ordentlich pflegen – sonst reiß ich dir deine gefärbten Haare einzeln aus!» Ruth hatte gekichert, während Josie – kochend vor Wut – ihre Zöpfchen flocht. Es war jetzt schon klar, daß sie und Josie keine Freundinnen werden würden.

Bevor Ruth kam, hatte Grange seine Tage mit Angeln, Herumdösen in der Sonne und Schnitzen verbracht. Jetzt fing er an, Baumwolle anzupflanzen. Ruth durfte im Sommer den ganzen Tag lang bei ihm auf den Feldern spielen. Aber es war ihr nicht erlaubt, die Baumwollbüsche auch nur anzufassen. Sie hätte gern Baumwolle gepflückt, weil die flaumigen weißen Bällchen so hübsch waren – frühmorgens, wenn die Tautropfen im ersten Sonnenlicht glitzerten. Warum ihr Großvater es ihr verbot, konnte sie nicht verstehen. Als Grange seine Frau überreden wollte, ihm auf dem Feld zu helfen, weigerte sie sich rundheraus. «Ich hab mich von dir überreden lassen, diese verfluchte Farm zu kaufen», sagte sie. «Aber ich will morgen im Irrenhaus aufwachen, wenn ich mich zwingen lasse, nur einen einzigen Ballen Baumwolle zu pflücken!» – Mit einem großen Sack und seinen zwei alten Händen mußte Grange sehen, wie er allein fertig wurde. Ruth durfte hoch auf dem Lastwagen sitzen, wenn er die Baumwolle in die Stadt zur Krempelmaschine fuhr. Das heißt, sie durfte hinten auf der mit Baumwolle beladenen Pritsche sitzen, solange sie auf der Schotterstraße fuhren, die zu der Farm gehörte. Sobald sie den Highway erreichten, bremste Grange ab und schickte die Kleine nach Hause. Oder sie mußte sich neben ihn in das Führerhaus setzen.

«Du bist keine Baumwollpflückerin!» brummte er streng, wenn sie protestierte. Dabei hätte es solchen Spaß gemacht, auf dem weißen Baumwollfuder durch die Stadt zu rollen.

«Hör mal, Grange», bettelte sie beim erstenmal, «darf ich nicht wenigstens bis zur *Brücke* fahren?» Der Großvater schien so empört über diese Idee, daß er sich nicht mal die Mühe machte zu antworten. Und so kam es, daß Ruth sich mit der Zeit als etwas Besonderes fühlte. In der Schule mied sie die Kinder, die mit ihren Eltern auf der Lastwagenpritsche fahren durften. «Grinsende Niggerkinder», schimpfte sie. «Damit die Crackers etwas zu lachen haben!» Die Kinder selbst fanden schnell heraus, wie sie Ruth verletzen konnten. «Missy Wohlbehütet!» riefen sie ihr auf der Straße nach. Und wenn dies keine Wirkung erzielte: «Mrs. Grange!»

Die Minuten auf dem baumwollweichen Hochsitz, auf dem Lastwagen, waren die glücklichsten für Ruth. Sie blickte meilenweit über die Felder und über den dunklen Wald – in den blauen Himmel. Ein Himmel, freundlich und wolkenlos in jenen Tagen. Josie ließen die beiden meist zu Hause. Und an Brownfield dachte Ruth selten. Wenn sie es tat, beteuerte Grange, die Gefängnisse in Georgia seien die besten.

In dem Garten vor seinem Haus pflanzte Grange Gemüse. Man konnte auf der Veranda sitzen und beinah zuschauen, wie die Tomaten wuchsen. Er schnitt Kohlköpfe mit seinem Taschenmesser und setzte sie Ruth wie eine Krone aufs Haupt. Er pflanzte Karotten und Erbsen – und im Herbst, wenn die Erbsenschoten in der Sonne getrocknet waren, hockten sie bis in den späten Abend am Küchentisch und schälten Erbsen. Josie, die jede Art von Arbeit haßte, unterbrach widerwillig ihre weitschweifigen Erzählungen von den «guten Tagen» damals, in ihrer Jugend, und spülte am Waschbecken Marmeladengläser, damit Grange am andern Morgen die Erbsen «einmachen» konnte.

In solchen Zeiten häuslichen Glücks litt Ruth besonders stark unter dem Verlust ihrer Mutter. Erinnerungen, die jedes andere Kind bald vergessen hätte, überfielen sie in Momenten der Schlaflosigkeit oder in wirren Träumen. Diese langen, sonnigen Tage im Herbst, wenn die «Ernte eingeholt» wurde, ließen das Bild der Mutter lebendig werden, die damals, als es ihnen «gutzugehen» schien, Gemüse eingelegt und Kartoffeln eingemietet hatte, damit sie den Winter nicht zu fürchten brauchten.

Wenn Erwachsene zu Besuch kamen, wurde nie über ihre Eltern geredet. Die Leute taten, als hätten Mem und Brownfield nie existiert. Josie verschloß ihre Lippen wie eine Auster, wenn Ruth ihr einfache Fragen stellte – oder sagte: «Erinnere dich!» Grange aber verspürte den Drang, über die beiden zu sprechen. Sie sollten nicht vergessen sein, sagte er. Besonders Mem nicht, die eine Heilige gewesen sei. Oft pries er ihre Sparsamkeit und ihren Fleiß. Und er verglich sie mit Josie. Er ließ sich hinreißen von seiner lebendigen Erinnerung an Mem. Und er machte Josie Vorwürfe, weil sie nicht war wie die Frau, die sein Sohn gehabt hatte. Dann fing Josie oft an zu weinen. Oder sie heuchelte eine Trauer, die sie nicht empfand.

«Du geile, faule gelbe Kuh!» so fingen seine Beschimpfungen meistens an. «Versuche nur ja nicht, dich zu verteidigen. Du schlampiges, nichtsnutziges Lügenmaul – du Landstreicherin und hergelaufene Ziege – du aufgedunsene und angemalte Kuh. Wackel nicht mit dem Arsch vor diesem Kind – und vor meinen grauen Haaren!» Dann aber wurde er unsicher, und sie fing an zu weinen. «Steh nicht rum wie bestellt und nicht abgeholt!» pflegte er zu brummen. «Komm her, setz dich auf meinen Schoß, damit ich mit dir reden kann ...» Solche Szenen der Verzeihung endeten oft sehr glücklich. Josie, mit spitzer Zunge über ihren grellen Lippenstift fahrend, kam zögernd näher. Und Grange murmelte in der Tiefe ihres Busens «Ah, aaah, schibidibuuuh! Da bin ich schon wieder mal – gelandet und *gestrandet*!»

Ruth schlief nicht immer bei ihnen. Grange war freundlich, aber bestimmt.

«Is nich gesund, wenn 'n Haufen Leute im gleichen Bett schläft», sagte er. «Zwei sind genug – wenn sie erwachsen sind!»

Ausgesperrt und in ihrem eigenen Bett, wälzte sich Ruth schlaflos herum. Warum kapitulierte der Großvater immer wieder vor Josie, wo er sie doch verachtete? fragte sich die Kleine.

Und wenn sie nicht einschlafen konnte, stand Mems Bild lebendig vor ihr. Ihre Mutter, mit schwieligen, warmen Händen, mit ihren rissigen, weichen Lippen – mit ihren Augen, die wieder sehen konnten: voll harter und sanfter Traurigkeit.

33 Langsam und widerstrebend trat Josie in den Hintergrund. Ruth und ihr Großvater wurden unzertrennliche Freunde. Es war nicht geplant, doch es ergab sich so. Sie waren fast immer zusammen. Wohin Grange immer ging – das kleine Mädchen ging mit. Und was immer er tat – das tat seine Enkeltochter. Josie, die ihre Kneipe verkauft hatte, damit Grange seine Farm kaufen konnte, fühlte sich ausgeschlossen. Die alten Freunde kamen nicht mehr zu Besuch. Wohl machten Ruth und Grange manch halbherzigen Versuch, Josie mit einzubeziehen in ihre Tätigkeiten. Doch die Farm hatte nichts Verlockendes für sie. Josie war eine geborene Städterin. Sie schickte die beiden hinaus auf die Felder – und Ruth und Grange waren froh, fortgeschickt zu werden. Josie blieb nörgelnd zurück, durch das leere Haus wandernd und ihre Fingernägel polierend.

Im Winter, ein paar Tage vor Weihnachten, begann Grange mit den Vorbereitungen fürs Ambrosia-Brauen. Er war ein ungebildeter Mann, aber er wußte, daß die Götter sich von Ambrosia nährten – bevor es einen Gott gab, der überhaupt nichts aß. Das hatte ihm gewiß die Tochter irgendeiner weißen Lady erzählt. «Na ja, dieser Gott der Weißen verlor seinen Appetit, als er sah, was er geschaffen hatte!»

Zum Ambrosia-Brauen brauchte man handgeraspelte frische Kokosnüsse, außerdem Apfelsinen und Ananas. Sicherlich kam noch was andres hinein – aber Ruth erinnerte sich hauptsächlich an die Kokosnüsse und Apfelsinen. Großvater Grange hatte eine Schwester in Florida. Die schickte Nüsse und Apfelsinen in einer großen Kiste, zusammen mit einer kleinen Kiste voll Pampelmusen. Vor Weihnachten sah das Haus immer aus wie ein Stand auf dem Obstmarkt. Grange versteckte die frischen Früchte gern irgendwo hoch oben – auf dem Kaminsims, auf dem Kleiderschrank oder der Kommode. Und wenn Kinder zu Besuch kamen – sie kamen nur in der Weihnachtszeit –, griff er mit geheimnisvoller Miene hinter sich und zauberte eine leuchtende Apfelsine oder Pampelmuse oder Kokosnuß hervor: «Kokospokus», lachte er mit seinen leuchtenden Zähnen. «Das ist für *dich*!» Die kleinen Jungen und Mädchen streckten fröhlich die Hände aus.

Außerdem brauchte man – zum Ambrosia-Brauen – ein großes Butterfaß. Grange hatte sogar zwei – ein milchweißes mit einem blaugezeichneten Stier auf dem Deckel und ein braunes aus Ton. Beide hatten Josies Mutter gehört. Sie hatte, wie Grange erzählte, das weiße unter der Woche benutzt und das braune am Sonntag. Ihr zu Ehren – ihr Bild hing neben den anderen Bildern im Wohnzimmer an der Wand – benutzten sie das braune Faß zum Ambrosia-Brauen.

Alle drei – Ruth und Josie und Grange – saßen im Kreis und schälten Orangen und raspelten Kokosnüsse. Den ganzen Abend, bis zwei Uhr morgens. Natürlich wäre die ganze Arbeit leicht in zwei Stunden zu schaffen gewesen. Aber Grange unterbrach das Geschäft mindestens zehn- bis fünfzehnmal, um lange Geschichten zu erzählen – wahre oder erfundene. Er kannte alle Geschichten von «Onkel Remus», obwohl er selbst viel bessere zu erfinden wußte – über einen Plantagenarbeiter namens John. Dieser John wurde Ruths angehimmelter Held, denn er verstand es, sich aus jeder brenzligen Situation herauszureden.

Onkel Remus, fand Grange, sei ein Trottel. Wenn er schon so gescheit daherreden konnte, daß er sogar mit den Tieren reden konnte – warum – fragte Grange – nahm er nicht den weißen Jungen als Geisel, um diesen weißen Ärschen in Washington beizubringen, wie man das ganze Land gescheiter machen könnte – das, wie Grange fand, in Dummheit versank. «Statt mal dafür zu sorgen, daß die Crackers wieder zurückgeben, was sie uns Schwarzen gestohlen haben, sitzt Onkel Remus auf seinem Hintern und belehrt diesen dummen weißen Jungen, daß man von zuviel Milch oft Dünnschiß bekommt! Was wir brauchen, verdammt, ist ein Staatsmann – und Onkel Remus schwätzt wie ein blöder Pfaffe!»

Und er erinnerte sich an seine Kindheit, erzählte von seinen Begegnungen mit Geistern und Nicht-Toten und sogar mit dem Heiligen Geist, der – wie er sagte – kalt wie ein Winterwind war. Wenn man nicht aufpaßte, hatte man eine Lungenentzündung.

Er erzählte von Geisterbeschwörern und von Leuten mit dem zweiten Gesicht. Seltsame Männer und Frauen, empfänglicher für die Welt des Übersinnlichen als andere Menschen. Sie wußten allerhand magische Tricks. Zum Beispiel konnten sie einem Mann etwas geben, das steckte er sich untern Hut – und schon kehrte seine Frau wieder zu ihm zurück (falls sie fortgelaufen war), oder sie lief ihm fort (falls er sie zum Teufel wünschte). Und er erzählte von einem alten Juje-Zauberer, der sich in eine Fledermaus verwandeln konnte. Der hatte ihn sogar einmal von einem Pilz befreit – mit einem Beutelchen voll weißem Pulver. «Was ist ein Pilz?» fragte das Kind. «Eine böse Krankheit, die manchmal Erwachsene befällt», antwortete er.

In der Stadt, sagte Grange, gebe es eine Frau mit dem zweiten Gesicht. Sie hieß Schwester Madelaine. Sie sei eine hellhäutige Negerin, die sich in eine Zigeunerwahrsagerin verwandelt habe. «Warum?» fragte die Kleine. «Weil sie für niemand als Dienstmädchen arbeiten will», sagte Grange. Sie sei eine mächtige Frau, sagte er – aber nicht so mächtig wie manche Leute mit dem zweiten Gesicht, die er als Junge gekannt hatte. Das zweite Gesicht sterbe langsam aus, sagte er. «Es gibt immer weniger Menschen, die eine Sache von mehreren Seiten betrachten können.»

Aber am liebsten hörte Ruth die Geschichte, wie Grange in die Kirche eingetreten war.

Es geschah im Frühling – er war damals sieben oder acht Jahre alt. Und es geschah bei einem Erweckungsgottesdienst in der methodistischen Kirche. Grange hatte angefangen, sich mit den weißen Jungens aus der Nachbarschaft zu prügeln – «ihnen die Fresse einzuschlagen», wie er es nannte. Seine Mutter, eine fromme Frau, die ihr Leben lang als fleißiges Dienstmädchen für die Weißen gearbeitet hatte, machte sich Sorgen. Sie wollte ihn von den Raufereien abhalten. Immer wieder versuchte sie, ihn an den Busen der Kirche zu führen. Grange konnte nicht «Busen» sagen, ohne nach Josies Ausschnitt zu schielen. Damals aber, so sagte er, war er voll Haß gegen die Frömmelei in der Kirche. Er haßte Erweckungen mit ihrem Gesang und Geschrei, er haßte die Betschwestern und vor allem die Prediger.

Eines Abends war Onkel Buster zu Besuch gekommen. Er war ein Bruder seiner Mutter – «ein Mann wie ein Schrank», sagte Grange. Und böse. Grange konnte ihn jedenfalls nicht leiden, seit er gesehen hatte, wie Onkel Buster seine Frau – Granges Tante – in einem Wutanfall durch das Fenster warf.

Als dieser Onkel nun die frommen – erfolglosen – Überredungsversuche der Mutter hörte, packte er Grange am Kragen und hielt ihm einen strengen Vortrag über den Heiligen Geist – über die Rettung der Seele und das «reine Licht», das jeden Sünder überflutet, wenn er bereit ist, sein Herz zu öffnen. Kurz gesagt, Onkel Buster versprach, seinen rauflustigen Neffen mit der Ochsenpeitsche «fromm» zu machen, wenn er sich nicht sofort – noch am gleichen Abend – dem Heiligen Geist hingeben wollte.

Grange unterbrach seine Erzählungen immer wieder mit explosiven Lachanfällen – Ruth und Josie erschraken jedesmal, auch wenn sie damit gerechnet hatten. Er war wirklich ein guter Geschichtenerzähler. Gebannt hingen die anderen an seinen Augen, die im Widerschein des Kaminfeuers glitzerten. Ruth bewunderte auch die Kunst ihres Großvaters, in hohem Bogen in dieses Feuer zu spucken. Sie konnte es kaum erwarten, bis er sich wieder einmal – Spucke sammelnd – mit seiner roten Zunge über die breiten Lippen fuhr, bis er sich vorbeugte und in gezieltem Strahl in die glühenden Kohlen spuckte. Und dann kam dieses vertraute Zischen, die Flammen duckten sich, als wollten sie neue Kräfte sammeln, ein Dampfwölkchen verschwand im Rauchfang, und brutzelnd schmolz die Spucke zu einem Nichts.

Damals aber, als kleiner Junge, saß Grange mit gesenktem Kopf auf der «Sünderbank». In der Kirche herrschte Erwekkungsstimmung. Die Gemeinde war voll vom Heiligen Geist. Oder genauer gesagt – viele der frommen Brüder waren «voll» von einem anderen, nicht ganz so heiligen «Geist». Unter ihnen auch Onkel Buster. Grange glaubte, die Pflaumengeistfahne, die er verströmte, quer durch die ganze Kirche zu riechen.

Die Schwestern waren im besten Sonntagsstaat angetreten. «Damals trugen die Frauen Kleider mit langen Schleppen», sagte Grange. «Da konnte ein Mann sich den Hals brechen, wenn er versuchte, ein Stückchen Bein zu erspähen. Die frommen Schwestern prangten in roter und gelber und grüner Seide. Die Haare glatt, wie 'ne Rutschbahn ins Nichts», lachte Grange. «Eine Laus wäre ausgerutscht und hätte sich ein Bein gebrochen! So glatt strählten schwarze Frauen damals ihr Haar.»

«Und wie sie tuschelten und gackerten vor der Kirche. Eitel wie Pfauen!» kicherte er. «Hallo, meine Lieben, wie *geht* es Ihnen, *liebste* Schwester Soundso?» flötete eine. Und eine andere keifte: «Schweigen Sie, meine *Süße*, bringen Sie erst mal *elf* Kinder zur Welt, bevor Sie den *Mund* aufmachen!» Kokett raschelten die älteren mit ihren Seidenrüschen. Die jüngeren machten Verrenkungen, um trotz allem ein Stückchen Bein zu zeigen.

Und wenn der Prediger auf die Kanzel stieg, dann jubelten junge und alte Sünderinnen drauflos: «Herr, der du mein Herz betört ...» Während manche von ihnen betörende Blicke zum *Amen Corner* hinüberwarfen.

Und am Schluß des Gottesdienstes rief der Prediger nach den Beichtwilligen. («Was – die Leichtwilligen?» rätselte die kleine Ruth. «Ach was, ist doch ein und dasselbe», lachte Grange, ohne seine Erzählung zu unterbrechen.) Da stolperten ein paar ungerettete Seelen – harmlose Teenager – mit gesenktem Kopf und im Gänsemarsch nach vorn, um öffentlich ihre Schuld zu gestehen. «Vielleicht hatten sie im Drugstore ein paar Kaugummis geklaut», lachte Grange. Die Gemeinde wiegte sich im Gesang, die Schwestern kreischten, die Brüder stampften, der Prediger stand schweißtriefend auf seiner Kanzel. Immer wieder wischte er sich die Glatze mit seinem Taschentuch – demselben Taschentuch, in das er – wie Grange gemerkt hatte – während des Gottesdienstes immer wieder hineinspuckte.

Grange spürte den Blick seiner Mutter auf sich gerichtet. Er wußte, es war ihr größter Wunsch, ihn am Busen der Kirche geborgen zu sehen. Auch er selbst flehte den Heiligen Geist auf sich herab. Er dachte an Onkel Busters Ochsenpeitsche!

Grange spähte hinüber zum *Amen Corner*. Die ganze Gemeinde tobte und raste, ergriffen vom Heiligen Geist – aber sein

Onkel Buster hing schnarchend auf seinem Stuhl. Na, so etwas! Sein Mund stand weit offen, und lange Speichelfäden sammelten sich auf seiner Sonntagskrawatte. Und dort, im schleimigen Mundwinkel des Onkels – Grange sah es und erstarrte! – spazierte mit emsig tastendem Rüssel eine dicke, fette, schillernde Schmeißfliege. Im Licht der Petroleumlampe glänzten ihre Flügel wie Bernstein. Ihr geschäftiges Hin und Her erinnerte an eine besenschwingende Hausfrau – oder an einen kleinen Jungen, der gierig eine geklaute Pastete verschlingt. – Und in diesem Moment schloß Grange einen Pakt mit Gott und mit der Methodistischen Episkopalkirche Amerikas.

Falls diese dicke, fette Schmeißfliege, die sich genüßlich an Onkel Busters schleimigem Speichel labte, in seinen Mund krabbeln und er sie verschlucken würde, dann würde Grange – das gelobte er Gott – sofort aufspringen und seine Sünden bekennen und sich an den Busen der Kirche werfen. Denn der Heilige Geist, das hatte er längst herausgefunden, wollte anscheinend nicht von selbst zu ihm kommen.

Kaum hatte er diesen Entschluß gefaßt, so erzählte Grange, als die Fliege auch schon in Onkel Busters klaffendem Mund verschwand. Und der Onkel – als er erwachte und aller Augen auf sich gerichtet sah – klappte seine stoppelbärtige Kinnlade zu und verschluckte die Fliege mit einem frommen Seufzer. Er wurde blaß und würgte erbärmlich. Und während Grange – plötzlich zu Gott bekehrt – nach vorn stolperte, um vor der Gemeinde seine Erweckung vom Heiligen Geist zu bezeugen, rannte sein Onkel, die Hand an den Mund gedrückt, an ihm vorbei zum Ausgang.

Und so kam es, daß Grange in die Kirche eintrat, ohne an Gott zu glauben. Was war das für ein Gott, so fragte er sich, der mit einem achtjährigen Jungen einen so ekligen Pakt abschloß – und über ein so ekliges Liebesmahl? Aber Granges Mutter weinte und jubelte an diesem Tag und war hinfort viel glücklicher.

Ruth kugelte sich vor Lachen bei dieser Erzählung. Und wenn sie später neben Grange in der Kirche saß, stießen die beiden sich mit den Ellbogen in die Rippen und kicherten wie alberne kleine

Mädchen. In den Augen des Predigers und der frommen Heuchler waren der Großvater und sein Enkelkind die allerschlimmsten Ketzer. Doch es war komisch, was sie dort jeden Sonntag beobachten konnten: die lammfromme Unterwürfigkeit von Männern, die ihre Kinder quälten und jede Woche ihre Frauen verprügelten.

34

Josie hatte die beiden zusammen tanzen sehen – in dem kleinen Blockhaus, das Grange als Spielhütte für Ruth gebaut hatte. Es war Ruths zehnter Geburtstag gewesen, und sie steckte von Kopf bis Fuß in neuen Kleidern. Josie war empört. Nie hatte Grange ihr neue Kleider gekauft, seit sie verheiratet waren. Und niemals, seit Ruth zu ihnen gekommen war, hatte er sich die Mühe gemacht, mit seiner Frau zu tanzen.

«Es gehört sich nicht!» zeterte sie, während Ruth und Grange ausgelassen um sie herumtanzten. «Und außerdem – denk an dein schwaches Herz!» Sie tanzten weiter, nach einer Blues-Melodie, die Grange aus heiserer Kehle preßte. Das Singen machte ihm offenbar Schmerzen. Ruth wußte nichts von der physischen Beschaffenheit seines Herzens. Sie wußte nur, sie wohnte darin, und das genügte ihr.

«Wieso – was ist mit deinem Herz?» fragte die Kleine. Aber Grange war zu sehr vertieft in die schwermütige Melodie. Ruth fand ihren Großvater, den alten Knaben, ziemlich sexy. Er war groß und schlank und hatte schmale Hüften. Er tanzte so leicht, daß man nicht sagen konnte, ob er einen guten oder schlechten Tag hinter sich hatte. Mit geschlossenen Augen summte er die Melodie. Immer waren es seine eigenen Songs. Nie hatte Ruth solche Lieder im Radio gehört. Wenn sie ihm lauschte, wurde sie ganz gerührt. Wenn sie ihn tanzen sah, fühlte sie ihre innere Verwandtschaft mit etwas sehr Altem und Schönem. Grange tanzte genauso, wie er ging – mit federnden Knien. Wenn er getrunken hatte, war es ein Tanz auf dem schmalen Grat zwischen Fröhlichkeit und Frechheit. Und wie glücklich er wirkte! Sein Herz war für Ruth nicht ein schwaches Organ seines Körpers, sondern dies starke Vibrieren in seiner tiefen Stimme.

Die beiden tanzten am schönsten, wenn sie alleine tanzten – jeder für sich, und dennoch zusammen. Beim Tanzen lernte Ruth, daß sie einen Körper hatte. Sie sah, daß auch ihr Großvater einen Körper hatte, sinnlich und stark. Mit seinem Tanz lehrte Grange sie eine Geschichte, die man in keiner Schule lernt. Es war die Geschichte des schwarzen Volkes – die Geschichte der Heimat, die Ruth nie gesehen hatte. Sie spürte das Stampfen der Füße, das Pochen der Trommeln. Tanzen war wie ein glühender Strom, der sie mit anderen Tänzern – jenseits der Ozeane – verband. Im geschmeidigen Tanz seiner alten Glieder erkannte das Kind seine eigene Anmut wieder.

Mit der Zeit gewöhnte sich Josie an, die beiden am Sonntag allein zu lassen. Sie ging in die Stadt – in das Gefängnis, wo Brownfield saß. Grange unternahm nichts, um es ihr auszureden. Und falls er es tat, merkte Ruth jedenfalls nichts davon. Trotzdem erschrak sie über diese neue Entwicklung. Sie konnte sich nicht vorstellen, daß jemand mutig genug war, einen so schlimmen Mann wie ihren Vater zu besuchen. Josie aber berichtete, daß Brownfield sich verändert habe, seit er im Gefängnis war. Sie würden ihn nicht wiedererkennen, wenn sie ihn sähen. Ruth hoffte, ihn niemals wiederzusehen. Sie hatte sogar gehofft, er würde im Zuchthaus erschlagen. Jetzt hatte sie Angst, ihr Vater könnte bald wieder aus dem Gefängnis entlassen werden. Allmählich aber wurden Josies Besuche bei Brownfield zu einer alltäglichen Routine. Ruth beruhigte sich. Und sie genoß die Zeit allein mit ihrem Großvater, während Josie damit beschäftigt war, Pasteten und Hühnchen für Brownfield zu backen.

«Merkst du nicht, wie selbstsüchtig und verwöhnt du bist?» fragte Josie einmal mit verzerrtem Gesicht.

«Ach, ich weiß nicht», lachte die Kleine. Grange hatte ihr versprochen, mit ihr ins Kino zu gehen. Und sie beeilte sich, ihr

Kleidchen anzuziehen. Sie konnte sich Josie niemals als ihre Großmutter vorstellen – und schon gar nicht als Granges Frau.

«Du hast ja doch keine Lust, mit uns ins Kino zu gehen», rief sie – schon aus der Tür stürmend. «Nicht wahr, du hast doch keine Lust?»

35

Im Sommer und Herbst widmeten sich Grange und Ruth dem höchst irdischen Geschäft des Weinkelterns. Sie wußten eine lange Liste von Weinen, die sie mit gutem Erfolg zu keltern verstanden. Allerdings gab es auch eine kürzere Liste von Weinen, die regelmäßig Essig wurden. Während der Aprikosenzeit wurden Aprikosenschalen und -steine gesammelt. Sie wurden zum Gären – mit Zucker und Wasser – in das braune Butterfaß gelegt. Im September hatten sie einen starken Aprikosenwein. Im Spätsommer wurden Alberta-Pfirsiche halbiert und im Butterfaß ins Wasser gelegt und mindestens einmal pro Woche überprüft. Grange selbst übernahm das «Prüfen». Das heißt, er trank einen Schluck davon. Und zu Weihnachten hatten sie einen starken Brandy mit Pfirsichstücken, die immer am Rand der Gläser festklebten. Im Sommer machten sie auch Maiswein, der im Frühling süß und kühl durch die Kehle rann, wenn sie die Krüge über Nacht auf die Veranda stellten. Sie machten Brombeerwein und Muskatellerwein und manchmal Pflaumenwein.

Ruth schmeckte der Wein genauso wie ihrem Großvater. Einmal, im Beisein von Freunden, wurde ihr schwindlig, und sie erbrach sich – und allen war klar, daß Grange nicht der einzige war, der über den Durst getrunken hatte. Mit neun war sie trinkfest, daß Grange nur noch staunen konnte. Ihr schmeckte der Wein, daß sie ihn am liebsten gläserweise getrunken hätte – wie Milch. Aber Grange wußte – vorläufig – den Anfängen zu wehren und versteckte die Krüge mit dem süßen Gebräu. Allerdings half solche Vorsicht nicht viel, denn er vergaß, wo er die Krüge versteckt hatte, und Ruth mußte ihm bei der Suche helfen.

Grange war ein Sünder und Schwerenöter, was das Trinken betraf. Er konnte im Lauf des Tages gut eine halbe Gallone Wein oder Maisschnaps niedermachen. Am Wochenende verdoppelte er die übliche Ration, und manchmal fand er nicht mehr nach Hause. Zweimal fanden sie ihn am Highway im Straßengraben. Den Rest des Weges zur Farm hatte er nicht mehr geschafft. Und während sie ihm auf die Beine halfen, erging er sich in trotzigen Monologen über die Freiheit.

«Laßt mich doch liegen – und sterben wie einen Hund!» brummte er. «Ein schwarzer Mann hat's in der Hölle besser!» Während Josie ihm unter die Schulter griff, trippelte Ruth mit einer Gerte in der Hand hinterher. Jedesmal, wenn er niederzuknien drohte, schlug die Kleine ihm mit der Gerte über die Schenkel. Sie kam sich viel älter und erwachsener vor als Grange, wenn es ihm schlechtging. Sie machte ihm Vorwürfe, wenn er wieder nüchtern war. Sie nahm keine Rücksicht auf seine Kopfschmerzen, ließ ihn seinen Tabak selber schneiden und ignorierte ihn, so daß er bis Montag abend nicht nur nüchtern, sondern auch ganz kleinlaut geworden war. In Scham und panischem Schrecken fragte er sich, ob er die Sauferei diesmal zu weit getrieben hatte. (Immerhin war Ruth noch klein. Sie verstand nicht und konnte ihn nicht verstehen!) Er fürchtete, sie könnte sich abwenden von ihm. Und er verfluchte sich, weil er der Vater seines Sohnes war. Wie, wenn die Kleine ihn genauso betrunken erlebte wie ihren Vater?

Ja, Ruth erinnerte sich an Brownfield, wenn Grange betrunken war. Dann brach ein schmerzhaft verschlossener Teil ihrer Erinnerung wieder auf, und sie erkannte den Dämon von Haß und Zerstörung in einem Menschen wieder, der ihr so nah war, dem sie vertraute. Allerdings glaubte Ruth, daß Grange nur trank, weil er einen Mörder zum Sohn hatte und mit einer Frau wie Josie verheiratet war. Grange und Josie sprachen kaum noch ein Wort miteinander. Manchmal herrschte eine furchtbare Kälte im Haus.

Immer lag Josies Vorwurf in der Luft, daß Ruth – als Eindringling – ihr ihren Mann entfremdet habe. Und Ruth wußte auch, daß Grange eine andere Frau gehabt hatte – vor vielen Jahren. Er konnte Margarets Tod nicht verwinden, und er weinte, wenn er von ihr sprach (allerdings nur, wenn er betrunken war). Ruth haßte sie – obwohl sie schon lange tot war – aus ganzem Herzen.

Wenn Grange gewalttätig war, so war es nur gegen sich selbst – nie gegen andere. Sein Triumph über die Tiefen seines Lebens war diese innere Freude, die ihn so anziehend machte für Ruth. Er war ein alter Sünder, das gab er bereitwillig zu. Doch er verschenkte sich selbst. (Seine Enkeltochter war noch zu jung, um zu wissen, daß er sich nur ihr so rückhaltlos schenkte.) Und die Leidenschaft, mit der er das Leben feierte, konnte ihm niemand verdenken.

Wenn er nüchtern war, schuldbewußt und zerknirscht, wenn Josie ihn beschimpfte, bevor sie sich aufputzte wie eine große Dame, um einen «Besuch» – meist bei Brownfield – zu machen, und wenn die beiden dann allein waren, schwebte eine Gewitterwolke über dem Haus, über Granges grauem, gebeugtem Kopf. Und sie verzog sich erst, wenn die Kleine sich vor ihrem Großvater aufbaute und ihre Zöpfchen an seinem Kinn rieb. Dann umarmten sie sich.

Da waren Vater und Sohn, die einander verflucht hatten. Ein alter Mann, dem die kleine Ruth vertraute; und ein junger, den sie haßte und fürchtete. Wie hätte sie urteilen können? Und da war Josie, über deren Leben an der Seite des Großvaters Ruth nichts wußte. Für sie war Grange, der sein eigenes Kind verlassen hatte, ein richtiger Vater. Vielleicht klaffte eine Lücke in Granges Liebe – genau wie in seinem Leben. Wie – oder wann – hatte die Gewalt angefangen? Und gab es Geheimnisse, die nur Josie wußte? Ein so junger Mensch wie Ruth wußte noch nichts von der Saat erstickter Brüderlichkeit, von dem Haß, der verletzte Herzen verbindet – von der Rache als Schrei in der Not verstümmelter Seelen.

36

Ihr Leben bei Grange war wie eine Lehrzeit – die behutsame Einführung in eine erstaunliche Welt voller Rätsel. Gab es wirklich eine Grausamkeit, die das Maß dessen, was sie zu Hause kennengelernt hatte, weit übertraf? Nachdem Angst und Trauer allmählich gewichen, die Tränen langsam getrocknet waren, gab es lange und lehrreiche Gespräche über die Indianer, denen einst dieser Kontinent gehört hatte, über die gelben Menschen jenseits des Meeres, deren Wohnhäuser aussahen wie umgeklappte Regenschirme. Überhaupt erfuhr Ruth zum erstenmal, daß es ein Meer gab – viel größer als ganz Baker County! Unvorstellbare Weiten der Welt: Namen wie London, Paris, New York. Überall wohnten Menschen mit ihren Schicksalen, ihren Hoffnungen und Ängsten. Doch die Familie der Menschen war tief gespalten, zerrissen von Grausamkeit – wie ihre eigene Familie. Es gab Bomben und Habgier und Sklaverei. Vor allem gab es den unersättlichen Raubtierinstinkt des weißen Mannes, der aus dem Garten der Welt einen Müllhaufen machte.

Und Ruth lernte die Geschichte ihres schwarzen Volkes kennen. Grange erinnerte sich an Vorträge, Predigten an den Straßenecken und Ansprachen im Rundfunk, die er vor Jahren gehört hatte – damals, als er allein oben im Norden war. Er berichtete von Tatsachen, die immer wieder die eine Vermutung bestätigten: Es gab irgendwo ein Land, bevölkert von blutgierigen Raufbolden und geizigen Geldraffern – und dieses Land hieß Amerika!

Ruth mußte schießen lernen, kaum daß sie groß genug war, um ein Gewehr zu halten. Sie mußte auf Vögel und Kaninchen schießen. Oh, wie ihr Herz rebellierte! Aber immerhin – Kaninchen konnte man braten, und Vögel schmeckten nicht anders als Huhn.

Ruth verstand nicht, warum Grange die Weißen haßte. Ihre Mutter hatte erlaubt, daß sie mit weißen Kindern spielte. Und auch hier in der Nachbarschaft, nicht weit von Großvaters Farm, gab es weiße Jungen und Mädchen, die sie gerne als Spielgefährten gehabt hätte. Doch es war streng verboten, mit ihnen auch nur zu sprechen. Anscheinend waren sie – fünf bis zehn Jahre alt – doch nicht so harmlos!

«Warum?» fragte das Kind aufsässig.

«Erstens», sagte Grange, «weil sie dich aus Afrika geraubt haben.»

«*Mich*?» fragte sie.

«Halt den Mund», sagte er. «Und zweitens, weil sie dich in Ketten hierhergeschleppt haben.»

«Oh?» sagte sie – und betrachtete ihre leicht schmuddeligen, sonst aber makellosen Handgelenke.

«Drittens, weil sie dich in der Sklaverei jeden Tag geschlagen haben und dir nur Abfälle zu essen gaben ...»

«Wie wir sie Dilsey verfüttern?» fiel sie ihm ins Wort.

«Kohlblätter», sagte er. «Und Innereien.»

«Kutteln? Die sind lecker. Und Kohl mag ich auch!»

«Sie haben mit Frauen schmutzige Sachen gemacht.» (Ruth war erst neun!)

«Was? Wie?» fragte sie aufgeregt.

Sie sind böse.

Sie sind Teufel mit blauen Augen.

Sie sind deine geborenen Feinde.

«Halte dich fern von diesen Heuchlern, sonst vernichten sie dich.»

«Du mußt dich irren», sagte sie, an ihren Knöpfen nestelnd. «Mir haben sie nichts Böses getan.»

«Sie haben deinen Vater und deine Mutter umgebracht», sagte er.

Ihr Vater lebte noch – soviel sie wußte. Auch wenn sie sich manchmal wünschte, er wäre tot.

«Nein, haben sie nicht», beharrte sie trotzig. Sie wollte es einfach nicht einsehen.

37

Für Grange war sein Sohn tot wie Mem, seine ermordete Frau. Hätte er sich die Mühe gemacht, darüber nachzudenken, er wäre allenfalls zu dem Schluß gekommen, daß Brownfield ein Zombie ist – einer der vielen Nicht-Toten, die ihre Seele im Dschungel Amerika verloren hatten. Und wirklich war Brownfields Leben zerstört. Er war im Gefängnis, weil er gemordet hatte, und doch fuhr er fort, Böses zu ersinnen. Seine einzige Vertraute war Josie, die Frau seines Vaters. Ob Josie sich rächen wollte an Grange, weil sie sich durch dessen Liebe zu seinem Enkelkind in den Hintergrund gedrängt fühlte? Ruth brauchte ihn doch! Es war seine Aufgabe, sie die Wirklichkeit dieses Lebens zu lehren. Und wenn Brownfield und Josie sich gegen ihn verschworen – was kümmerte es ihn? Er würde damit fertig werden, wenn die Zeit gekommen war. Einstweilen sah er Josie kommen und gehen, er hörte – allzu oft – Brownfields Namen aus ihrem Munde. Es war ihm nicht gleichgültig – aber wie Josie einmal erfahren hatte, war Grange kein eifersüchtiger Mann.

Aber Grange machte sich Sorgen, weil Ruth sich manchmal hingezogen fühlte zu ihrem Vater – und zwar genau durch die Eigenschaften, die sie sonst ängstigten und quälten. Anscheinend kreisten Ruths Gedanken um ihren Vater, als sei er ein großes Rätsel für sie. Ihr Blick war verwirrt, wenn sie an ihn dachte. Es war, als stünde sie vor einer wohlbekannten Tür, hätte aber den Schlüssel verloren. Grange dachte mit Schrecken zurück an die Nacht, als er Mem auf dem Hof in ihrem Blut liegen sah – ihre verstörten Kinder weinend um sie versammelt. Daphne und Ornette wurden von einem glattzüngigen Prediger – Mems Vater – nach Norden entführt. Der alte Bursche und seine Frau waren so gerührt angesichts der Tragödie, daß sie am liebsten alle drei Kinder mitgenommen hätten. Obwohl Mem, ihre Mutter, vor vielen Jahren dem frommen Heuchler gleichgültig gewesen war. Ruth aber hatte sich in die Arme ihres Großvaters geflüchtet, und sie war nicht zu bewegen gewesen, mit jenem anderen – falschen – Großvater mitzugehen.

Grange hatte nie geglaubt, daß er so starker Gefühle fähig wäre. Josie war eifersüchtig auf seine Liebe zu diesem Kind – und mit Recht. *Sie* hatte er nie so geliebt – und sein Motiv, sie zu heiraten, war ihr von Anfang an verdächtig gewesen. Ihre Schwäche war, daß sie ihn liebte und lange auf ihn gewartet hatte. Und jetzt war sie töricht genug, um zu glauben, daß sie ihn nie mehr verlieren könnte.

Als er damals zurückkehrte aus dem Norden, wußte er, daß sie auf ihn warten würde – auch wenn sie ihm nicht treu gewesen war. Sie aber wußte nicht, daß für ihn alles anders geworden war. Als er aufbrach aus Baker County, um oben im Norden wohl nicht sein Glück, so doch einen Weg zum Überleben zu finden, hatte er nichts von der Welt gewußt. Und als er wiederkam, hatte er nur noch den Wunsch, sich irgendwo – weitab von der Welt – zu vergraben. Josie, die dumme Provinzlerin, konnte nicht verstehen, daß dieser Mann lieber tot gewesen wäre, als jemals wieder von Weißen abhängig zu werden; lieber blind, als jemals wieder ein weißes Gesicht zu sehen. Er hatte gelernt, daß überall diese Weißen die Welt regierten – ob in New York oder in Georgia. In Harlem wie in der Poontang Street. Vielleicht hätte Josie verstanden, wenn er sie mitgenommen hätte auf diese Reise. Und als er dann heimkehrte nach Baker County und sich mit Josies Geld die Farm kaufte, dachte die eitle Frau, es wäre Liebe, die ihn die Einsamkeit suchen ließ – um ihre weiblichen Reize ungestört zu genießen!

Wie oft hatte er versucht, ihr den Haß zu erklären – diesen Haß der ganzen Welt, den er in sich kochen fühlte. Einmal erzählte er ihr von einem Mord (oder Selbstmord), den er verschuldet hatte. Sie war entsetzt. Genauso entsetzt, daß das Opfer eine Weiße war, wie sie entsetzt gewesen wäre, wenn es eine Schwarze gewesen wäre. Er konnte ihr nicht klarmachen, daß es da einen Unterschied gab.

«Ein Leben ist soviel wert wie das andere», sagte sie andächtig – diese fette, verhurte Frau, die mit sechzehn Jahren vergewaltigt worden war. Und niemals gerächt.

«Vergiß nicht, was sie uns angetan haben!»

«Wie konntest *du* so etwas tun?»

«Auge um Auge ... Immerhin wußtest du, daß ich meine Frau und mein Kind verlassen hatte. Sie hätten verhungern können – und du hast dich nie beklagt!»

Josie senkte den Kopf. «Das ist etwas ganz anderes», sagte sie.

«Wieso?» fragte er. «Vielleicht, weil du hofftest, wir könnten zusammenkommen?»

Sie fing an zu weinen. «Gott steh dir bei», seufzte sie. Ihr Doppelkinn zitterte.

«Wird langsam Zeit, daß er's täte», sagte er zu ihr. «Wird wirklich Zeit.»

Jetzt, als er seiner Enkeltochter die Welt zu erklären versuchte und sie ihm widersprach, erinnerte er sich an seine eigene Erziehung in der Fremde. Sosehr er den Ort haßte, wo er geboren war – für ihn blieb dort immer sein Zuhause. Georgia war seine Heimat, und alle anderen Teile der Welt waren fremd.

«Wenn du die Kerle nicht leiden kannst, Grange», sagte Ruth, «solltest du ein paar von ihnen über'n Haufen schießen.» Ihre Vorstellungen von der Welt, abgesehen von ihrem eigenen merkwürdigen Leben, waren von Fernseh-Western geprägt. Ihnen zufolge mußte man, wenn man einen Kerl nicht leiden konnte, ihn herausfordern, als erster die Knarre ziehen. Ein Kind von zehn Jahren beachtet die Spielregeln sehr genau.

«Es sind viel mehr als ich.»

«Wie viele?»

«Milliarden.»

«Wyatt Earp hat mal fünf Männer niedergeschossen, die ihn umlegen wollten. Einer lag auf dem Dach des Saloons, einer stand in der Tür zum Saloon, einer hockte hinter 'nem Planwagen auf der Straße, und einer versteckte sich hinter seiner Frau. Wie viele sind das zusammen?»

«Zu viele – im wirklichen Leben.»

«Aber du bist doch *gut*, Grange. Du würdest es schaffen.»

Verglichen mit solchem Vertrauen, erschien ihm sein kleiner Kampf gegen die Ungerechtigkeit dieser Welt nicht nur erbärmlich und wirkungslos, sondern auch feige.

«Meinst du, daß Er sie auch nicht leiden kann?» Sie schaute zweifelnd. Immer sprach sie von ihrem Vater als «Ihm» oder «Er» – als spräche sie von Gott. Manchmal, wie jetzt zum Beispiel, haßte und schätzte sie ihn gleichzeitig.

«Übrigens», sagte er ein andermal, «ich habe vor langer Zeit deine Großmutter verlassen.»

«War sie so *komisch* wie Josie?»

«Wie meinst du das?» Er staunte, wie genau ein so kleines Kind beobachten konnte.

«Weißt du – ich hätte sie auch verlassen. Sie war *mies*!»

«Sie war gar nicht mies», sagte er sanft. «Sie war eine hübsche Frau und wünschte sich schöne Sachen – wie jede andere hübsche Frau. Und weil sie keine schönen Sachen haben konnte, wünschte sie sich wenigstens ein bißchen Aufregung in ihrem Leben. Auch ich habe mir schöne Sachen gewünscht. Aber nach einer Weile, als es nichts Schönes gab und auch nichts Aufregendes passierte, da blieb uns nichts anderes übrig, als zu streiten.» Grange blickte über seine Enkelin hinweg in die Ferne.

«Damals hab ich für einen Weißen gearbeitet, der hätte mir die Haut abgezogen, wenn schwarze Häute gutes Geld gebracht hätten.»

«Ach!» sagte sie und trat einen Schritt zurück.

Er wußte, warum sie nicht verstand. «Warte nur, bis du erwachsen bist. Dann wirst du sehen. Man kann die Weißen hassen bis aufs Blut. Ehrlich wahr.»

«Immer gibst du *ihnen* die Schuld!» sagte sie trotzig. «Du bist genauso schlimm wie Er! *Er* hat gemordet ...» Sie konnte nicht weiter. Fast weinte sie vor Wut.

«Komm, wir schauen nach unseren Fallen», sagte er. Er tat, als merkte er nichts, und griff nach seinem Gewehr.

«Die Weißen haben meine Mutter nicht getötet», sagte sie nach einer Weile. «Das hat *Er* getan!»

«Da hast du nicht ganz unrecht», sagte Grange und legte ihr den Arm um die Schulter. «Wenn es *eine* Schlange gibt, die meine Theorie vernichten könnte, dann ist's dein Pa.»

«Erzähl mir was wirklich Böses, was du getan hast.» Während

sie durch den Wald spazierten und ihre Fallen kontrollierten, beruhigte sich Ruth ein wenig.

Er fürchtete, daß alle ihre Diskussionen so enden würden, und weil er sie nicht verlieren wollte, konnte er es ihr nicht sagen. Wie konnte er sie den notwendigen Haß lehren, wenn seine bitteren Worte sich niemals auf wirkliche Taten, auf wirklich erfochtene Siege stützen konnten? Diesen Haß, der ihr Überleben sichern sollte. Er schämte sich. Daß sie so gut von ihm dachte, diese Gewißheit war seine Schwäche. Sie hielt ihn für unfähig, etwas wirklich Böses zu tun, einen Mord zu begehen – was für sie immer *das* undenkbare Verbrechen sein würde. Sie würde niemals verstehen, wie ein Mensch dem anderen das Leben nehmen konnte. Aber er war nicht unschuldig. Einmal hatte er nach seinem Gesetz gelebt. Und die Folge seiner Entscheidung war all dies, was jetzt war. Sogar sie selbst war ein Teil davon. Er hatte seine Unschuld verloren, seine Naivität – alles, was gut an ihm war. Er hatte erfahren, was Ruth erst noch würde erfahren müssen. Nämlich, daß Unschuld und Naivität keinen Wert haben im Dschungel; kräftige Klauen und Zähne dagegen wohl.

«Na?» fragte sie.

«Einmal, vor langer Zeit …» sagte er und stockte. Wie schmutzige Papierschnitzel voll längst vergangener Bilder wirbelten die Jahre der Gewalt und Härte durch sein Hirn. Und aus einem Meer von Jauche und Kriminalität kam ihm die Erinnerung an eine Nacht vor vielen Jahren.

Es war im Frühjahr 1926 gewesen. Er hatte seine Frau und Brownfield und Baby-Star verlassen und sich aufgemacht in den Norden. Ein paar Wochen lang war er bei Josie geblieben, im *Dew Drop Inn,* bis ihre besitzergreifende «Liebe» und ihre unverhohlene Freude über Margarets Tod ihn abstießen. Er hatte von Margarets Tod erfahren, einen Tag, nachdem es geschehen war. Aber er war nicht nach Hause gegangen. Es hatte ihn tief getroffen, und er machte sich Sorgen um Brownfield. Aber er glaubte, weiterziehen zu müssen, nach Norden. Er wollte frei sein. Und das hieß, daß Josie nicht – besonders Josie nicht – mitkommen konnte.

Unterwegs hatte er gearbeitet, gebettelt und gestohlen und war schließlich, Mitte des Sommers, in New York angelangt. Zwischen all den erstarrten Gesichtern und starren Häuserfassaden war er nur ein hungriger Niemand – unterwegs nach Harlem. Ein paar Monate lang hielt er sich mit krummen Geschäften über Wasser. Er machte Dinge, die er sich nicht mal im Traum zugetraut hätte. Er verkaufte schwarzgebrannten Whiskey und Drogen und heiße Ware. Er verkaufte schwarze Frauen an weiße Männer – die einzigen, die damals Geld für solche Vergnügungen hatten. Diese Geschäfte waren anfangs schwierig für ihn, weil er, wie seine kriminellen Partner ihm erklärten, nur ein junger Hund aus der Provinz sei. Zum Glück hinderte ihn sein Provinzlertum nicht, neue Tricks zu lernen. Anders als manche unglückliche Zuwanderer aus dem Süden, verhungerte er nicht – auch wenn er oft nah daran war.

Er war in den Norden gekommen und hatte erwartet, die Straßen mit Gold gepflastert zu finden – jenem sprichwörtlichen Gold, von dem manche andere Schwarze, die vor ihm da waren und es besser wissen mußten, jeden Sommer zu Hause im Süden Wunderdinge erzählten. Er war gekommen und hatte erwartet, daß man ihn willkommen heißen und ihm beim Start helfen würde. Es gab keine goldenen Straßen, daran hatte er sich bald gewöhnt. Aber daß es keine Freundlichkeit gab, kein Gespräch unter den Leuten auf der Straße? Niemals! Wohl schauten die Leute ihn nicht mehr an wie ein «Ding». Aber viel schlimmer noch – die Leute schauten ihn überhaupt nicht an: als ob er nicht existierte. Er hatte gelitten im Süden, er hatte sich gekrümmt unter der dauernden Überwachung durch abschätzige Augen, aber er hatte gefühlt, daß er existierte. Aber immerhin *wußten* die anderen, daß *er da war*. Schon ihre Verachtung bewies es. Der Norden dagegen verurteilte ihn zu einer Einzelhaft, wo er sogar feindselige Blicke erfinden mußte, um sich zu sehen. Warum taten die anderen so, als gäbe es ihn nicht? Jeden Tag sagte er sich immer wieder seinen Namen vor, um das Schweigen zu vertreiben.

«Grange. Mein Name ist Grange. Grange Copeland ist mein Name.»

Er hatte eine Frau getötet, eine Schwangere – an einem Tag, als er zu sterben glaubte vor Hunger. Er hatte im Central Park gebettelt und war mit knapper Not der berittenen Polizei entwischt. Am Abend, nach einem strahlenden Wintertag, kauerte er im Gebüsch und wartete, daß der Park sich leerte; daß die Radfahrer und Spaziergänger verschwänden und auch die alten Leutchen, die – von ihren Kindern vergessen, aber zumindest wohlgenährt und gutgekleidet – ihre Tage im sonnigen Park verbrachten, solange dort Leben herrschte.

Er war seit dreieinhalb Jahren in New York, und er trug die einzige warme Jacke, die er hatte stehlen können. Er war ein guter Dieb geworden und – abgesehen von ein paar Aufgriffen durch die Polizei («auf Verdacht»; niemals wegen etwas, das er getan hatte) – war er nie geschnappt worden. Manchmal wünschte er sich, geschnappt zu werden – wenn auch nur, um ein warmes Bad und etwas zu essen zu haben. Aber das Glück und sein Freiheitsdrang bewahrten ihn vor der Gefahr solcher «Sicherheit» und führten ihn in eine andere Art von Sicherheit, die seiner Natur besser entsprach – aber Schaden anrichtete an seiner Seele.

Hingekauert in das Dickicht und seine Finger knetend, damit sie nicht erstarrten, beobachtete er eine zierliche hochschwangere Frau, die auf einer Bank am Teich saß. Sie hatte schon lange dort gesessen – und fröstelte. Anscheinend wartete sie auf jemand. Er sah keinen Ring an ihrem Finger. Sie trug einen schweren braunen Mantel, schon ein wenig verschlissen, und schwarze Stiefel, wahrscheinlich mit Pelz gefüttert. Ihr Haar war sehr kurz geschnitten, und es war blond – beinah weiß. Ihr Gesicht war breit und, soviel er sehen konnte, blaß und verhärmt. Obwohl ihre Lippen, im Gegensatz zu ihrem weißen Gesicht, unglaublich rot wirkten. Später sah er, daß sie rot angemalt waren – mit Lippenstift, weit über den natürlichen Rand ihrer Lippen hinaus. Außerdem waren sie aufgebissen, geschwollen und entzündet.

Er war fasziniert von ihrer Schwangerschaft, und der dicke Bauch dieser Frau löste bei ihm süße und schmerzliche Erinnerungen aus. Ein ungeheures Wunder! dachte er. Aber mit bitterem Grinsen schob er Margarets Bild beiseite.

Während Grange zusammengekauert dasaß und sich in die Hände blies, kam ein großer, kräftiger Soldat – auch er sehr blond – zu der Frau und umarmte sie. Sie wanderten eine Weile am Teich auf und ab. Er rieb ihr die Hände und hauchte gegen ihre Ohren. Der Park war beinah menschenleer. Ein Polizist ritt vorbei und lächelte, als er das Liebespaar sah. Ob sie auch bei dem Polizisten so lebendige Erinnerungen weckten? dachte Grange.

Bald setzten sie sich auf die Bank am Teich. Der Soldat schaute sich vorsichtig um und streichelte behutsam ihren gewölbten Bauch. Die junge Frau lächelte. Grange kroch näher. Er fühlte sich hingezogen zu diesem eben erst beginnenden Leben; hingezogen zu diesem Ausdruck von Liebe auf den Gesichtern des Pärchens. Zumindest sah es aus wie Liebe! dachte er. Er vergaß seinen Hunger und beobachtete, wie sie sich in der anbrechenden Dämmerung küßten. Keusche Küsse, wie es sich gehörte für junge Eltern, die vielleicht nie ein Ehepaar sein würden. Jetzt zog der junge Mann einen silbrig schimmernden Gegenstand aus der Tasche. Die junge Frau saß reglos da – strahlend, freudig lächelnd, aber auch mit Tränen in den Augen –, während er ihr den Ring über den Finger streifte. Er sprach eindringlich auf sie ein, immer noch ihre beiden Hände umklammernd, und sie hob ihren kurzgeschorenen Kopf und starrte ihn ungläubig an. «Warum?» rief sie. Der verzweifelte Schrei einer betrogenen Frau. Jetzt sah Grange sie streiten, und die Frau versuchte, den Ring in den Teich zu werfen. Der Mann hielt sie am Arm, und sie ließ den Ring schließlich auf die Erde fallen. Eine Weile saßen sie schweigend, und keiner von beiden machte Anstalten, den Ring aufzuheben. Soviel Grange verstand, hatte der junge Mann bereits eine Frau. Mit einem Blick auf die Uhr stand der Soldat auf. Er versuchte, mit seinen Lippen ihre Stirn zu streifen. Sie wandte den Kopf ab.

Er war groß und wirkte tapfer und ehrenhaft in seiner Uniform. Vielleicht verzog das Mädchen deswegen so spöttisch den Mund. Grange sah ihren Hohn, als sie den Kopf abwandte von dem jungen Mann. Er sah ihr mitgenommenes, hartes Profil. Der Mann stieß mit der Schuhspitze gegen den Ring. Er murmelte irgend etwas (über seinen Wert?) und zog widerstrebend seine

Brieftasche heraus (hätte sie *jeden* Ring in den Teich geworfen?). Grange hatte noch nie so viel Geld auf einem Haufen gesehen. Der junge Mann drückte dem Mädchen ein dickes Bündel Scheine in die leblos herabhängende Hand. Sie wischte sich mit mageren Fingern flüchtig über die Wange.

Er wandte sich ab, und sie starrte mit leerem Blick vor sich hin. Dann gab sie sich einen Ruck und ließ ihre Augen über die nackten Baumkronen schweifen. Als er verschwunden war, blickte sie ihm nach – doch schon hatte sich die letzte Spur seines Schattens in der Dämmerung aufgelöst. Sie fing an zu weinen. Sie schniefte leise, dann steigerte sich ihr Schluchzen, hart und schnell, als wollte sie sich in den Tod weinen – oder doch wenigstens in einen Schlaf des Vergessens.

Grange hatte die Szene vom Gipfel des Glücks bis auf den Grund der Verzweiflung abstürzen sehen. Es war die erste menschliche Situation, die er bei Weißen beobachtet hatte. Das Herz tat ihm weh vor Mitleid für die junge Frau – und auch für den Soldaten, dessen Gesicht in den letzten Sekunden nicht ohne eigenes Leid gewesen war. Und jetzt saß die sonst vielleicht stolze Frau da und weinte schamlos – aber nur, weil sie sich allein glaubte. Da saß sie nun, verlassen, und ihr dicker Bauch war ihr eigenes Grab. Zumindest mußte es ihr so scheinen, denn mit jedem Schluchzen preßte sie ihre Hände fester gegen den Leib, als könnte sie es aus sich herausstoßen – in den Teich.

Grange hatte sich gerade entschlossen, sie anzusprechen und ihr Hilfe anzubieten. Er fürchtete, sie könnte zu Schaden kommen, so lange weinend und in der Kälte! Plötzlich aber hob die junge Frau den Kopf putzte sich die Nase und wischte sich über die Augen – als hätte sie genug geweint. Ganz beherrscht. Er konnte direkt sehen, wie ihre Züge vor Stolz erstarrten, als wäre die letzte halbe Stunde nie gewesen. Ihr Gesicht verweigerte jede Spur von Leid. Bevor er es sah, wußte er, daß ihre Augen stumpf und ausdruckslos waren und daß es nun, wenn sie lächelte, nur noch eine Sache der Lippen und einstudierter Reflexe sein würde. Es schien, als bedauerte sie es nicht einmal.

Diese Maske der Undurchdringlichkeit, des Schutzes vor künftigem Leid, war für ihn armseliger als ihre Tränen. Und ihre eisige Ruhe im Augenblick verratener Liebe erschien ihm typisch für das weiße Amerika. Kein Blues würde je aus solcher Beherrschtheit entspringen. Es war ein Mangel an Selbstmitleid (und Grange glaubte fest, daß man sich manchmal ein bißchen bemitleiden durfte); es war mangelndes Verständnis für die elementare Tragik des menschlichen Lebens. Diese Frau, so schien es ihm, könnte zehn Söhne gebären und sie ungerührt in den Krieg schicken – und tränenlos einen Stapel schwarzgerahmter Telegramme sammeln, um sich ihre Tapferkeit zu beweisen.

Was hätte er an ihrer Stelle getan? Er wußte es nicht. Zitternd erhob er sich und ging am Rand des Gebüschs entlang. Sie war eben aufgestanden, um fortzugehen. Der silberne Ring lag noch immer im Schmutz vor der Bank. Das Geld hatte sie achtlos fallen lassen. Halb zusammengefaltet waren die grünen Scheine als kleines Paket herabgeflattert. Grange fühlte sich magisch angezogen. (Solche knisternd-grünen Scheine konnten keine Fälschung sein!)

Er hatte so viel gestohlen, seit er in New York war, daß er das Stehlen wie eine zweite Sprache beherrschte. Er kannte alle Tricks und hatte rührselige Geschichten (hauptsächlich wahre) parat, um (falls ertappt) das Herz seiner Opfer zu erweichen. Er hatte niemals Skrupel gekannt beim Stehlen, aber jetzt, wo es nur darum ging zu nehmen, zögerte er.

Die Frau war ein Stück weitergegangen, als er den Ring aufhob und das Geld zählte. Sein Herz machte einen Sprung – es waren siebenhundert Dollar, in Zwanzigern und Hundertern. Vor Erregung sank er nieder auf die Bank und legte den Kopf auf die Lehne. Ihm war schwindlig vor Hunger, und seine Knie zitterten vor Aufregung. Mit zusammengebissenen Zähnen kämpfte er Schwindelgefühl und Schwäche nieder. Das Geld hüpfte wie ein schwerer Papierfrosch in seiner Brusttasche – aber es war nur sein Herz, dessen Pochen alles übertönte. Er sprang auf und schaute sich um nach der Frau. Sie stand am anderen Ende des Teiches und schien im Wind zu schwanken. Vielleicht schwankte sie auch nur in seinen übermüdeten Augen. Sein erster Gedanke war, so schnell wie möglich zu verschwinden aus dem Park. Schon glaubte er, das Hufgetrappel der Polizeistreife zu hören. Aber das Schauspiel, das er beobachtet hatte, war so traurig, so unendlich armselig gewesen, daß er nicht einfach fortgehen konnte. Er ging der jungen Frau nach.

Die Not hatte ihn gelehrt, seine heruntergekommene Erscheinung – seinen struppigen Bart und seine stinkenden Achselhöhlen – zu vergessen. Er dachte gar nicht an die Möglichkeit, die junge Frau könnte erschrecken vor einem verlausten schwarzen Landstreicher, der aus dem Nichts auftauchte, um sie zu trösten. Er hätte daran denken sollen, überlegte er später, als die Frau und ihr Baby tot waren. Aber er tat es nicht. Er sah kaum einen Unterschied zwischen ihnen beiden. Die Not machte alle Menschen gleich! dachte er, während er auf sie zuging.

Hastig teilte er das Geld. Er wollte ihr dreihundert geben – vierhundert wollte er für sich behalten. Auch den Ring sollte sie haben.

Alle paar Schritte drehte er sich nach den Polizisten um. Jetzt blieb er stehen, vier Meter von ihr entfernt – in den Teich starrend, genau wie sie. Langsam – denn er fragte sich, was er hier überhaupt wollte – schob er sich näher. Einstudiert lässig, Zentimeter um Zentimeter.

Um diese Jahreszeit war der Teich am Ufer vereist, in der Mitte kräuselte sich das schwarze Wasser. Dürres Laub lag wie eine gerippte Moderkruste auf dem Eis. Alles atmete Trostlosigkeit, die Nacht war grau und kalt. Von den Parklaternen kam nur Helligkeit, keine Wärme, keine Verheißung.

Sie zog die Schultern hoch, als spürte sie seine Gegenwart. Langsam strich sie sich mit der Hand über die Nase, warf ihm einen dieser typischen New Yorker – nicht-sehenden – Blicke zu und wandte sich ab.

«Ma'am?» sagte er und folgte ihr mit ausgestreckter Hand.

Sie tat so, als hörte sie ihn nicht. Sie stieg die Stufen zu einer Plattform hinauf, die in den Teich hineinragte. Er blieb unten stehen und beobachtete sie, das Geld und den Ring in der erhobenen Hand.

«'tschuldigen Sie, Ma'am?» sagte er und zog mechanisch seinen Hut. «Das da hab ich gefunden, drüben bei der Bank. Und hab mich gefragt, ob ...» Sie war kalkweiß geworden, und in ihrem Blick lag die Kälte eines berechnenden Gefühls.

«Nein!» schrie sie auf. Sie hob ihren dünnen Arm, als wollte sie ihn abwehren oder schlagen. «Das gehört mir nicht.» Sie drehte ihm schroff den Rücken zu und wartete, daß er ging.

«'türlich gehört es Ihnen», sagte er geduldig und stützte seinen Fuß auf die Treppe. «Hab gesehen, wie der junge Soldat es Ihnen gab.»

Ihr schmaler Rücken versteifte sich. In der kurzen Sekunde, als sie ihn über die Schulter anstarrte, sah Grange die grelle Röte in ihrem Gesicht. Er stand stumm und zitternd hinter ihr.

«Gib her», sagte sie scharf. Sie drehte sich wieder herum und musterte ihn zornig von Kopf bis Fuß. Er gab ihr das Geld und den Ring. Den Ring legte sie auf das Geländer, das Geld zählte sie.

«Das ist nicht alles», sagte sie. «Ich will alles haben! Bevor ich einen wie dich damit abhauen lasse, werfe ich's lieber ins Wasser. «Sie ließ eine Zwanzigernote über den Teich flattern. Und beobachtete mit einem schiefen Lächeln auf ihren bemalten Lippen, wie Grange instinktiv nach vorn hechtete, um das Geld vom Eis zu fischen. Als er sich mit leeren Händen aufrichtete, lachte sie höhnisch. «Na, du Buschneger?»

Grange schluckte. Er haßte sie und die ganze weiße Rasse, wie sie dort vor ihm stand – hochschwanger und nichts gelernt aus ihrem Leid; hilflos – außer vor jemand noch Schwächerem. So kostete sie eine Rache aus, die jedes Mitleid zwischen ihnen unmöglich machte.

Sie stand da wie eine schwangere, blonde heilige Kuh. Sie war nicht hübsch, nur ein Abklatsch der Standardversion von «hübsch». Sie war verlassen worden, hielt sich aber für unendlich begehrt und geliebt. Von irgend jemand. Sie hatte keine Überlegenheit, aber sie fühlte sich ihm haushoch überlegen.

«Gib mir das Geld, Nigger!» sagte sie drohend und trat auf ihn zu. Es verschlug ihm die Sprache vor Wut.

Wenn sie es wagt, mich anzufassen, prügle ich ihr diese weiße Ratte aus dem Bauch! dachte er grimmig, während er dieses beinah durchsichtige weiße Gesicht näher kommen sah. Fast wie im Schlaf spürte er einen stechenden Schmerz am Schienbein. Er mußte erst noch einmal ihr verzerrtes Gesicht, ihre unbarmherzigen Augen sehen, bevor er glauben konnte, daß sie ihm wirklich einen Tritt gegeben hatte.

Tausend Trommeln hämmerten in seinem Kopf. Seine Kehle war ausgetrocknet. Mit einem heiseren Schrei, seine Augen lodernd vor Hunger und Wut, stürzte er sich auf sie und riß sie auf den Betonboden der Plattform. Sie kreischte, während er sie an den Schultern packte und schüttelte und schließlich wieder auf die Füße zerrte. Noch einmal erlebte er seine Erniedrigung auf der Plantage, während sie vor ihm stand und ihn ungerührt beschimpfte. Sie hatte keine Angst vor ihm. Es kam ihm unwirklich vor, daß sie ihn immer noch «Nigger» schimpfte, während er sie zwingen konnte, um ihr Leben zu kämpfen.

Die Frau, die sich wieder gefangen hatte, versuchte, von der Plattform ans Ufer zu springen – an Grange vorbei, der auf der Treppe stand. Sie machte ihm nicht mal die Mühe, ihn aufzufordern, ihr aus dem Weg zu gehen. Sie hatte seine Schwäche von Anfang an erkannt – vor ihrem ersten Schrei. Sie fürchtete ihn nicht, sondern sie verachtete ihn. Sie wollte die Polizei rufen. Man würde ihm schon das Geld abnehmen und ihm eine Lektion erteilen. Weil sie die Distanz und die Last ihres Leibes falsch eingeschätzt hatte, krachte sie durch das Eis in den Teich. Grange, der stumm zugeschaut hatte, rannte sofort die Stufen hinunter, um ihr vom Ufer die Hand zu reichen. In diesem Bruchteil einer Sekunde erinnerte er sich, wie er gelacht hatte, als sein Großvater einmal gestand, weiße «Masters» und «Mistresses» aus einem brennenden Haus gerettet zu haben. Jetzt erkannte er, daß es ein Instinkt war, Leben retten zu wollen – egal, wessen Leben man zu retten versuchte. Er streckte den Arm aus und kriegte sie beinah zu fassen. Sie streckte sich und packte seine Hand, ließ aber sofort wieder los, als sie merkte, daß es *seine* Hand war. Grange zog seine schmutzige braune Hand zurück und sah sie nachdenklich an. Die Frau versuchte, sich über das Eis ans Ufer zu schieben, doch ihre schweren, nassen Kleider zogen sie zurück in den tiefen, saugenden Schlamm vor der Böschung. Grange wandte sich ab und sammelte die verstreuten Geldscheine auf. Schließlich versank die Frau. Mit ihrem letzten Atemzug kreischte sie: «Nigger!»

Auf dem Weg zum Ausgang begegnete er den Polizisten. Sie ritten zum Teich.

«Verschwinde aus dem Park!»

«Hast du nichts Besseres zu tun, als dich in der Nacht hier rumzutreiben?»

«Ja, Sir», sagte Grange und strich sich eine imaginäre Haarlocke aus der Stirn. «Bin schon draußen, Boss.»

Die zwei Männer lachten verächtlich.

Oft dachte er an diese Frau; ja, sie und ihr dicker Bauch verfolgten ihn. Jede andere Frau (oder sogar schwangere Nutte) hätte sich wahrscheinlich in Sicherheit ziehen lassen, ganz gleich, wie sehr sie ihn fürchtete oder verachtete oder haßte – oder *was immer* es war, das diese Frau so stark gegen ihn einnahm. Aber er machte sich klar, daß er sich geweigert hatte, sie zu retten um jeden Preis. Ihre Verachtung für ihn war der letzte Tropfen gewesen. Nie wieder würde er sich darum kümmern, was einem von ihnen passierte. Sie war vielleicht die einzige von ihnen allen, die er zum Tode verurteilen würde. Er hatte tausend, zehntausend, eine ganze Nation von ihnen in seinen Gedanken getötet. Sie war die erste und würde wahrscheinlich die einzig wirkliche bleiben.

Der Tod dieser Frau war schlichter Mord, dachte er und verurteilte seine Seele. Aber auf seltsame und absurde Art befreite die Tat ihn. Er fühlte sich irgendwie entschädigt für sein eigenes unglückliches Leben. Es war das genommene Leben dieser weißen Frau – und das verweigerte Leben ihres Kindes –, es war das genommene Leben und nicht das genommene Geld, das ihn zwang, es noch einmal zu versuchen mit dem Leben. Er glaubte, er wäre zufällig – und gegen seinen Willen – auf die unvermeidliche Tat gestoßen, die schwarze Männer begehen müssen, um ihre Männlichkeit, ihre Selbstachtung wiederzugewinnen oder zu finden. Sie müssen ihre Unterdrücker töten.

Nie hörte er auf, dies zu glauben. Nur glaubte er außerdem in seinen späteren Jahren, daß man, wenn man tötet, seinerseits den Tod nicht scheuen darf. Und dies, fand er heraus, war das Schwerste. Denn nachdem man seine unterdrückte Männlichkeit befreit hatte – durch den Tod der Unterdrücker –, erfaßte einen der leidenschaftlichste Wunsch zu leben!

Nachdem er den Park verlassen hatte, in jener Nacht, wartete er auf ein Ende, das kommen mußte. Er war bereit und doch nicht bereit. Zum erstenmal in seinem Leben fühlte er sich lebendig und frei. Er wollte tausend Morgen erleben! Vielleicht weil er die Frau getötet und doch nicht getötet hatte (es war ihre freie Entscheidung, seine angebotene Hilfe zurückzuweisen), wußte er nicht, ob sein eigenes Leben von ihm gefordert werden würde. Doch sein Triumphgefühl war zum Teil die Bereitschaft zum Tode. Wie ein Sünder, der, nachdem er Gottes Antlitz geschaut, bereit ist, vor ihn hinzutreten, und keine Fortsetzung seiner elenden Vergangenheit wünscht, die ihm den Glauben wieder rauben könnte.

«Lehrt sie hassen!» predigte er auf den Straßen Harlems, und seine Augen strahlten von seiner neuen Religion. «Lehrt sie *hassen*, wenn ihr wollt, daß sie überleben!»

Mütter, die mit ihren vielen schwarzen Kindern die Lennox Avenue hinunterschlurften, drehten sich nach ihm um und starrten ihn an – mit hoffnungslosen Augen. Die Kinder kicherten über ihn, als verstünden sie bereits die sonderbare Kompliziertheit des Lebens.

In Getto-Kirchen störte er den Gottesdienst.

«Lehrt sie nicht Liebe!» schrie er. «Lehrt sie den Haß!»

Die schwarzen Prediger mit ihren öligen Stimmen, die kaffeebraunen, weißgepuderten Schwestern (mit ihren toupierten Perücken) betrachteten ihn mit empörter Hochnäsigkeit.

«Schafft den betrunkenen Sünder hinaus!» riefen die Prediger. Diese Parasiten.

Und die gehetzten Diakone mit ihren groben, frommen Händen, mit denen sie ihre Frauen prügelten, wenn sie sie schon nicht ernähren konnten, kamen – fast entschuldigend – auf ihn zu.

«Bist du *betrunken*, Bruder?» fragten sie ihn sanft.

«Schlaf dich lieber aus!»

Nicht einer von ihnen verdiente genug, um seinen Kindern am Sonntag Fleisch auf den Tisch zu stellen.

«Liebe deinen Nächsten», flüsterten sie ihm zu. «Tu Gutes denen, die dich verachten.»

«Wir *haben* sie geliebt», flüsterte Grange zurück – beim traurigen Singsang der Kirchenorgel. «Wir lieben sie immer noch. Und, bei Gott, es *tötet* uns! *Euch* hat es bereits getötet!»

Die sanften Diakone führten ihn auf die Straße und drängten ihn mit tröstenden Worten, Vernunft anzunehmen. Grange haßte sie aus tiefstem Herzen. Liebe deinen Nächsten! Wenn dieser Nächste aber ein Weißer war, bedeutet dies nur noch mehr Lynchmorde und verächtliche Abwendung der Kinder von ihren Eltern. Aber warum fragte niemand, warum sie sich nicht selbst lieben konnten? Warum sie ihre Kinder kaputtmachten? Nein – diese Frage stellte sich keiner von ihnen.

«Wenn wir die Weißen hassen, werden wir einig sein!» predigte er auf der Seventh Avenue. «In unserem Herzen hassen wir sie sowieso. Ich sage nur: Bringt diesen Haß ans Licht und gebt ihn weiter an die Jugend. Wenn die Jugend ihn von euch lernt, braucht sie den Haß nicht in der harten Schule des Lebens zu lernen.»

«Haß zerstört die Seele des Menschen», erklärte ihm jemand.

«Der Mensch hat nicht nur eine Seele», antwortete Grange. «Er hat auch einen Mund und einen Bauch. Er hat einen Stolz und ein Herz. Der Mensch muß essen! Der Mensch muß schlafen! Der Mensch muß für sein eigenes Leben sorgen können! Falls die Liebe dem Menschen all dies geben kann, sage ich: Vorwärts, nur weiter so! Aber bislang hat sie es *uns* nicht gegeben. Kann die Liebe denn soviel Gutes tun für die Seelen der Drogensüchtigen und der Messerstecher, die hier auf der Straße liegen? Nein, sie kann es nicht. Sie ist zu spät aufgestanden! Denn seht, es sind zu viele Drogensüchtige und Messerstecher!

Wollt ihr weiter euren Kindern diesen christlichen Blödsinn von einem weißen und blonden Jesus beibringen? Dann sage ich: Nur weiter so! Ich aber sage: Wir brauchen zur Abwechslung mal was anderes. Wir brauchen den Haß. Weil er sowieso in uns ist – und wächst –, müssen wir ihn nur noch nach außen kehren. Diesmal aber gegen den *richtigen* Feind!»

Er war wie ein zahmer Löwe, der Blut geleckt hat. Es gab keinen Grund mehr, sich nicht aufzulehnen. Seine Aggressivität, die er früher nur gegen seine Frau und sein Kind und seine Freunde gerichtet hatte, fand reichlich Ziele in der feindlichen Wirklichkeit. In den Wochen nach jenem Zwischenfall am Teich verprügelte er mehr Italiener, Polen und Juden in und um Harlem, als er dort vermutet hätte. (Allesamt Weiße: Er sah nicht die Unterschiede zwischen ihren Kulturen, und wenn sie sich «wie Weiße» benahmen, schlug er ihnen die Fresse ein.) Bei diesen Schlägereien lernte er auch, was es bedeuten kann, das eigene Blut für die eigene Freiheit einzusetzen – für die eigene Männlichkeit. Mit jedem Schlag in ein weißes Gesicht rächte er das Andenken seiner zarten Frau.

Aber er merkte, daß er nicht alle Weißen, die er traf, verdreschen konnte. Es interessierte ihn bald nicht mehr. Jeder Mann sollte selbst für seine Freiheit kämpfen! dachte er. Und zwar, so gut er konnte. Er selbst aber wollte sich zurückziehen und eine Zukunft finden – ein Leben, bei dem er die Weißen nicht brauchte und ihre Gesetze nicht anzuerkennen brauchte.

Darum war er nach Baker County gekommen, weil es sein Zuhause war. Er war zu Josie gekommen, weil sie die einzige war, die ihn liebte – und weil er noch mehr Geld brauchte, um diesen Fels seiner Zukunft zu kaufen.

Josie, die so lange auf seine Liebe gehofft hatte, ließ sich aus Liebe beschwatzen, ihre Existenz – das *Dew Drop Inn* – zu verkaufen. Von seinem und ihrem Geld kauften sie sich eine Farm. Weit draußen vor der Stadt, abseits der Hauptstraße, versteckt hinter Fichten und Eichen. Er pflanzte Mais, er kelterte Wein, er pökelte Fleisch ein. Endlich war er frei.

Aber seine Freiheit war teuer erkauft. Und zwar auf Josies

Kosten, die wieder mal erfahren mußte, daß sie von einem Mann benutzt worden war. Und beiseite geschoben, sobald er befriedigt war. Er hatte ihr Unrecht getan. Dieser Gedanke peinigte ihn und zwang ihn schließlich sogar, sie zu achten: Sie hatte ein weites Herz und war großzügig. Sie konnte lieben – trotz allem, was in ihrem Leben schiefgelaufen war. Dann aber war Ruth gekommen, gerade als seine Liebe zu Josie aufkeimte, gerade als er anfing, ihre wahre Güte und Größe einzusehen. Ruth, die ihn brauchte; die so unwiderstehlich unschuldig war – anders als Josie. Er hatte sich hin und her gerissen gefühlt. Er wollte die eine trösten und fühlte sich doch verantwortlich für die andere. Und dann ging es wieder mit Brownfield los. Einmal hatte er Josie die Beziehung mit seinem Sohn verziehen (gewiß nicht aus Liebe, sondern aus Habgier und Bequemlichkeit). Ob er ein zweites Mal würde verzeihen können, das wußte er nicht. Josie und Brownfield taten sich zusammen, um sich zu rächen für seine Gleichgültigkeit. Trug er auch daran keine Schuld?

«Du bist nicht selbstsüchtig», sagte Ruth. Sie bückte sich, um ein kleines Kaninchen aus der Falle zu holen. «Du würdest niemals stehlen. Sogar deine Flucherei ist halb so schlimm.» Sie lachte, während der Großvater ihr das Kaninchen abnahm. Er befühlte es und ließ es wieder laufen. «Ich weiß, du tötest Tiere nicht gern. Nicht mal Tiere zum Essen.»

«Ich wollte nie glauben, daß man töten muß, um am Leben zu bleiben», sagte er. «Aber manche Menschen können nicht unschuldig bleiben, wenn sie überleben wollen.»

Ruth lachte immer noch. «Du bist so groß und so wild – in deinen schmutzigen Stiefeln und mit deiner langen Flinte!» Sie schmiegte sich in seinen Arm. «Aber *wir* beide wissen, du hast ein gutes Herz.»

Und Grange wußte, er würde nie erzählen können von seiner Vergangenheit, von dieser schwangeren Frau und von seinen Haßpredigten. Er würde ihr nie erzählen können, daß er alte Frauen und bebrillte Studenten überfallen hatte, um sich etwas zu essen zu kaufen. Er würde ihr nie erzählen, daß er jede denkbare Sünde begangen hatte – auch die Sünde der Selbstsucht.

Und daß Josies Herz viel reiner war als das seine. Er würde ihr nie erzählen, daß dieses Land, auf dem sie stand und das eines Tages ihr gehören würde, mit Blut und Tränen erkauft war. Er würde es ihr nie erzählen, weil sie ihm vielleicht nicht glauben würde. Und weil er mit Ruth etwas Neues über den Haß gelernt hatte: Man konnte Haß nur lehren, wenn man ihn schürte. Wie aber konnte er ihre Unschuld zerstören, das Leuchten in ihren wißbegierigen Augen verdunkeln?

Ein Mann, der einmal geliebt hatte, mußte stolz darauf sein, geliebt zu haben. Der Haß ließ einen beschämt zurück. Und Grange schämte sich vor dem Glauben und dem Vertrauen des Kindes.

«All das Schlimme, das ich getan hab ...» hob er an. «Wenn ich nicht mehr bin, sollst du wissen, daß ich ein wilder Feigling war. Der erst mit über dreißig Jahren lernte, sich selbst zu lieben. Und der auch dies übertrieben hat.»

Viel später erst sollte sie erfahren, daß ihr Großvater, wie sie ihn gekannt hatte, ein wiedergeborener Mann gewesen war. Nicht mal nach seinem Tod sollte sie in vollem Umfang erkennen, aus wieviel Grausamkeit und Haß sich seine Kraft und Toleranz genährt hatten. Und seine Liebe.

TEIL 8

38

Nach Mems Beerdigung, an der Brownfield – zusammengekettet mit einem rotgesichtigen Wärter in schmutzigen Stiefeln – teilnehmen durfte, dachte er voll Unbehagen, aber ohne Reue, an seine Tat. Er hatte nie über sich hinausdenken können. Er liebte mollige Frauen. Das war die Quintessenz aller moralischen Skrupel. Also hatte er seine Frau umgebracht, weil sie dürr geworden war. Und weil sie – sehr zu seinem Verdruß – nicht wieder mollig wurde, auch wenn sie genug zu essen hatten. Er war doch kein Narr, an seiner Logik zu zweifeln. Er wußte, was er wollte. Das Bild seiner molligen Frau schwebte vor ihm – wie eine saftige Brombeerpastete, damals, als er ein kleiner Junge war. Er sehnte sich nach einer nie gewesenen Zeit der Fülle, in der er sich als Ernährer der Seinen sah. Er liebte mollige Frauen, er haßte Felder und Kühe und dürre Frauen! Alles ging in seinem Kopf durcheinander. Und ihr Gesicht, wie sie gewesen war, als er sie im *Dew Drop Inn* kennenlernte, wurde für ihn zum Klischee – ähnlich wie seine Erinnerungen an Pasteten und Whiskeyflaschen. Die Wirklichkeit ihres Lebens vergaß er und löste sie auf in Vergleichen. Sie war wie eine gute Pastete gewesen, wie guter Whiskey. Aber sie hatte keine Persönlichkeit für ihn, weil auch seine Persönlichkeit längst abgestorben war. Als Tote wurde Mem eine Fama ihrer selbst: ein schönes, molliges Mädchen, in das er sich verliebt hatte, das sich aber vor seinen Augen in eine häßliche Hexe verwandelt hatte, die immer nur zeterte und ihm Vorwürfe machte.

Hätte Mem diesen einen Augenblick der Macht über ihn festhalten können, dann hätte sie nicht als Abziehbild ihrer selbst in Brownfields Kopf weiterleben müssen. Aber sie schämte sich für ihre Macht, ihn kaltblütig mit dem Gewehr zu bedrohen und ihn in seiner eigenen Kotze liegenzulassen – und diese Scham machte sie schwach. Ihre Schwäche, das war ihre Bereitschaft zu verzeihen. Ihr törichter Glaube, Liebe könnte den Feind bekehren. Nachdem sie ihm das Gewehr so herrlich über den Kopf gehauen hatte, war der nächste logische Schritt, daß einer von beiden es auch benützte. An diesem Punkt hatte ihre Entschlossenheit sie im Stich gelassen. Und er, ohne jede Entschlußkraft, aber mit der lebhaften Erinnerung an seine Niederlage, konnte sich zurückholen, was sie sich an jenem Sonntagmorgen angeeignet hatte, als er sich vor ihren Füßen in seiner Kotze wälzte. Die Erniedrigung, die er sich für sie ausgedacht hatte, genügte nicht. Sie hatte geglaubt, sie könnte ihn doch noch kleinkriegen und ihn verlassen. Er hatte sie gewarnt. Ein Mann – ein Wort, dachte er. Und er hatte sein Wort gehalten. Es war sogar seine Pflicht gewesen.

Aber sie war keine mollige Frau, und er liebte die Weiber eben nicht mager. Bei mageren Weibern war etwas nicht in Ordnung. Aber was – das wollte er nicht wissen.

39

Josie erzählte ihm, daß Ruth jetzt glücklich bei Grange lebte. Die Vorstellung, daß sein Vater sich anmaßte, sein Kind aufzuziehen, machte Brownfield rasend. Um Ornette und Daphne, die von Mems Vater in den Norden gebracht worden waren, machte sich Brownfield weniger Gedanken. Denn er wußte, er würde niemals in den Norden gehen, um sie zu holen.

Im Gefängnis – zu zehn Jahren Rasenmähen und Heckentrimmen für Richter und prominente Bürger von Baker County verurteilt (auch wenn er nach sieben Jahren auf Bewährung freikam) – wurde ihm klar, daß er den Süden liebte. Er liebte ihn, denn er hatte nie ernstlich daran gedacht fortzugehen. Er glaubte, dies Land zu verstehen. Es war ihm kein bißchen rätselhaft. Es war ein schönes, gewalttätiges, sonderbar entgegenkommendes Land. Es lebte nach seinem eigenen Gesetz. Das Leben hier, abgesehen von starren Kastenschranken, beruhte hauptsächlich auf Unsichtbarkeit und Glück. Man war nicht allein mit seinem Schuldgefühl. Die Schuld wucherte überall – wie Moos an alten Bäumen. Die

Strafe für ein Verbrechen war niemals im voraus festgeschrieben. Es war nicht mal die gleiche Strafe für das gleiche Verbrechen. Die Strafe richtete sich nach dem Mann, nicht nach seiner Tat. Es war eine individuelle Bestrafung. Das gefiel Brownfield. Es bedeutete, daß man seine Feinde mit einer selbsterfundenen Folter bestrafen konnte. Man konnte sich die Strafe aussuchen, und niemand hatte das Recht, sich einzumischen.

Im Gefängnis war Brownfield mit Mördern, Zuhältern, Autodieben, Säufern und Unschuldigen zusammen. Und ihre Strafen standen in keiner Beziehung zu ihren Taten. Ein Siebzehnjähriger saß fünf Jahre, weil er Radkappen gestohlen hatte. Ein Mörder, mit dem Brownfield sich anfreundete und der nicht nur seine Frau, sondern auch die Mutter und Tante seiner Frau mit der Machete ins Jenseits befördert hatte, wurde nach drei Jahren auf Bewährung entlassen. Vor seiner Entlassung war er Kalfaktor im Knast. Schon vorher durfte er das Gefängnis verlassen, um sonntags zur Kirche zu gehen oder sein Mädchen zu besuchen. An den Wochenenden pokerte er mit den Gefängniswärtern. Es gab keine Ordnung in alledem, und das gefiel Brownfield.

Bei der Arbeit – er pflanzte Hartriegel und Magnolien und Mimosen auf weiten, gepflegten Rasenflächen – grübelte Brownfield über die Anmaßung seines Vaters, das Kind zu sich zu nehmen. Er grübelte über Granges Überlegenheit und seinen Wohlstand. Obwohl er Grange nicht liebte, deprimierte es ihn, daß sein Vater ihn nie wirklich geliebt hatte.

Im Gefängnis lernte Brownfield einigermaßen lesen und schreiben. In einer alten Zeitung fand er eines Tages einen Bericht über Mems Tod. Und er sah seinen eigenen Namen gedruckt. Ohne zu wissen, wie ihm geschah, las er den ganzen Artikel von Anfang bis Ende – und anschließend weitere Zeitungsartikel. Der Machetenmörder erzählte ihm, daß es ihm ähnlich ergangen sei. Am Tag seiner Gerichtsverhandlung habe sein Mädchen ihm ein paar Zeitungen in die Hand gedrückt. «Guck», hatte sie gesagt, «dein Bild ist in der Zeitung.» Sie wollte ihm eine Freude machen, weil sie ihn schon auf dem elektrischen Stuhl enden sah. Die Wärter hatten ihm die Zeitungen abgenommen, bevor er sie durchblättern konnte. Aber später brachte sein Mädchen ihm neue Zeitungen ins Gefängnis – um seine leichte Strafe zu feiern, wie sie sagte. Beide waren sie ganz aus dem Häuschen, als sie sein Bild in der Zeitung sahen. Er habe dagesessen und sein häßliches Bild angestaunt, sagte er. Und dann habe er – neugierig auf den Bericht – einfach angefangen zu lesen. Er könne sich nicht erinnern, wann er das Abc gelernt hatte. Als Kind habe er ein Gebetbüchlein besessen, aus dem seine Mutter ihm immer vorlas. Das war seine ganze Schulbildung, soweit er sich erinnerte.

Der Junge, der Radkappen gestohlen hatte, war auf der High School gewesen und konnte gut lesen. Brownfield und der Machetenmörder nahmen Unterricht bei ihm und nannten ihn «Professor». Eines Tages, als Brownfield seinen Namen und seine Gefängnisnummer auf den Rand einer Zeitung kritzelte, wurde ihm plötzlich klar, daß es Mem tatsächlich gelungen war, ihn lesen und schreiben zu lehren; daß er irgendwie nicht nur diese Zeit mit ihr vergessen hatte, sondern auch das, was sie ihn gelehrt hatte. Er wunderte sich darüber und starrte seine Hände an. Und dann brach ein schreckliches Schluchzen aus ihm hervor, das ihm die Brust zerriß und ihn zu Boden warf.

Doch seine Tränen besänftigten ihn nicht. Sie brachten ihn nicht dazu, sein Leben oder seine Tat zu analysieren. Sein Weinen war nur ein Teil dieses Lebens, das schließlich zu seinem Verbrechen geführt hatte. Es bewirkte nur, daß er sich einsam fühlte. Einsicht war schwer für Brownfield, und darum gab er es auf, bevor er nachfragen konnte. Ein einziger tiefer Gedanke, und er wäre verloren gewesen. Davon war er überzeugt. So aber, und weil er im Gefängnis war, sehnte er sich nach Josie, sehnte er sich nach seinem Vater – sehnte er sich sogar nach seiner Mutter. Er sehnte sich nach Ruth. Er hatte große Angst vor dem Alleinsein. Er glaubte, besser als alle anderen Männer im Knast zu wissen, warum Gott, als er sich einsam fühlte, die Welt geschaffen hatte. Warum er so klug war, dem Menschen zwei zärtliche Arme und eine Zunge zu geben.

«Meine Tochter», schrieb er mit plumpen, gehemmten Lettern. Und: «Ich wünschte, ich hätte auch Grange erwischt.» Er versteckte diese auf Bonbonpapier und Zeitungsfetzen gekritzelten Worte nicht. Er ließ sie offen liegen – ein deutliches Zeichen für seine Existenz und seinen Plan.

Brownfield und der Machetenmörder redeten manchmal über ihre Motive. Sie hatten dies neue Wort beim Fernsehen aufgeschnappt – in der Serie «Schleppnetz». Das «Motiv», das ihn ins Gefängnis brachte, sagte Brownfield, sei der Wunsch herauszufinden, ob er Kontrolle über sich selber hätte. Ganz gleich, wohin er gehen wollte – eine unsichtbare Macht drängte ihn stets in die entgegengesetzte Richtung.

«Ich wollte niemals ein Kleinpächter sein», sagte er. «Ich wollte nie für jemand anders arbeiten. Ich wollte nichts mit Weißen zu tun haben – die sich überall in mein Leben einmischten!»

«Ich weiß, was du meinst», sagte der Machetenmörder, der ein Gottesmann gewesen war, bevor er eine seiner Neubekehrten heiratete und eine Familie gründete. Er hatte zu spät entdeckt, daß er seine Frau und ihre Verwandtschaft mit Predigen nicht ernähren konnte. Die Ehe hatte ihm seinen hübschen schwarzen Anzug ausgezogen, und statt dessen mußte er sich im verschwitzten Overall auf fremder Leute Felder plagen. Er wußte, wovon sein Freund sprach, denn er selbst hatte gegen diese unsichtbare Macht gekämpft. Aber er war zu dem Schluß gekommen, diese unsichtbare Macht sei Gott. Und darum hatte er seine Frau und ihre Verwandtschaft erschlagen. Es war seine Art, sich von Gott zu trennen.

«Ich fühle mich genauso, wie sich diese Wörter hier in der Zeitung fühlen müssen», sagte Brownfield. «Alles klipp und klar gedruckt. Die Zeile entscheidet alles im voraus. Kein Ausweichen nach links oder rechts – wie ein Maultier mit Scheuklappen! Diese Wörter laufen eines hinter dem anderen her, bis zum Ende der Seite.» Brownfield schaute seinen Freund an. Eine armselige Freude trat in seine Augen, während er mit dem Finger auf das Papier tippte. «Denk mal nach, wie dieses Wort sich hier fühlen würde, wenn es aus seiner Zeile springen könnte, um sich dorthin zu setzen.» Die beiden Männer grübelten über die Macht des beweglichen, selbstbestimmten Wortes. Der Machetenmörder nickte.

«Ich hab mich immer wie ein Paar Schuhe gefühlt», sagte er. «Wie ein Paar angefurzte Stiefel, in denen die Füße stecken. Hab meine Schuhe immer auf ein Regal in der Garderobe gestellt, um zu zeigen, wie ich mich fühlte. Hab nicht erlaubt, daß meine Frau oder ihre nörgelnde, nasebohrende Mama sie anfaßten oder auf den Boden stellten.»

«Ja», sagte Brownfield. «Die Leute sollten mal darüber nachdenken, daß sie in ihrem eigenen Leben nicht mehr zu sagen haben als ein Paar Schuhe oder ein paar kleine schwarze Buchstaben, die sich nicht von der Stelle rühren können – egal, was sie bedeuten. Wie kommt's, daß wir die einzigen sind, die wissen, daß sie mal Männer waren?»

Schwer auf seinen Bleistift gestützt, schrieb Brownfield: «M-ä-n-n-e-r». Dann wartete er mürrisch, daß das Wort aufstand und sich an die Brust schlug.

«Na, das waren wir», sagte er. Er sah den Machetenmörder an und lächelte.

40

Es fiel Brownfield nicht schwer, aus Josies Schmerz seinen Vorteil zu ziehen. Er hatte sich gewundert, als sie ihn zum erstenmal im Gefängnis besuchte. Aber bald las er in ihren Gedanken wie in einem offenen Buch. Josie hatte es aufgegeben, ihre Sorgen zum Herrn zu tragen. Sie beichtete ihre Sünden nicht mehr in der Kirche. Sie sprach keine Gebete mehr und erzählte ihren Kummer nicht mehr der Wahrsagerin. Das tat sie jetzt alles im Gefängnis.

Sie kam gewöhnlich am Sonntag nachmittag, wenn die Gefangenen draußen unter den Bäumen sitzen durften. Sie saß gewöhnlich an einem kleinen Tisch, Brownfield ihr gegenüber. Im

Lauf der Monate und Jahre schüttete sie Brownfield ihr Herz aus. Und er lauschte verständnisvoll und sachkundig, mit der Anteilnahme eines Priesters.

Er lauschte ihren Klagen über die Gleichgültigkeit seines Vaters, über Granges Anmaßung, kindliche Unschuld bewahren zu wollen, über seine blinde Liebe zu Ruth, die ein Wunder für ihn war – ungeheuer wichtig für seinen Stolz, für seinen Lebenswillen, für seine Seele.

«Ich weiß nicht mal, daß ich *da* bin», sagte Josie, die Hände ringend. «Den ganzen Tag sind die beiden zusammen. Ich sitze nur rum und bettele um ein Wort von ihm ...»

Brownfield lauschte mit verständnisvoller Miene. Er nahm ihre Hand. «Wenn ich hier rauskomme, werde ich sie dir abnehmen», versprach er.

Aber Josie fuhr erschrocken auf. «Wenn du ihm dieses Kind wegnimmst – das wäre dasselbe, wie wenn du ihm die Luft zum Atmen nähmst. Er würde nicht eine Woche länger leben! Ich sage dir, er *liebt* sie.»

«Josie», sagte er, «du bist eine Närrin. Was geht's dich an, ob er lebt oder stirbt.»

«Das darfst du nicht sagen!» rief sie und entzog ihm ihre Hand.

«Ist ja gut, ist in Ordnung», sagte er. «Reg dich nicht auf.» Aber er dachte an seines Vaters Liebe zu Ruth – und welch eine perfekte Rache es wäre, sie zu zerstören.

Josie schaute ihn mißtrauisch an. «Wenn du gemein über deinen Daddy sprichst, komme ich nicht mehr. Er liebt mich, das tut er, ich *weiß* es genau. Die Sache mit Ruth – das ist etwas, dafür kann er nichts. Aber eines Tages wird er zur Vernunft kommen. Und wenn es soweit ist, werde ich dasein und auf ihn warten. Vielleicht ist es nicht unmöglich, daß er uns beide liebt!»

«Angenommen, er kommt nie mehr zur Vernunft», sagte Brownfield. «Was machst du dann?»

Josie blickte finster in die Ferne. «Er *muß* zu mir kommen», sagte sie. «Er muß kommen.»

Die Monate gingen dahin. Eines Tages erkundigte sich Brownfield nach ihrem Liebesleben. Josie, fast sechzig, hatte immer gemeint, es würde nie ein Ende haben. Sie fing an zu weinen.

«Willst du sagen, er kommt nicht mal mehr *dafür* zu dir?»

Josie nickte.

«Willst du sagen, daß er *so* undankbar ist?» fragte Brownfield. «Nach allem, was du für ihn getan hast?»

Er grinste. Josie wurde rot. Bevor sie aus dem Zimmer rauschte, gab sie ihm eine Ohrfeige.

Danach war es leicht.

«Nach allem, was ich für ihn getan hab!» kochte Josie, wenn sie mit ihm sprach. «Er behandelt mich schlechter als einen Hund.»

«Und du hast alles verkauft, was du besessen hast. Alles, wofür du so hart gearbeitet hast – um ihm seine teure Farm zu kaufen? Ja», sagte Brownfield, «manche Leute sind einfach undankbar. Hätte *ich* eine Frau gehabt, die so viel für mich getan hätte – dann wäre ich heute nicht hier.» Er grinste selbstgefällig, als Josie, die alles außer ihrem Zorn vergaß, ihm beipflichtete. Und bald lenkte er sie wieder auf seine ursprüngliche Idee zurück.

«Wenn ich rauskomme, nehme ich dir Ruth ab», sagte er. «Und dann bist du wieder mit Grange allein, wie ihr es wart, bevor sie kam. Alles wird wieder *genauso* sein.» Josie nickte eifrig. «Ich werde dafür sorgen, daß sie nicht mal in deine Nähe kommt.»

«Aber wie willst du das machen?» sagte sie. «Grange schießt dich tot, wenn du die Hand gegen Ruth erhebst.»

«Grange glaubt, er könnte die Weißen ignorieren», sagte Brownfield. «Aber er kann nicht das Gesetz der Weißen ignorieren. Vielleicht steht das Gesetz mal zur Abwechslung auf unserer Seite. Laß mich nur machen.»

«Aber gern», sagte Josie und lächelte glücklich. Und machte Pläne, wie schon seit Jahren, um endlich für immer den Mann zu gewinnen, den sie liebte.

TEIL 9

41

«Ein guter Zaun macht noch keine guten Nachbarn», sagte Grange. «Und darum stellen wir diesen hier auf.»

Ruth stand neben ihm und hielt den Hammer. Sie war barfuß und trug ein rosafarbenes Kleid mit Rüschen am Saum. Während Grange den obersten Strang Stacheldraht von einem Pfosten zum anderen spannte und ihn mit einem Nagel befestigte, trippelte Ruth staunend hinter ihm her. Sie hatte noch nie gesehen, wie jemand einen Zaun aufstellte.

«Man sucht seine Grenzsteine, die das Grundstück markieren – streng nach dem Plan. Dann stellt man die Pfosten auf der Grenze auf. Und spannt die Drähte», sagte er, den obersten Draht straffziehend. «Und man gibt acht, daß alle Nägel richtig sitzen.»

Sie tippte mit dem Finger auf den Stacheldraht und schaute gebannt, wie das Blut hervorquoll. Rasch wischte sie das Bluttröpfchen an ihr neues Kleid. Ein Ausdruck von Erinnerung und Schrecken trat in ihre Augen. Sie verfinsterten sich – wie der Himmel, der strahlend hell ist, bis eine Wolke die Sonne auslöscht.

Grange unterbrach seine Arbeit – ohne das Kind zu beachten, so schien es – und drückte den eigenen schwieligen Finger auf den Stacheldraht, bis er blutete.

«Ich hab dir noch gar nicht erzählt, wie es kam, daß die Indianer Blutsbrüderschaft mit uns Schwarzen schlossen», sagte er und griff behutsam nach ihrem Finger, den sie in Panik anstarrte. Es war kein Blut mehr auf ihrer Fingerkuppe, aber als ihr Großvater den Finger drückte, kam wieder ein Tröpfchen.

Er zog sie neben sich ins Gras und drückte ihre beiden Finger aneinander.

«Aber Grange!» sagte sie, ziemlich hochnäsig für ein so kleines Mädchen, «sie drückten doch nicht die Finger zusammen! Es waren die Arme, genau hier –» sie deutete hin – «an dieser Stelle vom Arm!» Sie legte ihren zarten Unterarm an seinen dunkleren, sehnigeren.

«Ja, natürlich», sagte Grange. «Das war die Art, wie sie mit den Weißen Blutsbrüderschaft schlossen. Aber sie meinten es nicht ehrlich. Bevor die weißen Blutsbrüder sich versahen, waren sie ihren Skalp los. So zahlten die Indianer es ihnen heim. Aber mit uns waren sie ehrlich. Das kommt, weil wir alle zusammen so ausgeschmiert wurden von den Weißen. Untereinander und mit den Schwarzen drückten sie nur die Finger zusammen. Nicht die Arme, und niemals die lügnerischen Handgelenke!»

«Bist du sicher?» fragte sie. «Oder lügst du mich an?»

«Sag niemals Wörter wie ‹lügen› zu mir», sagte Grange fröhlich. «Sonst denken die Leute, du hast keine guten Manieren.»

«Na, hier ist doch niemand, außer dir und mir. Außerdem ist's mir egal, was die Leute denken. Ich bring dich vor den Leuten nicht in solche Verlegenheit wie du mich – mit deiner Trinkerei und wenn du immer dein Geld verspielst!»

«Jedenfalls», sagte Grange, «sind die Indianer immer schon unsere Freunde gewesen.»

«Aber wir sind keine Indianer, wir ...»

«Ganz egal, was dir jemand über die Indianer erzählt, ich meine, auch wenn's ein Indianer selbst ist ... Die Indianer *sind* ein freundliches Volk. Auch wenn sie nicht immer freundlich handeln. Wenn einer nicht freundlich ist, weiß er's nicht besser. Du kannst ihn ja mit dem Gewehr in Schach halten, während du ihm alles erklärst – wie ich dir.»

«Ich will aber nicht skalpiert werden!» Sie kicherte.

«Die Indianer auch nicht, vergiß das nicht. Außerdem ist das eine ernste Angelegenheit.» Grange runzelte die Stirn.

«Wir Schwarzen müssen immer gut Freund sein mit allen Unterdrückten. Vor allem, wenn es farbige Menschen sind.»

«Die Leute dort unten an der Straße, die sind doch auch arm. Und trotzdem stellst du deinen Zaun auf, um sie auszusperren! Sind sie vielleicht nicht unterdrückt? Sie haben nur Dreck zu essen», sagte sie, den Mund verziehend. «Also sind sie unterdrückt. Was hat ihre weiße Haut damit zu tun?»

«Wir haben es mit ihnen versucht – lange genug! Sie sind die einzige Gruppe von Menschen, die nicht unsere Brüder sein können. Sie wollen es nicht, und wir wollen es auch nicht mehr – nach all den Jahren. Sie sind der Grund, warum Zäune erfunden wurden. Ich sage dir, bevor sie hierherkamen, mit allen ihren Bibeln – glaubst du, die Indianer hätten Eigentum gehortet und es mit Zäunen eingegrenzt? Nein, Ma'am, das taten sie nicht! Sie hatten nichts dagegen, daß jeder das Gras und die gute Erde nutzen durfte, wie Gott der Herr es gewollt hat. Aber die Leute da drüben, sie wollen uns unser Land wegnehmen. Denen ist's egal, ob es uns rechtmäßig gehört. Sie wollen es haben, und sie nehmen es sich. So haben sie's immer gemacht. Wir müssen lernen, mit Zäunen zu leben ... Und zwar, den Stacheldraht nach außen gerichtet!»

Entschlossen widmete sich Grange wieder seinem Zaun. Ruth beobachtete ihn, die Augen halb verdeckt hinter ihren langen Ponyfransen. Ihre Locken waren bräunlich, von der Sonne gebleicht, mit einem Stich ins Löwengelbe – in schlampige Zöpfchen geflochten. Später würde auch sie ihr Haar glätten! dachte sie – falls Grange es erlaubte. Sie würde ihn überzeugen, daß ihre Ponys einfach zu kraus waren. Die feineren Geheimnisse der Haarkosmetik waren ihr ebenso rätselhaft wie ihrem Großvater, der nur Wasser und Seife kannte. Manchmal wünschte sie sogar, Josie würde ihr helfen. Aber nur beim Frisieren. Und ohne ihr ewiges Nörgeln.

«Du bist ganz böse – wenn du mich fragst», sagte sie, träge auf die Ellbogen gestützt und in die Sonne blinzelnd. «Ein böser, böser alter Mann. Ohne gute Kinderstube, oder so.»

Er sah sie nicht an. Er konzentrierte sich auf seinen Zaun. Immer tiefer stieß er den Spaten in die harte rote Erde. Immer fester spannte er die Drähte, und der Zaun wurde immer höher.

Nicht weit von dort, wo er stand, gab es noch immer – so schien es ihm – die letzten Schatten seines ersten Lebens. Dies war sein drittes oder viertes – sein letztes. Das erste wirkliche Leben des Grange Copeland. Die Sonnenglut hüllte ihn ein in einer nie vergessenen, aber verlorenen Landschaft mit ihrer alles versiegelnden Hitze. Und wieder, wie in einem erdrückenden Alptraum, sah er die langen Reihen, die weiten Felder der Baumwollstauden vor sich. Er spürte die Sonne auf seinen gebeugten Rükken brennen, sogar – durch seinen weißen Strohhut – auf den Hinterkopf. Er sah Margaret (erstes Leben, erste Frau), wie sie damals gewesen war, als sie heirateten. Fröhlich und verführerisch, eine mädchenhafte Frau, stark und geduldig aus Liebe zu ihm. Solange die Liebe dauerte. Er hatte die Veränderung kommen sehen; er hatte sie auf Margarets Gesicht gelesen. Allmählich waren die Falten gekommen. Falten des Nicht-Verstehen-Könnens zwischen den Augen, trotzig eingegraben in die junge, glatte Stirn.

Tatsächlich hatte sie ein fröhliches, aber schläfriges Gesicht. Sie lebte damals wie im Traum. Das Elend hatte sie geschwächt, und er mußte ihr nicht erst sagen, daß die Ehe für sie nicht ewige Wonne, sondern ewige Not bedeuten würde. Nicht Freiheit, sondern Knechtschaft. Nicht Liebe, sondern immer tiefere Hoffnungslosigkeit. Und er hatte ihr nicht erst sagen müssen, wer der Urheber ihres Elends war. *Sie* wußte es damals – er nicht. Denn irgend jemand, *irgend etwas* stand hinter seiner Grausamkeit (so redete er sich ein) und trieb ihn, sie zu verlassen, sie immer tiefer hinabzustoßen – bis in die Hölle des Selbstmords, des Mordes an ihrem Kind.

Was konnte er seiner Enkeltochter erzählen von ihrer traurigen, liebenden, tapfer aufbegehrenden Großmutter?

Konnte er ihr erzählen, daß die Spuren der harten Jahre sich auf das Gesicht ihrer Großmutter gelegt hatten wie eine dunkle Farbschicht? Daß manchmal, wenn es nichts als Baumwolle gab in ihrer Welt, sogar die Liebe aufhörte – und sie sich nicht mal mehr an ihre Liebe erinnern konnten? Konnte er seiner Enkeltochter von seinem Versagen erzählen – von seinem Glauben an eine Männlichkeit ohne Wahrheit und Ehre? Konnte er erzählen, wie er Josie versteckt gehalten hatte – wie manche Männer die Whiskeyflasche verstecken? Würde sie begreifen, daß Margaret geglaubt hatte, ein Mann würde mit der Ehe auf Huren und Suff verzichten? Daß sie gehofft hatte, Grange würde Josie, die Gefährtin wilder Jugendjahre, vergessen? Und würde Ruth begreifen, wenn er ihr sagte, daß er Josie immer noch aufgesucht und kaum einen Samstag ausgelassen hatte? Wenn er ihr sagte, wie er Margaret verletzt hatte mit seiner Erklärung, daß er Josie für seine Selbstachtung brauchte? Für sein Gefühl, ein Mann zu sein? «Wenigstens will ich Frauen besitzen, wenn ich sonst nichts besitzen kann!» hatte er zu ihr gesagt. Und er hatte beteuert: «Ich liebe dich, weil du meine Söhne gebären und großziehen wirst. Ich liebe Josie, weil sie keine Söhne bekommen kann.»

Und er sah Margaret vor sich, wie sie vor der Tür saß und ihm nachschaute, wenn er im Maultierkarren davonfuhr – zum *Dew Drop Inn*. Ihre Verzweiflung war einem Gefühl der Unzulänglichkeit gewichen, und sie hatte versucht, das Spiel ihres Mannes mitzuspielen. Sie hatte sich weggeworfen an andere Männer, da ihr Mann – wie sie glaubte – sie verschmähte. Und zuletzt war sie mit Shipley ins Bett gestiegen – dem Mann, der an allem schuld war. *Das* hatte Grange nicht verzeihen können. Er hatte die Wahl gehabt, sie zu töten oder sie zu verlassen. Am Ende hatte er beides getan.

Der versonnene Blick des Alten blieb an seiner Enkelin hängen. Er fragte sich, wieso sie – da sie ihn so gut kannte – nichts ahnte von seinem anderen Leben? Oder von der trostlosen Geburt ihres Vaters? Von jenem grauen Tag im Elend, als das Neugeborene zu einem Leben verurteilt war, nicht besser als der Tod!

«Und wie soll er heißen?» hatte er Margaret gefragt. Gleichgültig und ohne Freude über die Geburt seines Sohnes.

Und sie, in ihrer Niedergeschlagenheit, fragte: «Was siehst du vor dir?»

Er hatte an der Tür gestanden und auf die herbstkahlen Felder Georgias geblickt. «Irgendwie bräunliche Felder», hatte er geantwortet. Und sich hoffnungslos gefragt, ob diese Felder sich bis ans Ende der Welt erstreckten?

«Bräunliche Felder», hatte sie gesagt, das schlafende Baby von ihrer Brust stoßend. «Brownfield.» Sie hatte kein Mitleid mit ihrem Kind. «Ist doch egal, wie wir ihn nennen.»

Sie hatte ihr Kind von Anfang an aufgegeben. Nach zweijähriger Ehe wußte sie, daß eine Mutter – in dieser Plantagenwelt – am zweitwenigsten zu sagen hatte. Gleich nach dem Vater, der überhaupt nichts zu sagen hatte.

«Grange, hilf mir! Grange, rette mich!» hatte sie geschrien – vergewaltigt von dem, der das Sagen hatte. Grange hatte sich mit Whiskey betäubt. Er hatte sich zu Josie geflüchtet und sich gesagt, er hätte nichts zu tun mit dieser unverzeihlichen Sünde seiner Frau. Er hatte Margaret die Schuld gegeben. Er hatte Shipley die Schuld gegeben – allen Shipleys dieser Welt. Sein Haß auf Shipleys weiße Haut hatte Grange losgesprochen von aller eigenen Schuld.

Seine Frau war in dem Glauben gestorben, daß ihre Sünde den Tod verdiente, während das, was er getan hatte, nur verlangte, daß sie aus seinem Leben verschwinde. Welch ein Narr war er gewesen! dachte Grange. Wie wäre es, würde ich dies kleine Mädchen im Stich lassen und mich einem anderen kleinen Mädchen zuwenden? Würde sie es begreifen, wenn ich ihr zu erklären versuchte, daß ein *anderer* schuld daran ist? Nein! Sie würde es nicht begreifen. Ich könnte alle Shipleys der Welt vor ihr aufmarschieren lassen – bis zum Jüngsten Tag. Und sie würde immer noch fragen: Was ist mit Großvaters Liebe passiert?

Grange wischte sich mit zitternder Hand über die Augen.

«Na, was machst du für ein trauriges Gesicht?» Die Kleine stand neben ihm und legte ihm die Hand auf den Arm. «Ist dir schwindlig geworden von der Hitze? Komm, setz dich lieber in den Schatten.» Sie zerrte ihn am Hosenträger – wie einen Gaul – unter einen Baum. «Zuviel Sonne ist nicht gut für alte Männer.»

«Sei still. Was verstehst du schon vom Alter? Zuviel Sonne ist nicht gut für alte Männer», äffte er sie nach. «Warte nur, bis du alt genug bist, um vorlaute Enkelkinder zu haben. Dann wirst du wissen, was gut für dich ist. Dann wird es aber zu spät sein, etwas dagegen zu tun.» Er packte seine Vergangenheit zusammen und verstaute sie – mit allen Brüchen und Kanten – in der Erinnerung.

«Hab nie im Leben solch ein altkluges Mädchen gesehen», sagte er. Den Rücken gegen einen Baum gelehnt, zog er seine

Pfeife aus der Tasche. Sie fischte ein Streichholz aus der Schachtel und zündete ihm die Pfeife an. Dann blies sie es aus.

«Ich bin nicht frecher als du», sagte sie pfiffig. Sie stieß ihn unsanft beiseite und lehnte sich neben ihn an den Baum.

«Weißt du was?» sagte er und fummelte mit seiner Pfeife. «Das Gute an so 'nem Zaun ist, daß jeder weiß, wo dein Besitz anfängt und aufhört. Du darfst jeden über den Haufen schießen, der es wagt, seinen Fuß über deine Grenze zu setzen. Es gibt ein Gesetz, das so was erlaubt.»

«Du bist aber heute blutrünstig!» sagte sie nachsichtig. «Bist du sicher, daß du nicht zuviel Sonne erwischt hast?» Sie rekelte sich faul und klopfte ihm mit einem Stöckchen aufs Knie. Ihr neues Kleid hatte Grasflecken bekommen. Sie untersuchte sie mit ernster Miene. Dann rollte sie sich auf die andere Seite.

«Hab ich schon richtig danke gesagt – für dieses Kleid?» fragte sie und schaute ihn an. Er lächelte unsicher.

«Dieses Kleid hab ich beim Poker gewonnen, letzte Woche. Ich hatte zwanzig Dollar gewonnen, stell dir vor! Dann hab ich fünfzehn verloren. Und dann dachte ich: Kaufst von dem Rest dieses Kleid! Ich hab 'n paar von den Frauen dort gefragt: ‹Welche Größe, schätzen Sie, trägt meine Enkeltochter?› Sie wußten es auch nicht genau. Meistens klauen sie ihre Kleider – in allen Größen. Aber sie tippten auf Größe zwölf. Also hab ich dies hier genommen – es ist Größe zwölf. Und ich dachte mir, mit den Rüschen am Saum ist's vielleicht erwachsen genug für dich. Weißt du, was ich zu der Weißen sagte, die mir das Kleid verkaufte? ‹Wenn Sie mal ein ganz gernegroßes kleines Mädchen sehen wollen, nehmen Sie meine Enkeltochter! Sie verbraucht mein ganzes Geld, um sich rauszuputzen. Und wissen Sie, was mit diesem Kleid passieren wird?› sagte ich. ‹Als erstes wird sie Fettflecken draufbringen. Und dann wird sie rausrennen und sich damit in den Dreck setzen. Und dann wird auch bald ein Riß drin sein, weil sie nicht aufpaßt. Ja, Ma'am›, sagte ich, ‹das ist mal 'n verzogenes Ding!› sagte ich zu der Frau, die mir das Kleid verkauft hat. Und diese Frau stand da und machte ein Gesicht, als wollte ich sie beißen. So –» Grange zog die Mundwinkel nach unten.

«Warum nennst du mich ‹Enkeltochter›? Kannst du mich nicht bei meinem Namen nennen? Kein Wunder, daß die Leute nicht wissen, von wem du redest!» Sie lachte fröhlich. «Auf jeden Fall bin ich nicht verzogener als du. Aber ich danke dir für dieses Kleid!»

Um ihrem Großvater eine Freude zu machen, flocht sie noch ein paar Wörter ein, die sie in der Schule gelernt hatte: «Es ist ganz *reizend*.» Sie grinste schelmisch. «Doch, wirklich, das ist es *in der Tat*. Du hast einen *ausgezeichneten* Geschmack!» Sie artikulierte die Wörter deutlich, wie eine Ansagerin im Radio. Ihr Großvater strahlte.

Verlegen grinsend kroch er auf allen vieren ins Gebüsch und kam mit einer Literflasche wieder zum Vorschein. «Ich würde dir ein Gläschen anbieten ...»

«... nein, vielen Dank», fiel Ruth ihm ins Wort. «Ich bin erst zehn, und es gibt Leute, die achten halt auf ihre Leber!»

«Um meine Leber brauchst du dir keine Sorgen zu machen. Die hält», sagte der alte Mann und schlürfte kichernd seinen Whiskey.

Ruth, die mit ihrem verletzten Finger gespielt und an die Indianer gedacht hatte, fing ein paar Tröpfchen Whiskey von seinem Kinn auf und betupfte ihre Wunde. «*Antisepsis*», lächelte sie überlegen und leckte sich die Hand.

«Ruth – das ist kein Name für dich. Vielleicht ist das der Grund ... Du bist allerdings direkt aus der Bibel. Das kann ich dir garantieren. Aus einem Teil, den ich wahrscheinlich nicht gelesen habe.»

«Ich auch nicht!» lachte sie und ließ ein paar Whiskeytropfen auf ihrer Zunge zergehen.

Eines Tages beobachteten Grange und Ruth die Leute auf dem Grundstück nebenan. Der Vater hatte glattes, schulterlanges Haar von schmutzigbrauner Farbe. Ein halbes Dutzend Cracker-Kinder purzelten immer um ihn herum. Sie kamen wie die Orgelpfeifen – und sahen hungrig und struppig aus. Sie kauten immer auf Strohhalmen und Fichtennadeln herum. Ruth und Grange lagen im Gebüsch versteckt – auf ihrer Seite des Zaunes. Grange fand, Ruth sollte sich mal «ein paar Weiße anschauen» – für ihre weitere Erziehung.

Was Ruth am meisten auffiel, war, daß sie nicht richtig weiß waren. Nicht wie ein Kühlschrank, sondern eher wie eine Mischung aus Grau und Gelb und Rosa. Das jüngste war das rosigste.

«Was machen sie?» wollte sie wissen. Der Daddy der ganzen Bande und zwei der älteren Jungen lagen – rauchend und Kaugummi kauend – unter einem Baum.

«Wahrscheinlich überlegen sie, wie sie unser Land kriegen können», sagte Grange.

«Glaubst du das wirklich?»

«Na! Was sollten sie sonst tun – wenn die dort im Gras liegen und sich verstecken vor ihrem Weibervolk?»

«Ach, vielleicht wollen sie nichts vom Gekeife der Frauen hören», sagte Ruth.

«Das hätten sie gern! Daß du so was glaubst», sagte Grange und spähte zu der kleinen Gruppe hinüber.

«Glaubst du wirklich, daß sie alle – und die ganze Zeit – nichts anderes tun als nachdenken, wie sie deine Farm kriegen könnten?»

«Ja», sagte Grange mit finsterem Gesicht.

«Aber – wann reden sie übers Wetter? Über die Baumwolle und so?» Ruth wollte sich aufrichten, aber Grange zog sie wieder in Deckung. «Sag mal», fragte sie ihren Großvater, «hat jemand schon mal versucht herauszufinden, ob das wirklich Menschen sind?»

«Nein», sagte Grange. «Natürlich wird behauptet, daß es Menschen *sein sollen*. Das Komische ist nur – sie benehmen sich nicht wie Menschen.»

«Ich werd's herauskriegen, wenn ich groß bin», sagte Ruth, während sie vom Zaun wegkrochen. «Ich will ihnen ins Gesicht sehen und hören, was sie zu sagen haben. Ist doch sinnlos, sie anzustarren wie Raubtiere im Käfig.»

«Anscheinend hab ich dir nichts anderes beigebracht als Wißbegierde!» sagte Grange. «Hab noch nie ein Mädchen wie dich gesehen, das immer allen Dingen auf den Grund gehen will.»

Und später, an diesem Tag, fragte er sie: «Was würdest du sagen, wenn ich dir erzähle, daß ich zufällig diese Familie kenne, die wir beobachtet haben? Und zufällig weiß, daß die Frauen kein Rauchen und Kaugummikauen im Wohnzimmer erlauben?»

«Und das ist der Grund, warum sie immer im Wald zusammenhocken?» Ruth zog die Stirn kraus. «Na, ist doch ein besserer Grund – als dieser andere», sagte sie. Ihr Großvater fühlte sich bei der Wahrheit ertappt.

42

Eines Tages passierte in der Schule etwas, das ihr mehr über die Weißen verriet als alles, was Grange ihr erzählt hatte. Der Tag hatte, wie immer, langsam angefangen. Sie haßte das frühe Aufstehen, vor allem, wenn sie im Haus erwachte. «Josies Haus», so nannte sie es bei sich. Im Gegensatz zu der Hütte, die «ihre» Hütte war. Und Granges. Sie hatte mit Grange gefrühstückt, er Haferflocken und Wein, sie Haferflocken und Milch. Dann wanderten sie auf dem Highway zur Schule. Die Schule war eine halbe Meile entfernt – durch den Wald war es näher, und sie brauchten nur ein paar Minuten.

Vor dem Schulhaus machte Grange kehrt – wie immer. Die anderen Kinder standen gaffend herum – wie immer. Es war ein schöner, warmer Tag im März, und Granges blaues Hemd leuchtete in der Sonne, während er hinter dem Schulhaus im Wald verschwand. Die beiden liebten den Weg durch den Wald – nicht nur, weil Grange dort eine Destille hatte, sondern weil es so friedlich und einsam war.

Die Schule hatte drei Klassenzimmer. Das eine war für die erste, zweite und dritte Klasse. Das mittlere Zimmer war für die vierte, fünfte, sechste und siebte Klasse. Das andere Zimmer war für die übrigen Klassen, einschließlich der zwölften. Das Gebäude stand auf einem Betonsockel, und darunter gab es einen Keller, wohin die älteren Jungen mit manchen älteren Mädchen verschwanden. An beiden Enden hatte das Haus steile Treppen, die zu den Klassenzimmern hinaufführten.

Ruth stieg die Treppe hinauf, die zu dem mittleren Zimmer führte. Sie ging in die sechste Klasse, und ihre Lehrerin war Mrs. Grayson. Sie war eine hübsche dunkelbraune Frau mit sorgfältig manikürten Fingernägeln und chemisch geglättetem Haar. Sie ging immer grau gekleidet und hatte die Angewohnheit, die Nähte ihrer Strümpfe – wenn niemand hinschaute – mit dem angefeuchteten Zeigefinger geradezuziehen.

In der ersten Stunde hatten alle vier Klassen Gesundheitskunde. Mrs. Grayson wanderte zwischen den Bankreihen hin und her und dozierte über die «Sauberkeit an Körper und Seele». In der nächsten Stunde hatten sie Staatsbürgerkunde, und Mrs. Grayson dozierte über den «richtigen Patriotismus im Dienste unseres Landes». Um zehn Uhr fing sie an, über die «Wichtigkeit des Geschichtsstudiums» zu dozieren. «Die Geschichte lehrt uns», sagte Mrs. Grayson – gegen das gelangweilte Murmeln aller vier Klassen ankämpfend –, «was in der Welt geschieht: Eli Whitney und die Baumwollkrempelmaschine; Thomas Jefferson und die Unabhängigkeitserklärung; George Washington und die Minutemen.» Die amerikanische Geschichte sei wichtiger als alle anderen, sagte sie. «Und warum?» fragte sie. Und gab sich selbst die Antwort: «Weil es *eure* eigene Geschichte ist und *meine*. Die stolze Geschichte eines freien Volkes. Wir haben gekämpft für unsere Freiheit!» rief sie – und ihre Stimme hallte von den Spanplattenwänden wider. «Die Geschichte lehrt uns, was für uns Schwarze getan worden ist. Und was wir selbst getan haben.»

«Pearl Harbor und der Bürgerkrieg», sagte sie pathetisch. «Die Geschichte» – sie versuchte, mit ihrer Stimme den Lärm in ihrem Klassenzimmer und in den beiden anderen zu übertönen – «lehrt uns, wer wir sind, und sie zeigt uns, wie wir hierherkamen. Unsere Geschichte ist ein Beispiel für die ganze Welt!»

Jemand aus der vierten Klasse hob die Hand und sagte, er habe nicht verstanden. Ruth hörte, wie Mrs. Grayson sich wiederholte: «Warum ist es so wichtig, Geschichte zu studieren?» – «Ich weiß nicht», sagte der Junge. Und Mrs. Grayson sagte, im Takt ihrer Worte in die Hände klatschend: «Weil die Geschichte uns lehrt, was in der Welt geschieht!» Der Junge: «Jawohl, Ma'am.»

Am anderen Ende des Klassenzimmers rief jemand: «Es stimmt doch, daß George Washington der Vater unseres Landes war?» Ruth hörte noch, wie Mrs. Grayson den kleinen Knirps lobte, weil er sein Geschichtsbuch so gut studiert hatte. Dann hörte sie nichts mehr.

Was Mrs. Grayson sagte, machte für Ruth überhaupt keinen Sinn. Sie sprach einfach nach, was im Lehrbuch stand, aber bei ihr hatten die Wörter nicht denselben Zusammenhang, den sie auf dem Papier zu haben schienen. Aber weil Ruth schon im letzten Jahr Mrs. Grayson als Lehrerin gehabt hatte, kannte sie deren Fähigkeit, jeden kleinen Träumer aufzuspüren. Und dann gab es Schläge mit dem Riemen, oder man wurde zur Strafe zum Rektor geschickt.

Wenn Mrs. Grayson nicht herschaute, fing Ruth eifrig an, in ihren Büchern zu blättern. An diesem Morgen hatte Mrs. Grayson ein neues Geschichtsbuch in der Klasse verteilt. Dies war auch der Grund für ihren Vortrag über das Studium der Geschichte. Sie hatten das Buch von einer weißen Schule geschenkt bekommen. Davor hatten sie überhaupt kein Geschichtsbuch gehabt. Nur ein Lesebuch, ein Erdkundebuch und eine Grammatik. Ruth kannte diese Bücher in- und auswendig, so oft hatte sie sie gelesen. Jetzt blätterte sie in dem neuen Buch und schaute die Bilder an. Das bunte Bild auf dem Einband zeigte ein paar blonde Kinder vor einer Brücke – dahinter ein Turm mit einer Uhr. Daneben stand: «London».

Neugierig schlug Ruth den Buchdeckel auf – die Innenseite, bevor der Text anfing. Dort stand – am rechten Rand – der Name eines Mädchens: Jacqueline Payne. Darunter: Baker County Elementary School. Es war der Name der weißen Schule, woher alle ihre Bücher kamen. Dann aber staunte Ruth: Quer über die Innenseite war eine verzweigte Zeichnung gedruckt. Darüber, in grünen Großbuchstaben: «Stammbaum der Menschenfamilie».

Auf diesem Stammbaum waren alle möglichen Menschen abgebildet. Ganz oben, blaßblau und gelb gedruckt, sah man die Weißen. Sie hantierten mit Reagenzgläsern, und einer von ihnen trug ein Schild an der Jacke: «Wissenschaftler». Im Hintergrund waren Hochhäuser und Autos und Eisenbahnen und Flugzeuge. Neben dieses Bild hatte Jacqueline Payne geschrieben: «Merke – Amerikaner und Deutsche. Menschen im äußersten Norden Europas.»

Unter den Amerikanern sah man kleine gelbe Menschen. Sie trugen lustige kleine Strohhüte und trieben einen Wasserbüffel vor sich her. Dahinter waren Bambusstauden. Und neben dieses Bild hatte Jacqueline Payne geschrieben: «Merke – die gelbe Rasse. Chinesen, Japaner usw. Menschen im fernen Osten.»

In roter Farbe sah man darunter die Indianer Amerikas. Ein alter Mann mit federgeschmückter Pfeife. Neben ihm Frauen, die Teppiche webten und Körbe flochten. Neben dieses Bild hatte Jacqueline Payne geschrieben: «Merke – unsere amerikanischen Indianer. Wir haben sie vor Krankheit und wilden Sitten gerettet. Wir haben ihnen nützliche Tätigkeiten beigebracht; siehe Abbildung.»

Aber beim letzten Bild, ganz unten auf dem Stammbaum des Menschen, hielt Ruth die Luft an. Dort sah man, in schwarzer Farbe, einen Mann mit wirren, krausen Haaren und grinsenden dicken Lippen. Er hatte einen Knochen durch die Nase gesteckt. Er trug ein Grasröckchen und beugte sich über einen dampfenden Wasserkessel – als wartete er auf einen Missionar! Und neben dieses Bild hatte Jacqueline mit ihrer ordentlichen Handschrift nur ein einziges Wort geschrieben. Dies Wort war für Ruth wie ein Schlag ins Gesicht. «Merke – ein Nigger!»

Ruth wachte langsam aus ihrer Betäubung auf und wußte – etwas war nicht in Ordnung. Alle Kinder aller vier Klassen starrten sie an. Und kicherten. Lauter kleine häßliche, grinsende Wilde! Ruth hatte für sie nur einen verächtlichen Blick. Gerade rechtzeitig hob sie den Kopf, um Mrs. Graysons Riemen herabsausen zu sehen. Das Gekicher der anderen erstarb. Sie wußten, wie es sich anfühlte.

Ruth stand langsam auf – blind vor Zorn – und schleuderte Mrs. Grayson das Buch vor die Füße. «Du bist genau wie die anderen!» schrie die Lehrerin hysterisch. «Aus dir wird nie etwas, weil du nicht aufpassen kannst!» Langsam ging Ruth durch das Klassenzimmer zur Tür.

«Was fällt dir ein? Wo gehst du hin?» schrillte Mrs. Graysons Stimme. Sie hob das Geschichtsbuch auf und putzte es ab. «Das ist typisch für dich und deinesgleichen. Immer nur das Eigentum anderer Leute zerstören! Sofort kommst du her und setzt dich wieder auf deinen Platz!» Aber Ruth hatte schon die Hand auf der Türklinke.

Sie drehte sich um und sah Mrs. Grayson mit dem Riemen näher kommen. Die Spannung ihrer Klassenkameraden hing beinah fühlbar in der Luft. Es war einfach die Lust auf Abwechslung. Die Lust auf Blut! Ihr Blut.

«Sie gottverdammte, gemeine, blöde Arschkriecherin!» schrie Ruth sie an – aus dem reichen Wortschatz ihres Großvaters schöpfend. Mrs. Grayson und alle vier Klassen erstarrten und hielten den Atem an.

«Wie bitte – kleine Lady?» fragte Mrs. Grayson schließlich und kam drohend näher.

«Sie haben ganz richtig gehört!» sagte Ruth zitternd. «Und wenn sie mich noch ein einziges Mal anfassen, reißen mein Grandpa und ich diese verdammte Bruchbude ab und schieben Ihnen die Ziegelsteine einzeln in Ihren blöden, gemeinen Hals!» Sie riß die Tür auf und floh die Treppe hinunter. Erst als sie den Wald erreicht hatte, fing sie an zu weinen. Die Tränen schmerzten so sehr, daß sie es kaum ertragen konnte. War es das, was Grange meinte? fragte sie sich immer wieder – und wünschte sich, sie wäre tot.

Im Sommer fühlte sie sich geborgen. Von Mai bis Oktober war sie frei. Frei, um in der Hütte zu spielen, die Grange im Wald für sie gebaut hatte. Frei, um Bücher und Comics zu lesen, die Grange in der Stadtbücherei für sie klaute. Und frei für die vielen Fragen, die sie in der Bibel fand.

Der Winter war kalt – und obwohl sie das Lernen liebte, haßte sie die Schule. Als Mem noch lebte, war es nicht mal so schlimm gewesen. Es hatte sogar Spaß gemacht, mit Ornette und Daphne zur Schule zu laufen. Sie hatten gelacht und sich Klatschgeschichten erzählt und manchmal den Schulbus der weißen Kinder mit Sand beworfen.

Jetzt war ihre Mutter tot, und ihr Vater saß im Gefängnis. Wo ihre Schwestern waren, wußte sie nicht. Unter dem «Norden» konnte sie sich nur ein riesiges, kaltes Land vorstellen – vollgestopft mit Hochhäusern, wo nicht mal die Vögel ein Plätzchen zum Scheißen hatten. Diesen Vergleich hatte sie von Grange, der immer sagte: «Von mir aus kann mir der Norden gestohlen bleiben!»

Es tat weh, aber nach dem Tod ihrer Mutter war sie eine Sensation auf dem Schulhof. Die anderen Kinder waren arm. Aber sie galt als die Allerärmste, weil ihr Vater ein Mörder war und sie keine Mutter hatte. Mütter, das lernte sie bald, standen hoch im Kurs bei ihren Klassenkameraden, weil die meisten keinen Vater hatten; oder sich nicht an ihn erinnern konnten.

Auch ihr Großvater, der als «Sonderling» galt, brachte ihr kein Prestige in der Klasse. Er war gut beim Poker, mußten die Kinder zugeben. Aber viel zu unheimlich, als daß man ihm trauen konnte, so sagten sie. Wer hätte je gehört, daß Grange Copeland über die Witze der anderen Männer lachte? Niemand – außer Ruth. Aber dafür wurde sie von ihren Klassenkameraden nicht bewundert. Beinah reute es sie, wenn sie mit Grange in der Kirche lachte. So fromm und nachtragend war die Gemeinde.

Seit sie bei Grange lebte, wurde sie von den Kindern gemieden. Es war beinah ein Ritual. Wenn die anderen «Ringelreihen» oder «Fangen» spielten, brauchte sie nur aufzutauchen, mit ihrem traurigen Gesicht, und alle Lustigkeit hörte auf, und drükkendes Schweigen breitete sich aus. Als sie elf war, kam das Gerücht in der Schule auf, daß niemand, der mit ihr in den Wald ging (oft sah man sie durch den Wald laufen und mit den Bäumen sprechen; das war unheimlich), je wieder lebendig auftauchen würde. Man sagte, sie hätte ein Gewehr im Wald versteckt und würde damit Leuten den Kopf abschießen, um ihre Augen nicht sehen zu müssen. Die Augen – so sagte man – erinnerten sie an ihre Mutter.

Ruhe hatte sie nur, wenn neue Kinder in die Schule kamen, die nichts von der alten Geschichte wußten und nicht auf Mems Begräbnis gewesen waren. Als Ruth in die vierte Klasse ging, hatte sie sich angewöhnt, mit gesenktem Kopf zu gehen. Aber als sie in der fünften und sechsten war, sagte man boshaft, sie wisse nicht mal, daß sie einen Kopf habe; so hoch trage sie ihn über den Wolken.

Mit der Zeit beachtete man sie immer weniger. Es war, als hätte sie Aussatz. Alle wußten, daß ihr Vater ein Mörder war. (Das wäre noch nicht so schlimm gewesen. Auch in der Verwandtschaft der anderen Kinder gab es Mörder. Aber daß ein Vater die Mutter umgebracht hatte war einfach zuviel!) Und obwohl sie nicht mehr direkt angegriffen wurde, blieb die Spannung bestehen.

Dann aber wurde ihr Vater aus dem Gefängnis entlassen, und man sah ihn öfter in der Stadt. Noch in derselben Woche zog Josie mit ihm zusammen. Eine neue Welle von Klatsch und Tratsch brandete durch die Schule. Vorher hatten sie sie geschnitten und verhöhnt, weil sie die Tochter eines Mörders war. Jetzt verhöhnten sie sie als «Frau» ihres Großvaters, der so anders war als ihre eigenen braven und ohnmächtigen Erzeuger.

Nachdem Josie ausgezogen war, hatte sie offenbar überall rumgeredet: Grange würde seine Enkelin seiner Frau vorziehen; und sie sei gegangen, damit die beiden endlich ungestört wären. Sogar die Hütte, die Grange als Spielhaus für Ruth gebaut hatte, stellte Josie als etwas Anrüchiges hin: «Keine Ahnung, was die dort wirklich treiben!» hörte man Josie sagen. Ruth wurde mehr denn je gemieden – auf eine verächtliche, mißtrauische Art.

Rossel Pascal war die einzige in der Schule, die sie leiden konnte. Aber Rossel hatte noch nie ein Wort mit ihr gesprochen. Sie war ein schönes Mädchen, grüblerisch und mit seidiger Haut und lockigem schwarzen Haar. Ihr Vater war Alkoholiker. Er sei nie über den Tod seiner Frau hinweggekommen, hieß es. Eine Frau, die solche Trauer gar nicht verdiente! Die Lehrer behandelten Rossel mit spürbarer Kälte. Doch Rossel schien es gar nicht zu merken. Rossel ging in die zwölfte Klasse, als Ruth erfuhr, daß sie Walt Terrell heiraten wollte. Walt war der reichste Schwarze im ganzen Bezirk. Er war als Held aus dem Zweiten Weltkrieg heimgekehrt – mit einem Granatsplitter im Bein und vielen Tapferkeitsmedaillen, die er bei jeder Gelegenheit – auch bei Grillparties der Kirchengemeinde – an seinem Hut zur Schau stellte. Die Schule war nach ihm benannt, denn er hatte das Grundstück gestiftet, auf dem sie stand. Und alle respektierten ihn. Die Lehrer krochen vor ihm im Staub. Aber er war alt – sicher so alt wie ihr Vater! dachte Ruth. Warum wollte Rossel, die kaum sechzehn war, einen solchen Mann heiraten?

Bei der Abschlußfeier stand Rossel neben ihrem künftigen Ehemann. Rossels Vater stand in der Nähe – geistesabwesend und blaß und nicht mehr nüchtern. Zwischen den anderen, die umhergingen und sich unterhielten, wirkte er wie ein Korken auf einem Meer von Sonntagskleidern und Kinderstimmen. Als seine Tochter aufgerufen wurde, um ihr Zeugnis entgegenzunehmen, leuchteten seine Augen auf. Er saß neben Walt und verschwand beinah neben dessen breiten Schultern. Als Rossel sich wieder zu ihnen setzte, sah es aus, als wollte sie sich in die Arme ihres Vaters werfen. Die beiden starrten sich an – mit Augen wie langsam sich schließende Türen.

«Rossel», sagte Ruth spontan, als sie sich auf der Treppe vor dem Schulhaus trafen. «Kann ich mal mit dir reden?»

«Sicher», sagte Rossel – gewollt lässig und gelangweilt.

Die beiden Mädchen entfernten sich von den Männern. Aus dem Augenwinkel sah Ruth ihren Großvater im Gespräch mit einer Gruppe von Männern. Aus der Ferne und mit den Augen einer Fremden betrachtet, wirkte er grotesk: seine lange Gestalt spindeldürr, sein Haar buschig auf eine Art, die seit Frederick Douglass aus der Mode war, und seine Hände in der Luft auf und ab tanzend.

«Du bist Mrs. Grange», sagte Rossel, und Ruth spürte einen unerträglichen Schmerz, als ob ein Gott, dem sie vertrauensvoll ihre Sorgen unterbreiten wollte, sie mit der Frage begrüßte: «Hast du die frische Wäsche gebracht?»

Rossel lächelte breit – vielleicht über ihren eigenen Akzent, der lustig klang. Ruth selbst sprach ohne Akzent. Wenigstens glaubte sie, ohne Akzent zu sprechen, auch wenn sie in ihrem ganzen Leben nur Südstaatler hatte sprechen hören. Sie wußte nicht, warum sie anders sprach. Vielleicht, weil sie in Gedanken alles auslöschen wollte, was Südstaatler zu ihr gesagt hatten. Oder es umdichten wollte – in eine schöne Phantasie.

Die Art, wie Grange sprach, fand sie stark und ausdrucksvoll. Rossel aber sprach mit der gleichen sorglosen Sanftheit wie eine weiße Südstaatenlady. Auch bei ihr klang es genauso dumm und charmant. Wenn andere Kinder «Mrs. Grange» zu ihr sagten, wurde Ruth böse. Aber bei Rossel fühlte sie sich verletzt.

«Ich heiße Ruth», sagte sie.

«Ich weiß», sagte Rossel.

Sie standen unter den Bäumen am Rande des Schulhofs. Hinter ihnen das Mädchenklosett; am anderen Ende des Hofes der Brunnen. Ein paar kleine Kinder hatten sich zum Trinken angestellt. Geduldig gaben sie einander die glitschige Schöpfkelle weiter. Ein größerer Junge zog das Seil, an dem der tröpfelnde Holzbottich hing.

«Wenn du so alt bist wie ich», sagte Rossel, «wirst du kein Wasser mehr aus diesem dreckigen Brunnen trinken. Diesen bemoosten Eimer und diese glitschige Gemeinschaftskelle kannst du vergessen. Das ist der Fortschritt. In knapp fünfzehn Jahren sind wir genausoweit wie die Weißen.»

Ruth wußte nicht, was sie sagen sollte. Auch sie haßte es, aus der Kelle zu trinken. Aber wann hätte jemand gesagt, daß sie alle eines Tages nicht mehr daraus zu trinken brauchten?

Mit einem bitteren Zug im Gesicht blickte Rossel auf den

Highway hinaus. Autos mit weißen Insassen fuhren vorbei, ohne zu bremsen. Es gab kein Schild, das auf eine Schule hingewiesen hätte. Wenn Kinder den Highway überqueren wollten, mußten sie rennen. Ein Junge war überfahren worden. Der Staat Georgia hatte ein weißes Holzkreuz aufgestellt – als «Mahnmal» für die Autofahrer. Aber niemand hatte an ein Warnschild gedacht!

Rossel war sichtlich gelangweilt. Sie schaute Ruth fragend an. Ruth mußte all ihren Mut zusammennehmen, um die Frage zu stellen:

«Warum willst du *ihn* heiraten?» platzte sie heraus.

«Warum nicht?» fragte Rossel gleichgültig. «Ich würde lieber den Teufel heiraten, als einen dieser Scheißjobs anzunehmen, die man uns hier gibt.»

«Jobs?» fragte Ruth. In ihrer romantischen Vorstellung gehörte zur Ehe vor allem die Liebe. Jetzt versuchte sie, sich Rossel als Küchenmädchen in einer Kneipe vorzustellen. Rossel war zu schön. Ruth versuchte, sie sich als Dienstmädchen einer weißen Cracker-Frau vorzustellen. Rossel sah eher aus, als brauchte sie selbst ein Dienstmädchen. Rossel war nicht dazu bestimmt, unter den Verdammten dieser Erde zu leben. Und das wußte Rossel anscheinend.

Am liebsten hätte sie Rossel umarmt. Aber wie konnte sie eine so kalte, gleichgültige und fühllose Schönheit umarmen? Ein so hartes Mädchen? Ruth brach in Tränen aus – und jetzt war es Rossel, die sie umarmte.

«Deswegen brauchst du nicht zu weinen», sagte Rossel. Ihre Stimme klang seltsam dünn und schwach. «Vielleicht werden wir beide eines Tages verstehen, warum es besser ist, ihn zu heiraten.»

Einen Augenblick klammerten sie sich aneinander – und dann war Rossel gegangen. Ihr Gesicht war entschlossen und ruhig. Das Gesicht einer Puppe! dachte Ruth. Ein Gesicht, das nichts ausdrückte als die eigene leere Vollkommenheit.

Erst ein Jahr später sollte sie Rossel wiedersehen. Und zwar beim Begräbnis von Rossels Vater, der auf dem Friedhof – auf dem Grabstein seiner Frau – erfroren war. Rossel war teuer und schwarz gekleidet und sah aus wie eine verhexte Königin. Sie war erwachsener geworden und schien ihrem Mann in Liebe ergeben. Sie hing in seinen schützenden Armen – mit der hilflosen Abhängigkeit eines Kindes. Walt, in seiner stumpfsinnig militärischen Pracht, strahlte vor Stolz und Zufriedenheit.

43

Eines Tages erhob sich die Frage nach ihrer Zukunft. Es war der Tag, als ihr Körper bereit war für eine Zukunft. Sie aber wußte, sie war es noch nicht. Sie war verängstigt und beklommen. Grange hatte ihr Binden gekauft und einen Gürtel dazu und einen Puder, der lieblich nach Rosen duftete. Sie aber wußte schon Bescheid und ersparte ihm aufklärende Worte.

Was ihr angst machte, war das Gefühl, daß ihr weiblicher Körper sie wehrlos machte. Sie spürte, ihr Körper war bereit zu empfangen – und gegen ihren Willen. Und ohne daß ihr Kopf etwas dagegen tun konnte. Sie hatte eine Todesangst davor, *genommen* zu werden, wie sie sich ausdrückte und wie es täglich den jungen Mädchen geschah. Gefangen in einer Situation, die nur schlimmer werden konnte. Sie war noch nicht soweit, die Aussicht auf Ehe und Ehemann als selbstverständlich hinzunehmen.

«Was soll ich tun, wenn ich erwachsen bin?» fragte sie ihren Großvater – einigermaßen beunruhigt.

«Was meinst du? Wir haben doch diese Farm! Hier können wir bleiben bis zum Jüngsten Tag.»

Sie schaute auf Granges Baumwollfeld unter dem strahlenden Mond. Es gab einen Garten und Hühner und Schweine. Das perfekte Leben – für einen Einsiedler.

«Ich will keine Nonne werden!» sagte sie. «Ich will eines Tages weg von hier. Nichts gegen deine Farm, Grange. Aber vielleicht will ich hinauf in den Norden gehen, wie du es getan hast. Ich möchte New York sehen, die 125. Straße, die Nachtklubs und all die Leute auf der Straße, die in aller Öffentlichkeit fluchen.»

«Das erlaube ich nicht», sagte Grange streng.

«Ich tu's nicht, solange du da bist», sagte sie. Er hätte sich schämen sollen, so etwas auch nur zu denken!

«Trotzdem will ich nicht, daß du gehst. Es ist kalt wie ein Hexenarsch und häßlich, und die Leute sprechen so sonderbar.»

«Das hast du mir schon alles gesagt», sagte sie. «Aber was soll ich hier unten tun? Ich könnte Schwester Madelaines Job übernehmen. Nur, daß sie ihn nicht aufgibt – so alt, wie sie ist. Ich hab fast den Verdacht, daß du das möchtest. Ich soll Wahrsagerin werden und dummen weißen Ladys Angst einjagen. Aber ich bin auch nicht dafür geschaffen, Baumstümpfe zu roden und Nägel in Zaunpfosten zu hämmern. Vielleicht könnte ich in der Schule unterrichten – als Mrs. Graysons Kollegin. Die Lahme und die Blinde! Ich hätte nicht den Mut, mich vor die Kinder hinzustellen und zu wissen, daß sie kein Wort von meinem Gerede verstehen können. Außerdem verachte ich Mrs. Grayson. Ich weiß was Besseres, als sie mit meiner Gesellschaft zu beehren!»

«Du bist viel intelligenter als sie», sagte Grange. «Du hast genug gelernt, um anderen etwas beizubringen.»

«Intelligenter als sie! Das wäre die größte Gefahr. Eines Tages wird sie sich von hinten anschleichen und mich in den Brunnen stoßen – die gemeine Kuh.»

«Reg dich nicht auf. Die tut dir nichts mehr. Ich hab ihr gesagt, daß ich ihr den Hals umdrehe, bis ihr die Augen rausfallen. Und auch ihrem Mann.»

Ruth seufzte. «Was gibt es sonst noch für Möglichkeiten?» Sie lief in ihr Zimmer und holte die Zeitung. Sie schlug die Stellenanzeigen auf und las vor: «Gesucht: Schöne Südstaatlerin mit guten, charmanten Manieren als Empfangsdame für eine Anwaltskanzlei.» Es gab nur eine solche Kanzlei in der Stadt, und das waren lauter Weiße. «Charmant», murmelte Ruth und las weiter. «Gesucht: Weiße Damen als Aushilfe für Textilfabrik. Neuer Betrieb unter neuer Leitung sucht Näherinnen für Herstellung von Arbeitskleidung. Werden angelernt ... Blablabla», sagte sie.

Im Anzeigenteil für Farbige wurde nur eine offene Stelle angeboten: «Ältere farbige Frau mit Interesse für leichte Hausarbeit, abends. Bügeln und Kochen. 6 Dollar pro Woche.» Ruth ließ die Zeitung sinken und schaute Grange an. «Ich werde für niemand die Köchin spielen, nicht wahr?»

«Nein, wirst du nicht tun», stimmte er zu.

«Und was soll ich tun, deiner Meinung nach – wenn ich erwachsen bin? Es gibt nur einen Walt Terrell», sagte sie bitter. «Und den hat sich Rossel geschnappt.»

«Du wirst dich nicht verkaufen», sagte Grange. «Schlag dir das aus dem Kopf. Irgend etwas wird sich schon ergeben. Die Zeiten verändern sich», sagte er – lahm, ohne Überzeugung. «Die Präsidenten wechseln, und irgendwann haben wir einen, der auf unserer Seite steht. Präsident Roosevelt lud eines Tages Booker T. Washington zum Essen ein. Wir anderen waren am Verhungern – aber damals half es uns, irgendwie. Heute haben wir Eisenhower, einen Wischiwaschi von altem Knacker. Aber das Oberste Bundesgericht erklärt, daß die schwarzen Schulen benachteiligt sind. Und das soll sich ändern, sagt der Präsident.»

«Und bis dahin bleiben unsere Schulen weiter benachteiligt!»

«Unterbrich mich nicht. Ich weiß – und es ist das einzige, was ich weiß –, daß die Menschen sich ändern können. Das ist der Hauptgrund, sie nicht ganz aufzugeben. Du hättest mich kennen sollen, als ich ein junger Kerl war. Ich konnte nur saufen und raufen und deine Großmama verprügeln. Mehr konnte ich nicht. Du hättest mich aufgegeben. Ja, das hättest du. Du hast nicht viel Geduld. Heute gibst du mich nicht mehr auf. Und siehst du – ich bin ganz zahm und zivilisiert geworden. Ich trinke nur manchmal einen Schluck – für die Gesundheit. Ich schufte auf dem Feld – für ein einziges Mädchen. Und ich bringe mein ganzes Geld nach Hause. Vergiß nicht, es hat immer Schwarze gegeben, die für eine bessere Welt kämpften. Vielleicht werden es mehr, und eines Tages machen alle mit. Ich weiß nicht, wie das gehen soll. Niemals habe ich eine so traurige Bande von Niggern gesehen wie die Generation deines Daddy. Aber mit Glück – und der richtigen Führung – könnten wir es schaffen.

Es gab eine Zeit, da war ich nicht Herr meines Lebens», fuhr er fort. «Und mir war egal, ob ich's verlieren würde. Wenn ich nur ein paar Dutzend Weiße mitnehmen konnte. Manchmal glaube ich, das war meine beste Zeit. Aber ich bin wieder heimgekommen. Und ich hatte es satt, so zu denken. Und was muß ich sehen? Unsere Leute stehen herum und beten. Und dann hat der Herr – oder wer auch immer – mir *dich* geschickt. Und eine Stimme hat zu mir gesagt: ‹Hör auf zu toben, Mann. Hier ist ein Grund, dich zusammenzureißen und weiterzumachen.› Wenn ich mal sterbe, wird diese Farm dir gehören. Ich hab dafür bezahlt – mit allen Tricks, die ich kannte. Der Zaun, den wir aufgestellt haben, wird deine Freiheit sichern. Verlaß dich darauf – solange du ein Gewehr in der Hand halten kannst. Das Gewehr ist wichtig. Ich weiß nicht, ob Liebe immer hilft. Ein bißchen Liebe, ein bißchen Schrot – das ist die richtige Mischung, mit der du durchkommen könntest.

Ganz egal», seufzte er, «du kannst ruhig wissen, daß du die einzige bist, an der mir etwas liegt. Ich kann mich noch gut erinnern. Als ich noch ernsthaft in die Kirche ging, wünschte ich mir so ein großes Gefühl – irgend etwas, das mir helfen würde, die ganze Welt zu lieben. Aber ich hatte kein solches Gefühl. Ganz unmöglich. Deine Grandma und ich, wir hatten immer Streit – wegen diesem und jenem. Vielleicht stritten wir soviel, weil sie alle Leute lieben konnte, mit denen sie nichts zu schaffen hatte.

Die Weißen haben mich gehaßt, und ich habe mich selbst gehaßt. Bis ich anfing, sie wiederzuhassen und mich zu lieben. Und dann hab ich versucht, mich zu lieben – und dann dich. Und sie zu *ignorieren*, so gut es ging. Du bist mir lieb, weil du ein Teil meines Lebens bist. Ein Teil, den ich mir nicht mal wünschen konnte. Ich möchte, daß du ein langes Leben hast, mit vielen Kindern. Bring ihnen bei, was du mir beigebracht hast: Daß es sinnlos ist, etwas zu sehen, wenn man nicht *richtig* sieht.»

«Und immer über einen Zaun?» fragte Ruth zweifelnd. «Ich würde mich zu Tode langweilen, wenn ich warten müßte, bis die Schwarzen sich erheben, damit ich mich ihnen anschließen kann.

Ich bin jetzt schon bereit, mich zu erheben, scheint mir. Ich sollte anfangen, damit sie mir folgen.»

«Was es dazu braucht, das hast du noch nicht», fürchte ich. «Wie viele von den Schwarzen, die du kennst, würden sich ohne Zaudern erheben?» fragte er. «Und wie viele Weiße?»

Sie zählte die Schwarzen an drei Fingern ab – einer davon ein alter Krieger. Und Weiße? Kein einziger.

44

Nachdem Josie fort war, bekam das Haus allmählich den Zauber der Hütte – den Zauber von Frieden und Ruhe und Freude. Ruth und Grange schmückten das Haus mit Teppichen, Vorhängen, Bildern und bunten Kissen. Ruths Zimmer war eine Sinfonie von Licht und Gelb und Weiß. Für ihr Bett nähte sie eine Decke aus gelber und weißer Baumwolle, und die Vorhänge an ihrem Fenster waren aus weißgetüpfeltem Musselin. Ihr Schreibtisch, von dem sie auf den Wald schaute, war mit Büchern überladen. Sie liebte die Sagen des Altertums, die Schwestern Brontë und Thomas Hardy – überhaupt die romantischen Dichter. Auf eine einsame Insel hätte sie Jane Eyre mitgenommen – ein Schatz im Taschenbuchformat. Und alle ihre Bücher über Afrika. Auch ihre Landkarten hätte sie mitgenommen. Und alles von Charles Dickens. Dazu genügend Papier und einen Vorrat an Bleistiften. Zurückgelassen hätte sie die rot eingebundene Bibel, die Grange aus einem parkenden Auto für sie geklaut hatte. Ferner ihr großes Wörterbuch, das zu schwer gewesen wäre. Und Miss Vanderbilts *Buch der Etikette* – das sie möglichst wenig befolgte, ohne ihren Großvater zu kränken, der es ihr besorgt hatte. An Kleidern würde sie zwei Jeans mitnehmen, karierte Baumwollhemden, ihre festen Stiefel, die rote Wolljacke – und vielleicht ein Kleid. Sie hätte das kleine Medaillon mit Mems Bild mitgenommen – ein Geschenk von ihrem Großvater zu ihrem vierzehnten Geburtstag. Auf dem

Bild war Mem eine hoffnungsvolle junge Frau mit einem Kind im Arm. Sie blickte mit ruhigen, ungläubigen Augen in die Welt.

In Granges Zimmer überwogen Farbtöne wie Braun und Rot und Blau und Schwarz. Es war ein Teil seines Selbst, und es roch nach Tabak und Heu und einer Spur Orangenwein. Wenn er vor dem Feuer saß, standen seine braunen Stiefel auf den braunen Ziegelsteinen der Kamineinfassung. Und seine rote Flanellunterwäsche, die über dem Schaukelstuhl hing, harmonierte mit dem Rot und Blau seiner Bettdecke.

Fast das ganze Jahr gab es Blumen in allen Zimmern des Hauses. Natürlich auch im Wohnzimmer, wo ihre wenigen Besucher Platz nahmen, um sich von Ruth eine Tasse Iriswurzel- oder Sassafrastee einschenken zu lassen.

«Was is 'n das für 'n Zeug?» fragte manchmal einer der Gäste – in der Erinnerung an die sonderbaren Sitten und Bräuche der Gastgeber.

«Das ist Überlebenstee», sagte Ruth gewöhnlich, mit einem Augenzwinkern zu ihrem Großvater, der stumm mit seiner Pfeife dabeisaß. «Wenn sie's dir gibt, kannst du's trinken», brummte er – und ignorierte die anderen, die meist nur aus Neugier gekommen waren.

«Woher weißt du das?» fragte ein anderer ihrer Gäste.

«Weil ich's ihr gesagt hab», brummte Grange gleichmütig. Und mit ihm wollte sich niemand auf einen Streit einlassen.

Mit zunehmendem Alter wurde Grange immer gelassener. Er hatte nur noch eine Pflicht auf der Welt – Ruth vorzubereiten auf eine große und wichtige Tat, auf eine harte und drohende Realität. Niemals bereute er seine freien Erziehungsmethoden. Vergeblich tadelten ihn die Diakone dafür, daß er Ruth lehrte, die Zärtlichkeiten der Betschwestern und die Umarmungen der frommen Brüder zu meiden. Vergeblich warnten auch die Prediger vor den Gefahren des Heidentums für Ruths junge Seele. Sie hatten den Verdacht, daß Grange seine Enkeltochter lehrte, die Hand zu beißen, die ihr geistliche Nahrung reichte. Und dieser Verdacht war richtig.

«Bevor sie dich taufen – in diesen schlammigen Bächen und Wasserlöchern –, reiß ihnen mit 'nem Tritt die Beine weg und laß sie ersaufen!» Zu diesem Zweck wurde ein weißer Halbwüchsiger angeheuert, um ihr schwimmen beizubringen.

«Die Ketten der Sklaverei sind überall», sagte Grange zu ihr. «Darum renn, so schnell du kannst, wenn du die sanften Worte der Gottesmänner nur von weitem hörst.»

Wie getreulich die kleine Ruth Copeland die Lehren ihres teuflischen Großvaters befolgte – das erlebte die fromme Baptistengemeinde mit Schrecken, wenn sie beim Gottesdienst an den feierlichsten Stellen kicherte.

TEIL 10

45

Ruth sah Josie und Brownfield manchmal im Wald hinter der Schule spazierengehen. Josie, weiß gepudert und mit schief sitzender Perücke, mußte den betrunkenen Brownfield meistens stützen.

Grange holte Ruth manchmal von der Schule ab, und dann gingen sie durch den Wald nach Hause. An diesem Tag waren die beiden tatsächlich wie zwei Verliebte am Schulhof entlangspaziert. Grange hatte seiner Enkeltochter alle paar Schritte den Schal zurechtgezogen. Lachend erzählte Grange, wie er den schwarzen Pförtner in der Bibliothek der Weißen jedesmal betrunken machte, wenn er für Ruth Bücher klauen ging.

Sie sahen Brownfield und Josie erst, als sie fast mit ihnen zusammenstießen.

«Ah, die zwei Unzertrennlichen!» sagte Josie frivol. Zum erstenmal las Ruth die nackte Eifersucht im Blick ihrer Stiefgroßmutter.

«Ja», sagte Brownfield und legte seiner Stiefmutter besitzergreifend den Arm um die Schulter. «Die zwei Unzertrennlichen im Wald – wegen der guten Luft!» Er rieb sich ordinär den Hosenlatz.

Erschrocken drückte sich Ruth an ihren Großvater. Sie versuchte vorbeizugehen, ohne die beiden anzusehen. Sie hatte sich einzureden versucht, daß dieser Mann an Josies Seite nicht wirklich Brownfield sei – ein Schatten aus schlimmer Vergangenheit. Ein Schatten, der nie wieder Gestalt annehmen und zu ihr sprechen würde. Seine betrunken nuschelnde Stimme stürzte sie in eine furchtbare Wirklichkeit, die sie mühsam verdrängt hatte.

«Aha!» sagte Grange. «Meine Frau – und mein Sohn.»

Seine Augen glänzten wie glühende Kohlen. Sein Gesicht war aschfahl. Zum erstenmal sah Ruth ihn als alten Mann. An diesem Tag trug er einen Overall und seine alten Stiefel – darüber seinen guten Sonntagsmantel. Der kühle Gabardinestoff streichelte ihr

Gesicht. Ruth wunderte sich, daß sie ihrem Großvater schon bis zur Schulter reichte.

«Was wollt ihr?» fragte Grange, mit leichtem Zittern in der Stimme.

«Ich will meine Tochter, verdammt!» sagte Brownfield. «Sie gehört dir nicht. Sie gehört mir – ich will sie haben.»

«Jaja», eiferte Josie. «Sie ist Brownfields Kind, und er will sie haben. Es schickt sich nicht, daß ein so alter Mann mit einem so jungen Mädchen zusammenlebt.» Hilfesuchend schaute sie Brownfield an. Aber Brownfield schien Josie vergessen zu haben. Wie in Trance starrte er seine Tochter an. Ruth bebte unter diesem dumpfen, staunenden Blick. Es war ihr nie in den Sinn gekommen, daß sie eine so große Ähnlichkeit mit ihrer toten Mutter haben könnte.

«Wieso haben sie dich nach sieben Jahren freigelassen?» knurrte Grange, der seine Haltung wiedergefunden hatte. «Dich hätten sie im Knast behalten sollen.»

«Sie ist *sein* Kind», sagte Josie. Sie schien den Tränen verzweifelt nah.

«Halt die Schnauze», sagte Grange, ohne sie anzusehen. «Hast du vielleicht die Absicht, ihr eine gute Mutter zu sein?»

«Oh, nein», sagte Josie. Sie streckte nervös die Hand nach ihm aus. «Wenn Ruth zu ihrem Daddy kommt, komme ich wieder zu dir.» Brownfield erwachte aus seiner Trance und musterte Josie höhnisch. Ruth glaubte zu sehen, wie Josie zusammenzuckte – als wollte sie einem Schlag ausweichen. Das war zuviel für Ruth. Sie fing an zu weinen. Zitternd warf sie sich in die Arme des Großvaters.

«Ich will dich nicht wiederhaben, du schlampige Hure! Deine Bosheit fällt auf dich zurück. Ich wollte, ich hätte dich nie gesehen.» Mit flammendem Blick wandte er sich an seinen Sohn.

«Ich hab dieses Kind angenommen, als du sie zur Waise machtest. Du hast ihre Mama ermordet. Wo warst du in all den Jahren, als sie einen Daddy brauchte? Nicht da! Du warst nicht mal da, als du mit deinem Kind unter einem Dach lebtest. Höchstens in der Whiskeyflasche. Und dann im Knast, weil du das einzig Wertvolle, was du je hattest, ermordet hast. Wie hast du's geschafft, daß die Weißen dich wieder laufenließen? Gewiß nicht, weil du bereut hast. Sie scheren sich einen Dreck darum, wenn wir Nigger uns gegenseitig umbringen!»

Und zu Josie gewandt, sagte er: «Du hast gewählt, also bleib dabei. Du hast dich getäuscht, als du mich demütigen wolltest, als du zu meinem Sohn gegangen bist. Ihr beide paßt gut zueinander. Wälzt euch zusammen im Schlamm, wo ihr hingehört!»

«Sei doch nicht so hart, Grange», weinte Josie, «sei nicht so hart.»

«Er denkt, ich hätte dich nicht verlassen sollen, vor langer Zeit», sagte Grange, ohne Josie zu beachten. «Und er hat recht. Aber ich hab versucht, es gutzumachen, und er ließ mich nicht. Dann hat er dieses Kind verlassen. Und er kriegt es nicht wieder, egal, was er tut. Er nicht!»

«Grange, ich *habe* versucht ...» begann Josie, aber Brownfield fiel ihr ins Wort.

«Hör auf zu betteln. Er ist so verdammt selbstgerecht. Er hört dich nicht mal. Aber du», sagte er zu Grange, «du warst kein *Daddy* für mich. Und ich werde dir nicht mein Kind überlassen, damit du's jetzt bei ihr versuchst.»

«Du nichtsnutziger Lump!» brüllte Grange. Er schob Ruth beiseite und hob die Faust. «Noch ein einziges Wort, und ...»

«Du warst kein Daddy für mich», schrie Brownfield. Aber er wagte sich keinen Schritt näher.

«Grange», flehte Josie. «Dein Sohn *liebt* dich. Er hat mir erzählt, wie alles gekommen ist. Du hast ihn verlassen. Und dann haben die Weißen ihn in den Dreck gestoßen. Du weißt doch selbst, wie es ist», jammerte sie. «Sie zwingen uns, Dinge zu tun, die wir gar nicht tun wollen.»

Einen Augenblick war Grange sprachlos vor Ekel. Dann wandte er sich an Ruth: «Dein Daddy bringt mir was Neues bei, was ich noch nicht wußte: über Verantwortung und Schuld», sagte er ruhig. «Ich *wußte*, daß er mich für einen Teil seines Lebens verantwortlich machen kann. Aber als er ein Mann wurde und die Chance bekam, das Unrecht, das ich ihm angetan hatte, an seinen eigenen Kindern wiedergutzumachen, da hat er sie verspielt. Statt ein wirklicher Mann, ein wirklicher Vater zu sein, hat er seine Kinder zerstört, seine Frau und sein Zuhause. Und daß er die eigene Schuld nie erkannte, hat ihn *schwach* gemacht. Immer gab er *mir* und den *Weißen* die Schuld an *all* seinem Unglück. Dieser Gedanke hat sein Hirn in Quark verwandelt.»

«Oh», stöhnte Brownfield. «Du elender Hund!»

Josie weinte in ihr Taschentuch. «Grange», sagte sie schluchzend, «du weißt, daß du hauptsächlich die Schuld trägst. Das hast du immer zugegeben, und ...»

«Halt den Mund!» sagte Brownfield.

«... und du weißt, daß auch *du* den Weißen die Schuld zugeschoben hast. *Sie* sind die Ursache für allen Mist, den wir schlukken müssen.»

«Genau!» sagte Brownfield.

Grange kehrte Josie und Brownfield den Rücken und sprach nur noch zu Ruth. Schnell, atemlos – und seine Hände tanzten auf und ab.

«Ich weiß, wie gefährlich es ist, alle Schuld an dem Mist, den wir im Leben machen, anderen Leuten aufzubürden. Ich selbst bin in diese Falle getappt. Auf diese Weise können die Weißen dich korrumpieren – auch wenn du vorher stark gewesen bist. Wenn du sie für *alles* verantwortlich machst – dann haben sie dich soweit, dann siehst du sie als *Götter*! Und dann kannst du nichts mehr falsch machen, weil du weißt, sie stehen hinter dir. Du wirst schwach und weißt selbst nicht mehr, was du tust. Du wirst böse und fängst an, andere Menschen zu zerstören. Scheiße! Aber jeder ist nur so mächtig, wie wir ihn werden lassen. Wir haben doch *auch* eine Seele, nicht wahr?»

«Du hast wohl angefangen, die Crackers zu lieben?» höhnte Brownfield.

«Mir sind alle gleich – ob schwarz oder weiß», sagte Grange zu seinem Sohn. «Ich rede hier nicht von Liebe, sondern davon, was es heißt, ein Mann zu sein.» Und an Ruth gewandt, fuhr er fort: «Die Crackers konnten mich zwingen, meine Frau zu verlassen.

Aber war ich ein Mann, als ich mich davonschlich, ohne ihr zu sagen, wohin? Ohne ihr zu sagen, daß ich ihr verziehen hatte? Und ohne ihr zu sagen, daß ich selbst im Unrecht war?»

«Meine Mama war dir egal!» sagte Brownfield.

«Die Weißen konnten mich zwingen zu glauben, es wäre ein Zeichen von Männlichkeit, hundert Huren zu vögeln», sagte Grange. «Aber war ich ein Mann, als ich Josie auf eine so billige Tour beschwatzte? Es war mir doch ganz egal, ob sie lebte oder verreckte. Solange sie nur tat, was ich wollte – und ich meine Farm bekam!»

«Oh, Grange, Baby!» sagte Josie. Sie streckte die Hand nach ihm aus. «Noch ist es für uns nicht zu spät. Sag das nicht!»

«Halt dein dummes Maul!» rief Brownfield und stieß ihre Hand beiseite.

«Schau deinen Daddy an», sagte Grange zu Ruth. «Die Crakkers konnten ihn zwingen, in Scheunen zu hausen. Sie konnten ihn zwingen, seine Frau und seine Kinder zu verprügeln – nur damit er sich besser fühlte. Aber war Brownfield ein Mann, als er seine Frau umbrachte? Haben die Crackers etwa den Abzug gedrückt? Und einmal angenommen – die Crackers *hätten* ihn gezwungen, seine Frau zu töten. Hätte Brownfield nicht anschließend das Gewehr auf sich selbst richten sollen? Aber er war kein Mann. Er war zu schwach, zwischen seinem Willen und dem Willen der Crackers zu unterscheiden. Das gleiche kann man von mir sagen. Wir haben uns beide vor unserer Verantwortung gedrückt. Denn ein Mann, der seine Schuld nicht einsieht, verliert seine Kraft.»

Grange wischte sich mit der Hand über die Augen. Er schaute seinem Sohn ins Gesicht. «Ich wollte, ich könnte mein Leben noch einmal von vorn anfangen!» sagte er. «Deine Mama und ich hätten im Schweinestall eines Crackers verhungern können. Sie hätte sterben können – aber ich hätte ihre Hand gehalten. Soviel hätte ich für sie tun können! Dann hätte sie – glaube ich – mich als Mann achten können.»

Grange zitterte. Brownfield erkannte die Schwäche seines Vaters, wo er immer nur Stärke gesehen hatte.

«Du kraushaariger Hurensohn», sagte er, «was hätte meine Mama davon gehabt, wenn du ihre Hand gehalten hättest? Wenn jemand sterben muß, braucht er kein blödes Händchenhalten!»

«Ich war nur ihr gegenüber verantwortlich! Verstehst du noch immer nicht? Niemand außer deiner Mama hat sich um mich 'nen Dreck geschert. Und ich hab sie kaputtgemacht, weil ich den großen Mann spielen wollte. Zwei Jahre Hoffnungslosigkeit auf der Plantage – und schon ließ ich im Stich, was ich hatte. Ich konnte es nicht ertragen, daß kein Fortschritt in Sicht war. Ich *sage* dir, Brownfield», flüsterte Grange heiser, «irgendwann habe ich zurückgeblickt und erkannt, wo *ich* Unrecht getan habe. Und da erkannte ich, daß deine Mama heute noch leben würde, wenn ich sie nicht getötet hätte. Getötet – genau wie du deine Frau getötet hast. Wir sind beide schuldig, Brownfield. Wir können keinen Schritt in die richtige Richtung tun, solange wir dies nicht eingestehen.»

«Dir brauch ich überhaupt nichts zu gestehen, verdammt noch mal!» sagte Brownfield. «Die Crackers sind und bleiben schuld daran, was aus meinem Leben geworden ist!»

«Es geht um *dich*, Brownfield!» sagte Grange. «Ich sage dir: Du mußt in deinem Innersten etwas haben, was sie dir nicht nehmen können. Du brauchst dieses Kind nicht unglücklich zu machen – nur um irgendwelchen Weißen, die du gar nicht kennst, die Schuld zu geben. Wir Schwarzen bringen uns gegenseitig um – für Leute, die uns überhaupt nichts angehen!»

«Das Gericht sagt, ich kann sie zurückhaben. Damit mach ich dich fertig, Alter. Ich wollte dir nur eine faire Chance geben. Ein Tausch – deine alte Dame gegen meine Tochter!» Er streckte die Hand nach Ruth aus. Sie wich zitternd zurück. «Bist dir wohl zu gut für mich?» fragte er und starrte sie an.

Während des ganzen fürchterlichen Gesprächs hatte sie kein Wort gesagt. Die ganze Zeit wollte sie Brownfield sagen, wie sehr sie ihn haßte, weil er ihre Mama ermordet hatte. Weil sie darunter leiden mußte, daß ihr Vater ein Mörder war. Aber sie brachte kein Wort heraus. Sie fürchtete, er könnte seine Drohung wahr machen und sie von ihrem Großvater trennen.

«Er kann dich nicht wegholen», sagte Grange, während Brownfield an Josies Arm davonschwankte. Er drückte sich die Hand auf das Herz und schaute sie unsicher an. Weinend stolperten die beiden heimwärts durch den Wald. Immer wieder mußten sie sich setzen. Sie hielten sich in den Armen und schluchzten – als wüßten sie, was kommen würde. Ruth sah die Zeit voraus, da Grange nicht mehr bei ihr sein würde – sie nicht mehr beschützen würde. Sie wußte, daß auch Grange daran dachte. An eine Zeit, da er sein Enkelkind allein zurücklassen mußte – mit einer Bestie als Vater. Einer Bestie, die er – Grange – selbst gezeugt hatte.

An diesem Abend brütete Grange lange über Ruths rotgebundener Bibel, bevor er schlafen ging. Er bewunderte die Kinder Israel, die aus Ägypten geflohen waren. Vielleicht hundertmal hatte er Ruth die Geschichte des Exodus erzählt.

«Sie haben das einzig Richtige gemacht», sagte er.

«Wieso?»

«Sie sind fortgegangen, solange sie noch klar genug im Kopf waren, um zu sehen, was ihren Seelen angetan wurde. Und was sie sich selbst antaten. Vielleicht irre ich mich. Aber vorläufig sehe ich keine Anzeichen dafür, daß wir unserem Schicksal entgehen.» Nachdenklich blickte er über das Buch ins Feuer.

«Welchem Schicksal?» fragte Ruth.

«Daß wir hier niemals frei sein werden. Daß wir uns hier nie zu Hause fühlen werden. Daß wir hier verrückt werden.»

«Hier?»

«Nicht auf dieser Farm! In diesem Land, meine ich, in den Vereinigten Staaten von Amerika. Wir müssen fortgehen von hier, wenn wir überleben wollen. All dieser Kampf – seit Jahren –, um unsere Menschlichkeit zu retten. Und niemand – außer dir – weiß, was Menschlichkeit ist. Es tötet uns! Man kann Menschen nicht nur mit dem Gewehr kaputtmachen. Wir sind gut genug für Blues-Balladen – und fürs Irrenhaus!»

«Vielleicht passiert irgend etwas, das alle Dinge verändern könnte. Irgend etwas, das alle Menschen miteinander versöhnen könnte.»

«Sie können nicht alles ungeschehen machen», sagte Grange. «Und wir können nicht alles verzeihen und vergessen.»

«Ist es so schwer, ihnen zu verzeihen, wenn sie nichts Schlimmes mehr tun?»

«Ehrlich gesagt, ich glaube nicht, daß sie aufhören werden», sagte Grange. Er lehnte sich auf seinem Stuhl zurück und nickte nachdenklich. «Auch wenn sie aufhören *könnten*, Böses zu tun, wäre es jetzt zu spät. Ich suche in meinem Herzen nach Verzeihung – aber ich finde keine. Höchstens finde ich eine Art Fühllosigkeit gegenüber den Weißen. Ich würde kein Holz auf den Scheiterhaufen werfen, auf dem sie schmoren. Aber ich würde nicht ihre Schreie hören.»

Ruth kicherte.

«Nein, das ist kein Gefühl, auf das man stolz sein könnte», sagte Grange ernst. «Man ist kein Mensch mehr, wenn man so fühllos ist.» Er blickte traurig ins Feuer.

«Als ich ein Kind war», sagte er, «weinte ich, wenn jemand eine Ameise tötete. Das war ein gutes Gefühl – wenn ich zurückblicke. Es ist nicht gut, dazusitzen und fühllos zu sein gegen die Hälfte der Menschheit. Mir ist, als wäre ein zartes und gutes Gefühl in mir verbrannt.»

«Fühllosigkeit ist besser als Haß», sagte Ruth. Noch nie hatte sie ihren Großvater so verwirrt gesehen.

«Die Fühllosigkeit hat den Nachteil», sagte Grange, als hätte er lange darüber nachgedacht, «daß sie sich auf alle Organe legt. Vor allem auf das Herz. Wenn ich nicht mehr den Hilfeschrei der Weißen höre, dann werde ich bald auch die Schwarzen nicht mehr schreien hören.» Er sah Ruth an. «Vielleicht höre ich nicht einmal mehr dich.»

«Oh, du hörst mich ganz gut», sagte Ruth.

«Dein Daddy aber nicht», sagte Grange. Und kehrte wieder zurück zur Geschichte der Kinder Israel.

«Wenngleich die Grundfesten der Stadt zerstört würden», las er nach einer kurzen Pause, *«was könnten die Gerechten tun?»*

«Sie wieder aufbauen?» fragte Ruth.

«Es ist zu spät, um wieder etwas aufzubauen», sagte Grange.

«Die Gerechten haben mit ansehen müssen, wie die Grundfesten zerstört wurden.» Er blätterte weiter, zu einer anderen Bibelstelle: *«Du hast mir Gutes mit Bösem vergolten, um meine Seele zu verderben.»* Er schaute Ruth an. «Gott der Herr wußte: Man kann einen Mann nicht ewig im Dreck liegenlassen. Irgendwann fängt er an zu stinken! Was die Verzeihung unmöglich macht, ist die verdorbene Seele. Es ist einfach nicht mehr möglich», seufzte er. «Wie soll ein junger Mensch in diesem Land unschuldig bleiben!»

«Alles wird gut werden», sagte Ruth. Sie nahm ihm die Bibel aus der Hand. «Für einen Mann, der die Kirche nicht leiden kann, blätterst du viel zu gerne in diesem Buch!»

«Hör mal, das ist ein ernstes Problem», sagte Grange und schaute ihr in die Augen. «Hier auf der Farm bist zu geschützt. Aber du ahnst nicht, wie erschöpft du sein wirst – nach Jahren des Kampfes. Und du *sollst* kämpfen und darfst nicht aufgeben, wenn sie dich mißbrauchen wollen. Sie werden es versuchen – für sie bist du nur ein Niggermädchen. Gottverdammt! Ich hasse sie jetzt schon dafür, was sie dir antun könnten. Aber du sollst nicht gegen sie kämpfen, bis du ganz ihre Gefangene bist. Bis du selbst ein schwarzer Cracker bist. Dann wäre ihre Herrschaft über dich komplett! Bevor das passiert, sollst du fortgehen.»

«Warum bist *du* nicht fortgegangen?» fragte Ruth.

«Die Welt war damals nicht so groß. Ich dachte, Amerika ist überall. Außerdem», brummte Grange, «wollte ich den weißen Schweinen nicht den Triumph gönnen.»

«Sieh mal an», sagte Ruth. Sie stand hinter ihm und zupfte ihn am Ohrläppchen. «Du hast doch selbst gesagt, daß du noch rechtzeitig deine Seele gerettet hast, bevor sie ganz *verdorben* war.»

«Ich weiß nicht, ob es rechtzeitig war», sagte Grange. Er stand auf, um die Uhr aufzuziehen. «Wenn ich an Brownfield und Josie denke, weiß ich – es war viel zu spät.»

In der Nacht erwachte Ruth von einem Geräusch. «Schläfst du?» fragte ihr Großvater. Er beugte sich über ihr Bett. «Ich kann nicht schlafen. Ich denke dauernd an das, was heute passiert ist.»

Ruth setzte sich auf und machte Licht. Grange stand da – in einem langen Nachthemd, mit einer Strickmütze auf dem Kopf. «Was ist los?» fragte sie schläfrig.

«Ich wollte dir nur etwas geben», sagte Grange und drückte ihr ein kleines Heft in die Hand.

«Was ist das?»

«Ein Sparbuch. Ich hab ein paar Dollars für dich auf die Seite gelegt – wenn du aufs College gehst. Dein Daddy führt etwas im Schilde. Und ich weiß nicht, wie lange ich dich vor ihm schützen kann.»

Ruth rieb sich die Augen und klappte das Sparbuch auf. Auf der Innenseite standen ihr und Granges Name. Es waren neunhundert Dollar.

«Das ist nur vom Schwarzbrennen», sagte er. Er kehrte zurück in sein Zimmer und kam mit einem abgegriffenen Zigarrenkistchen wieder. Er machte den Deckel auf und begann Scheine und Vierteldollars zu zählen – halbe und Zwanziger und Zehner und Pennies. Er zählte ihr vierhundert Dollar hin und nahm für sich nur zwanzig Dollar und ein paar Münzen.

«Das ist vom Pokern.» Er hatte fast jede Woche gespielt, seit Ruth bei ihm lebte. Sie schob die Zigarrenkiste unter ihr Bett.

«Bring's morgen auf die Bank», sagte Grange.

«Okay», versprach sie fröhlich – obwohl ihr Tränen in den Augen standen.

«Hab meine Pokerkollegen so geschröpft, daß sie ihre Lebensversicherungen auf dich überschreiben mußten», sagte Grange, mit den Münzen in seiner Hand klimpernd. «Falls die alten Knaben rechtzeitig abkratzen, kannst du von ihrem Geld sorglos studieren. Ich weiß, ein Mädchen im College braucht dies und das.»

«Das geht doch nicht», sagte Ruth. «Was ist mit *ihren* Kindern? Auch sie brauchen dies und das.»

«Na, mach was du willst. Das Geld gehört dir. Ich hab's ehrlich gewonnen.» Er schwieg und starrte auf den Fußboden. «Findest du, es war nicht richtig?» fragte er unsicher. «Vielleicht war es nicht besonders *menschlich* von mir.»

«Ich mach dir keine Vorwürfe», sagte sie rasch. «Ich weiß, du hast es für mich getan. Aber ich werde das Geld nicht brauchen – wo du so viel für mich gespart hast! Keine Sorge», fügte sie hinzu und nahm seine Hand. «Brownfield ist viel zu versoffen. Vielleicht hat er längst vergessen, daß ich seine Tochter bin.»

«Morgen gehst du sofort auf die Bank», ermahnte er sie, schon im Gehen. «Ich fahre dich hin.»

«Schlaf jetzt gut», befahl sie.

«Und du auch», sagte er.

Stundenlang herrschte unruhige Spannung im Haus. Und keiner von beiden konnte schlafen.

Im Haus kehrte eine gewisse Ordnung ein, die früher gefehlt hatte. Rechnungen wurden pünktlich bezahlt, und Grange erklärte Ruth seine Buchhaltung. Alte Bekannte wurden aufgestöbert und gezwungen, alte Schulden zu begleichen. Ruths Bankkonto wuchs in winzigen Schritten. Zwei Dollar von Fred Hill, fünf von Manuel Stokes, sechzehn von Davis Jones – als Entschädigung für ein Schwein, das er vor Jahren überfahren hatte.

Der Zaun wurde ausgebessert, morsche Pfosten wurden erneuert, die Drähte wurden befestigt und neu gespannt. Sogar Weinkrüge wurden aus ihren Verstecken geholt und unter Ruths Leitung neu vergraben. Zwei Destillen wurden geschlossen und die dritte – die ohnehin nichts einbrachte – wurde zerstört.

An ihrem sechzehnten Geburtstag machte Grange Ruth zur Alleinbesitzerin des alten Autos. Auto fahren hatte er ihr bereits beigebracht. Und jetzt war es ihre Aufgabe, zum Einkaufen in die Stadt zu fahren und sich allein mit den Weißen auseinanderzusetzen, die in der Stadt das Sagen hatten. Sie sollte alles lernen, was Grange ihr beibringen konnte. «Schon jetzt triffst du mit dem Gewehr besser als ich!»

Sie sollte selbständig sein – aber sie sollte nicht jungenhaft sein. Er brummte mißmutig, wenn sie davon sprach, sich die

Haare zu schneiden – diese wilde, rebellische Wolke um ihren Kopf. Er wollte, daß sie nicht nur in Jeans herumlief, sondern auch Kleider trug – zumindest am Wochenende. Er stellte ihr Fläschchen und Dosen von Ponds auf den Frisiertisch. Er wurde sanfter, als Ruth ihn jemals erlebt hatte. Stundenlang konnte er seine Pfeife paffen, ohne ein Wort zu sagen. Am Abend studierte er Landkarten und grübelte nach über Städte und Länder, die er nie sehen würde. Aber – wonach suchte er? Wichtiger als alle Länder und Städte der Welt waren für ihn die Offenheit, die Fröhlichkeit und der Humor seiner Enkeltochter. Wie konnte er ihr helfen, sich diese Dinge zu bewahren? Sein eigenes Leben hatte ihn gelehrt, daß ihre strahlenden Augen, die stets nach der Wahrheit forschten, in diesem weißen Amerika ihren Glanz verlieren würden. Und darum mußte er sie darauf vorbereiten, das Land zu verlassen.

Trotzdem sollte es Freude und Lachen in ihrem Leben geben. Sie sollte als Frau glücklich sein. Er wünschte ihr ein glückliches Leben – mit einem Mann und mit Kindern. Jeder Tag sollte einzigartig sein. Es sollte Sonne und Freude geben – und auch Traurigkeit und stilles Nachdenken. Jeder Tag sollte Gegenwart und Vergangenheit und Zukunft sein. Mit Tanz und Lachen – und möglichst wenig Bedauern. Dies waren die Gedanken, die Grange Copeland durch den Kopf gingen, wenn er vor dem Feuer saß und seine Pfeife paffte; wenn er gebückt auf dem Bett saß und seine Fußnägel schnitt. Überleben war nicht alles. Er selbst hatte überlebt. Aber ein Überleben als ganzer Mensch – das wünschte er sich für Ruth.

46

Eines Tages begegnete Ruth ihrem Vater allein. Sie ging zur Schule, und er stand wie ein Landstreicher am Straßenrand. Ruth sah ihn – und ihr Herz fing an zu rasen. Sie preßte sich ängstlich die Hand an die Stirn und beschleunigte ihren Schritt. Den Kopf abgewandt, wollte sie sich an ihm vorbeidrücken – wie an einem wütenden Stier auf der Weide. Aber Brownfield hielt sie zurück. Nicht, indem er sie angefaßt hätte – das hätte sie sich nie gefallen lassen. Sondern, indem er einfach dastand – stumm und allein am Straßenrand.

Er wirkte klein, wie er dort stand, vor der hohen Böschung. Doch sie fühlte sich noch kleiner, als sie allein vor ihm stand. Brownfield war nüchtern – das wunderte sie. Er trug ein sauberes Hemd, das an ihm schlotterte, als sei er abgemagert. Zum erstenmal fielen ihr die verfilzten Haare auf, die seine Brust bedeckten – bis hinauf zu seinem faltigen Hals. Während sie dem Blick ihres Vaters auszuweichen suchte, klammerte sie sich an diese Entdekkung; um den Moment, da sie ihm in die Augen schauen mußte, noch etwas hinauszuschieben. Seine Augen waren voll gequälter Traurigkeit. Und sie spürte, daß sie ihr etwas sagen wollten. Sie aber zuckte zusammen und drückte ihre Schulbücher fester an die Brust. Brownfield bemerkte ihre Verwirrung und starrte vor sich auf den Boden. Die Luft war erfüllt von einem süßen Duft nach Heu, roter Erde und Blumen. Georgia im Frühling. Die Vögel zwitscherten wie immer, und vom Schulhof tönte das Geschrei der Kinder.

«Was willst du von mir?» fragte sie. Sie spürte Wut und Angst und Hoffnung zugleich. Warum Hoffnung? Ihr Vater hatte ihr niemals Anlaß dazu gegeben. Irgendwie tut mein Vater mir leid! dachte sie. Aber gleich meldeten sich wieder das Mißtrauen und die Wachsamkeit. Brownfield fuhr sich mit der Zunge über die Lippen.

«Du –» fing er an und verstummte. «Du siehst aus wie deine Mama.»

«Ja, und?» sagte Ruth. «Was willst du von mir?»

«Ich will dich anschauen. Falls du nichts dagegen hast», sagte er. Langsam, als fürchtete er sich vor ihr.

Nur der leise Gesang der Vögel und das ferne Schrillen der Schulglocke unterbrachen das Schweigen. Wie gebannt starrte Brownfield seine Tochter an. Es war unheimlich. Als hätte er mich noch nie gesehen! dachte sie.

«Ich muß jetzt gehen», sagte sie schwach, nachdem er sie minutenlang gierig angestarrt hatte. Wie ein Verdurstender die Fata Morgana einer Oase. «Ich komm zu spät in die Schule», murmelte sie. Ihr war heiß und kalt zugleich.

«Warte!» sagte er. Und obwohl er sie nicht berührte und ihr nicht den Weg verstellte, konnte sie sich nicht von der Stelle rühren. Während er sie weiter anstarrte, fiel ihr Blick auf ein Päckchen am Boden – in lustig-buntes Papier eingeschlagen, als wären Süßigkeiten darin. Schnell schaute sie weg, denn sie wollte nichts von ihm geschenkt.

Er hatte ihren Blick bemerkt und sagte – lauernd, wie sie fand: «Ein Geschenk für dich. Ich höre, du bist ganz wild auf Bücher.»

Ruth fand ihre Empörung wieder. Bildete er sich etwa ein, nach all diesen Jahren ihre Liebe mit einem einzigen lausigen Buch zurückzugewinnen? Sie fragte kühl:

«Was ist's denn?» Obwohl das Blut in ihren Schläfen pochte.

«Äh, hm. Weiß den Namen nicht mehr. Josie dachte, vielleicht gefällt's dir.»

«Du kannst Josie sagen, daß es mir *nicht* gefällt! Und daß ich's nicht haben will. Ich will überhaupt nichts mit euch zu tun haben!» Mit einem Fußtritt schob sie das Buch beiseite. Sofort kam die Angst wieder – aber Brownfield hatte nichts gemerkt. Er starrte sie nur immer an – staunend, wie groß sie geworden war, wie ihre Stimme klang, wie sie …

«Verdammte Scheiße», murmelte sie tonlos. Was glotzt er so? dachte sie. Will er herausfinden, ob ich den ganzen Wirbel wert bin, den er wegen mir veranstalten will? fragte sie sich. Und dachte: Lieber Gott, laß ihn mich nicht anfassen – mit diesen Händen, die immer noch wie tödliche Waffen sind!

«Du kannst dich nicht mehr an deine Ma erinnern?» fragte Brownfield nach einer Weile. Es klang vorwurfsvoll. In seinen Augen standen Erinnerung und neu angefachte Eifersucht.

«Ich war sehr klein, als sie … als sie starb», sagte Ruth. «Aber ich kann mich an sie erinnern.» Sie schaute ihm voll in die Augen. «Wie sollte ich meine Mama vergessen?»

«Deinen Daddy hast du aber vergessen!» sagte er streitsüchtig.

«Ein Kind, das Respekt vor seinem Daddy hat, umarmt ihn zur Begrüßung.» Seine Stimme, eben noch beißend vor Hohn, klang jetzt alt und einsam und flehend. Plötzlich bemerkte Ruth, wie sehr er Grange ähnelte. Die Menschen können sich ändern! hatte ihr Großvater gesagt. Auch wenn er neuerdings seine Ansicht geändert zu haben schien. Ruth aber wollte nichts wissen von Brownfields Veränderung. Denn sie glaubte nicht daran.

«Du hast dich nie um uns gekümmert», sagte Ruth. «Du hast dich nie um Mama oder Ornette und Daphne gekümmert – oder um mich.» Und sie dachte: Ich will nichts wissen von deinen Veränderungen – verdammt! Und sie haßte und liebte sich für ihren Mangel an Mitleid. Zum erstenmal ahnte sie die Wahrheit dessen, was Grange über die Endgültigkeit einer verübten Tat gesagt hatte. In ihrer Unversöhnlichkeit sah sie sich eins mit ihrem Vater und mit Grange – und mit Josie obendrein.

Brownfield wandte sich ab und schien sich in Gedanken zu verlieren. Nervös zupften seine Hände an einem gesplitterten Hemdenknopf.

«Daphne ist …» fing er an. «Ich wollte beide zurückholen und ein guter Daddy für sie sein. Daphne ist im – Irrenhaus; oben im Norden. Und Ornette … Sein Mund, sonst so häßlich und schlaff vom Saufen und Fluchen, war schmal und verspannt vor Schmerz. «Ornette ist ein – *Freudenmädchen*!» Diesen Ausdruck hatte der alte Knacker – der Prediger, Mems Vater – in seinem Brief gebraucht. Brownfield hatte ihm geschrieben und sich nach Ornette und Daphne erkundigt. Irgendwie hatte er die Idee gehabt, sie nach Hause zu holen. Josie hatte gekichert, als sie sah, wie sehr er sich das Schicksal seiner Töchter zu Herzen nahm. Die Nachricht, was aus den beiden – besonders aus Ornette – geworden war, hatte sie den ganzen Tag fröhlich gestimmt. Obwohl er sie später weinend am Waschbottich traf, wo sie seinen Overall schrubbte und sang: «*I feel like a motherless child* …»

Ihre Sentimentalität hatte ihn angesteckt. Aber als er sie streicheln wollte – vielleicht konnten sie einander trösten? –, da hatte sie sich abgewandt. Und er stand da, ausgeschlossen, in seiner alten Rolle als Werkzeug und Peiniger …

Brownfield erwachte aus seinen Gedanken. Seine breiten Schultern sanken herab, und seine Hände – diese grausamen Hände, an die Ruth sich noch immer erinnerte – spielten hilflos mit ein paar Strohhalmen. Bei dem prüden Wort «Freudenmädchen» hätte sie fast laut aufgelacht. Aber sie wäre selbst fast in Tränen ausgebrochen und hätte ihren Kopf gegen den nächsten Baum schlagen können.

«Du selbst hast doch immer gesagt, Ornette würde ein Freudenmädchen, ein Flittchen werden. So hast du sie immer genannt. Immer nur Flittchen. ‹Komm her, Flittchen›, hast du immer gesagt. *Daran erinnere ich mich fast so gut wie an meine Mama*.»

Die Vergangenheit schob sich zwischen Vater und Tochter – deutlich wie auf einer Kinoleinwand. Das Leben in diesem verfallenen, eiskalten Haus, das er ihnen aufgezwungen hatte. Daphnes Krankheit, ihre sonderbaren Anfälle, denen Brownfield keine Beachtung schenkte. Die Aufsässigkeit Ornettes, die alles tat, um Beachtung zu finden. Und dann der Mord an Mem.

«Du meinst, ich könnte mich nicht erinnern?» sagte Ruth. «Das Dumme ist, ich kann nicht vergessen!»

«Du kannst dich an gar nichts erinnern», sagte er. «Du hast mich *gehaßt*, seit du *so* klein warst.» Er hielt seine breite Hand knapp über den Boden. «Du weißt nicht, was das Leben für einen Mann hier unten bedeutet. Du weißt nicht, was ich durchgemacht hab.»

Sie zitterte vor Mitleid mit seiner Qual. Denn seine Qual war echt – auch wenn sich dadurch nichts änderte.

«Ich konnte nicht mal meine *Liebe* zeigen!» sagte er. Liebe – ein falsches Wort angesichts dieser Vergangenheit! Ruth warf den Kopf empor, um es abzuschütteln. Obwohl es sie nicht unbeeindruckt ließ. Sie hätte ihm nicht zugetraut, daß er das Wort Liebe aussprechen könnte – außer, um darüber zu spotten.

«Was schüttelst du den Kopf? Du weißt, ich liebe dich. Und du gehörst mir?»

«Dir?»

«Mir!» sagte er und fesselte sie mit besitzergreifenden Augen.

«Was willst du *jetzt* noch von mir?» fragte sie. «Ich kenne dich kaum, und du kennst mich auch nicht.»

«Ich weiß, bei wem ich mich dafür bedanken kann! Grange wird niemals erlauben, daß du mir verzeihst. Solange du bei *ihm* bist. Dieses heimtückische alte Krokodil. Wenn er zu dir, verdammt noch mal, so *gut* ist – wieso war er dann für *mich* kein richtiger Daddy?»

Eine ehrliche Frage! dachte sie. «Du kennst mich nicht», sagte sie. «Du kannst mich nicht hierhin und dorthin schieben! Ich hab *auch* eine Seele, und ich habe meine Erinnerungen!» rief sie zitternd.

«Ich hab meine Kinder geliebt», sagte Brownfield. Er schwitzte. «Ich hab deine Mama geliebt.»

Seine gequälten Worte waren ein Schrei aus tiefster Seele. Ein leidenschaftliches Gestammel. Ruth mußte den Kopf schütteln, um Klarheit zu gewinnen. Nein, sie verstand ihn nicht, wenn er von Liebe sprach! Sie schwieg.

«Ich will haben, was mir gehört!» sagte ihr Vater. Jetzt sprach er wieder in dem Ton, den sie von ihm kannte. Es war der freche, prahlende Ton eines Räubers.

«Ich gehöre dir aber nicht!» sagte Ruth. Sie spürte, daß ein mächtiger Damm jederzeit in ihr brechen konnte. Sie wollte es nicht – denn sie wollte und konnte ihm nicht verzeihen. Alles, was sie zu ihm hätte sagen können, mußte ihn verletzen.

Plötzlich streckte er – zum erstenmal – die Hand aus, um sie zu berühren. Seine Berührung war, anders als seine Worte, weder zart noch gefühlvoll. Er packte sie am Oberarm und kniff sie mit Daumen und Zeigefinger. Heiße Tränen stiegen ihr in die Augen. Er kennt nicht mal seine eigene Kraft! Sie erinnerte sich an Mems Worte, wenn sie ihre blauen Flecken rieb.

«Du gehörst mir – genau wie meine Hühner und meine Schweine. Das kannst du deinem lieben Grandpa sagen. Sag ihm, er wird dich nicht behalten. Lieber sähe ich euch beide in der Hölle!»

«Du hast gesagt, du liebst mich», schluchzte sie. «Wenn du mich liebst, *laß mich in Ruhe*!»

«Nein», sagte er und ließ sie los. «Ich kann nicht. Ich bin ein Mann! Ein Mann braucht etwas, was ihm gehört.»

«Ein Mann kümmert sich um seine Familie, solange er sie hat.»

«Ah, solchen Mist hat dir Grange in den Kopf gesetzt. Ich *hätte* mich um meine Familie gekümmert, wenn die Weißen es mir erlaubt hätten.»

«Ich mag dich nicht! Ich mag dich nicht! Ich mag dich nicht!» schrie sie, mit dem Fuß aufstampfend. Ihr Arm, wo er sie gepackt hatte, brannte wie Feuer.

«Du wirst mich mögen, wenn ich dich in *mein* Haus hole!» sagte er.

«Vorher mußt du mich erschießen!» rief sie zitternd. Langsam wandte sie sich ab und ging. Sehr langsam. Sie drückte die Bücher fest an die Brust und fragte sich, was sie an diesem Tag – in der Schule – noch lernen sollte.

Als Brownfield in das kleine, mit Blech und Linoleum geflickte Haus zurückkehrte, wo er mit Josie wohnte, fand er sie über den Waschbottich gebeugt. Sie schmollte. Ihr Leben mit Brownfield – seit sie Grange verlassen hatte – war reich genug an Prüfungen gewesen. Mit Brownfields irrem Wunsch, irgend jemand von seiner Familie um sich zu haben, hatte es einen neuen Tiefpunkt erreicht. Nicht aus Liebe wollte er seine Töchter heimholen! Das wußte Josie. Sondern weil er nicht nur ein Mann, sondern auch ein Familienmann sein wollte.

«Bewahre mich vor allem Bösen», seufzte sie mißtrauisch, als sie Brownfield eintreten hörte. Die zwei Nachbarinnen, die bei ihr waren, tauschten mitleidige Blicke. Als Brownfield ins Zimmer kam, rafften sie ihre kunstledernen Handtaschen und standen auf. Brownfield hörte die Dünne mit ihrem verkniffenen Mund zu Josie sagen, ihr Mann sähe es nicht gern, wenn sie mit einem so berüchtigten Kerl unter einem Dach wäre. «Glaubt diese dürre Ziege im Ernst, daß ich etwas von ihr will?» lachte Brownfield. Als er sie anschaute, senkte sie mit jungfräulicher Geziertheit den Kopf. Ihre fette und kecke Freundin, mit der Brownfield manchmal gevögelt hatte und die nie ohne ihren

Fächer ausging, fächerte sich an ihm vorbei, als steigere seine Anwesenheit die Temperatur um hundert Grad.

«Bye-bye, Baby! Bye-bye, Süße!» rief Brownfield den beiden nach, als sie davonsegelten, mit den Hüften wackelnd, als ob sie ihn locken wollten. Ha! Er kannte die Frauen. Ein Schwein wie er war viel aufregender als ein Gentleman oder ein Prinz. Alte Säue! dachte er. Lügnerinnen! Heuchlerinnen! «He, Josie, hast du schon mal mit Richter Harry geschlafen?»

«Nein», sagte Josie – mit der Ehrlichkeit einer Frau, für die Selbstachtung keine Rolle mehr spielt.

«Dachte mir, vielleicht hast du, als du jung warst. Damals, als ich mit dir und Lorene in der Kneipe hauste, hab ich ihm dann und wann 'ne Fotze zugeschanzt. Dich hab ich nie gefragt, schätze ich. 'türlich frag ich nicht, ob er in letzter Zeit mit dir geschlafen hat. So 'n Steifen hat keiner mehr! Von den zehn Jahren, die er mir aufbrummte, hab ich vier Jahre lang als Gärtner für ihn gearbeitet. ‹Was versteh ich, verdammt, von der Gärtnerei?› hab ich ihn gefragt. Und er hat mich angegrinst und gesagt: ‹Junge, du warst immer schon ein guter Gärtner!› Ha-ha, der alte Gauner. Kein bißchen verändert. Sollte man meinen … Wo er doch Richter ist – und überhaupt. Wenn die Leute ihn fragten, wieso er einen Zuchthäusler bei sich beschäftigt, sagte er: ‹Brownfield und ich, wir sind alte Kumpel. Wir verstehen uns.›»

Josie sagte nichts. Ihr Gesicht war aufgedunsen und traurig. Ihr Kleid war unter den Armen aus den Nähten geplatzt, und ihr gelbes Fleisch hing feucht und schlaff hervor. Sie war fett und verbraucht.

«Ich möchte wetten, Richter Harry wird Grange zwingen, mir mein Kind wiederzugeben», sagte Brownfield und kicherte.

Josie wischte sich mit ihrem nassen Ellbogen über die Stirn und richtete sich auf. «Ich würde alles tun, um zu verhindern, daß du meinem Mann so 'ne Gemeinheit antust!» sagte sie erbost. Ihre Augen waren rot unterlaufen und stumpf. Hoffnungslos und leer. Von ihrer Frechheit und Selbstsicherheit war nichts mehr übrig. Sie mußte Wäsche waschen, für Schwarze und Weiße, damit die beiden etwas zu essen hatten.

«Tätst du mich umbringen?» fragte Brownfield unbekümmert. Die alte Frau fing an zu weinen.

Brownfield schnitzte mit seinem Taschenmesser an einem Ast herum. Er fing an zu kichern.

«Josie, Josie», sagte er. «Was ist mit dir los? Seit wann hast du soviel Mitleid – egal, ob die Leute es verdienen oder nicht? Stell dir vor, du könntest zu Grange zurückkriechen. Und stell dir vor, er würde etwas gegen *mich* planen ...» Brownfields Kichern wurde schrill. «Weißt du, was du machen würdest?» fragte er. «Du würdest mit *mir* Mitleid haben. Du würdest arschwackelnd angelaufen kommen, um *mich* zu warnen. Du wirst niemals erwachsen, Josie. Du hast nie gelernt, dich auf eine Seite zu schlagen und dabei zu bleiben. Du bist eine blöde, fette Hure, Josie. Du hast nie gelernt, mit deinem Kopf zu denken, statt mit dem Arsch.»

«Was hast du vor?» fragte sie. «Es geht dir gar nicht um Ruth. Das weiß ich.»

Brownfield schaute sie an – mit einem schiefen Lächeln. «Ich weiß noch nicht, was ich vorhabe. Vielleicht nur mal auf den Busch klopfen. Du hast mir erzählt, daß dein Alter ein schwaches Herz hat. Na, vielleicht sollten wir ihm mal 'n Schreck einjagen. Ich möchte wetten, wir könnten dem alten Sünder sogar hinüberhelfen ins Paradies.» Brownfield krümmte sich vor Lachen.

Josie beugte sich über ihren Waschbottich und schloß die Augen. Sie spürte, daß sie für niemand mehr von Nutzen war. Sie erinnerte sich an eine Nacht vor vielen Jahren. Damals war ein junger Matrose zu ihr ins *Dew Drop Inn* gekommen, und sie hatte ihn auf ihr Zimmer genommen. Sie war besonders nett zu ihm, und als er von Bezahlung sprach, hatte sie gesagt: «Vergiß es.» Sie wußte, er war pleite und unterwegs nach Hause, zu einer Frau mit kleinen Kindern. Um seine Dankbarkeit zu zeigen, wollte sie der Matrose gleich noch mal nehmen. Aber sie weigerte sich, weil andere Kunden warteten. Deswegen schlug er sie grün und blau – die Leute mußten ihn von ihr losreißen. Als sie jetzt, nach zwanzig Jahren, an diesen Zwischenfall dachte, fing sie wieder an zu weinen: über all die Liebe, die sie nie bekommen hatte. Irgendwie spürte sie, daß sie selbst der größte Fluch ihres Lebens war. Und daß es ihr Schicksal war, immer wieder ins Elend zu tappen.

«*Wenn* ich sie zurückhole», sagte Brownfield, «dann nur, um *ihm* einzuheizen. Vorläufig hab ich ihn da, wo ich ihn haben will. Wir haben ihm angst gemacht, Josie!»

«Auch wenn du ihn umbringst, auch wenn du ihm einheizen tust bis zum Herzinfarkt, Brownfield, er wird dir doch immer überlegen bleiben.»

«Wie kommst du auf so 'ne Idee?» knurrte Brownfield.

«Weil er weiß, auf welcher Seite er steht. Und das ist garantiert nicht *deine* Seite. Vielleicht nicht mal seine eigene. Er ist größer als wir, Brownfield. Wir werden sterben und zur Hölle fahren, und kein Mensch wird nach uns fragen. Wir denken nicht an das, was nach uns kommt. Aber Grange hat nachgedacht über die Welt. Und darüber, was aus Ruth werden soll. Wenn er stirbt, wird Ruth wissen, daß er nicht mehr da ist. Auch ich habe Enkelkinder – irgendwo», sagte sie hilflos. «Aber wo, das weiß ich nicht.»

An diesem Abend haßte er Josie, weil sie – ihr Leben beklagend – immer wieder murmelte: «Die Weißen sind an allem schuld.» Plötzlich widerte dieser Spruch Brownfield an. Er wußte nicht, warum. Bislang hatte er selbst daran geglaubt. Jetzt kam er sich nur noch wertlos vor – ohnmächtig und klein, wie ein Pygmäe in einer Welt von Riesen.

«Was weißt denn du? Nichts weißt du!» Er kicherte herablassend. Ach, Josie war ja so dumm! «Hast du zum Beispiel gewußt, daß eins von den Kindern meiner Frau weiß war? Genau. Eins von Mems Kindern war weiß. Das letzte, das nach Ruth kam.» Er lachte über Josies entsetztes Gesicht. «Nein», sagte er, «tu nicht so, als ob's dir schlecht würde. Bist ja ganz grün um die Nase! Na, es war kein richtig weißes Baby. Sie hat nie rumgemacht mit weißen Männern. Obwohl die rummachen wollten mit ihr – und ich sie oft genug beschuldigt habe. Sie war so blöde, mir treu zu bleiben. Auch wenn es sie – verdammt! – den Kopf gekostet hat. Nein, nein, es war eins von diesen Babys – ganz ohne Farbe. Die

Augen waren ohne Farbe, das Haar war ohne Farbe – einfach alles an ihm war ohne Farbe. Kaum hatte ich's angeschaut, hab ich es gehaßt. Es sah aus – genau wie mein Daddy! Es war ein weißer Grange, nur daß mein Daddy ein schwarzer Grange ist.»

«War es, was man einen Albino nennt?» fragte Josie und fing an zu zittern. «Meinst du das, wenn du sagst, es war ohne Farbe?»

«Schätze ja, das war's. So würde man's nennen. Hat komisch ausgesehen, einfach überall weiß. Weißt du, was ich gemacht hab mit meiner Frau, als dieses Baby geboren war? Ich hab sie windelweich geprügelt, kaum daß ich diese sonderbaren Augen des Babys gesehen hatte. Sie lag da und stöhnte – sie war zu schwach, um zu schreien. Ich hab sie geprügelt, bis sie aus dem Bett fiel. Ich hab sie verflucht und beschimpft, sie hätte sich mit allen Weißen aus der Gegend eingelassen. Und sie sagte immer wieder: Nein, sie hat nichts gemacht mit weißen Männern. ‹Ich schwöre bei Gott, ich hab nichts gemacht›, sagte sie. Und ich fragte: ‹Wie kommt's, daß dieses Baby gar keine braune Farbe hat?› Und sie sagte: ‹Weiß Gott, ich weiß nicht, Brownfield, aber es ist von dir!› Und ich sagte: ‹Lüg mich nicht an, Frau. Wenn es nicht schwarz ist, ist's nicht von mir.› Und ich sagte ihr, sie soll dafür sorgen, daß dieses Baby schleunigst schwarz wird. Sonst müßte sie ohne es auskommen. Und sie weinte und weinte und bettelte, und sie legte es vors Feuer und in die Sonne. Aber das Baby blieb, wie es war – keine Spur von Farbe an ihm. Und eines Abends, das Baby war vielleicht drei Monate alt – es war Januar und Eis auf der Erde –, nehm ich es auf den Arm, wie es schläft, und wie man 'ne Katze hinauslassen würde, setze ich's draußen vor die Tür. Dann kam ich wieder herein und ging ins Bett. Bevor ich einschlief, schreckte Mem hoch und sagte, sie glaubt, sie hat das Baby gehört. Aber ich sagte, ich hab eben nachgeschaut, und sie soll schlafen. Ich hatte sie so auf Trab damals, daß sie nicht mal widersprechen konnte. Sie war so müde, daß sie nicht einschlafen konnte wie andere Leute. Sie fiel einfach in ein Koma.

Ich schlief so gut wie noch nie in meinem Leben», plapperte Brownfield weiter. «Und dann erwachte ich von einem Geschrei und Gestöhne vor dem Herd. Sie rubbelte dieses Baby, das nur noch ein Eisblock war. Allerdings – *jetzt* hatte es Farbe, wie noch nie! Es war blau, irgendwie.

Jetzt sollte man meinen, ich hab alles getan, weil ich dachte, das Baby ist von 'nem Weißen. Aber ich wußte die ganze Zeit, das war's nicht. Erstens – obwohl es ganz weiß war, sah es genauso aus wie ich – oder vielleicht wie mein Daddy. Mußte es ja auch, wo's sein Enkel war. Es sah aus wie wir beide. Häßlich. Und zweitens – ich war in die Stadt gegangen, zum alten Doc Tailor, und der hatte mir gesagt, daß solche Sachen manchmal passieren. Als dann die Haare des Babys zu wachsen anfingen, da waren sie kraus – wie nur was. In Ordnung, ich wußte, das war mein Kind. Mem wußte, ich hätte ihr das Genick gebrochen, hätte sie sich auch nur *anschauen* lassen von einem Weißen. Hätte ein Weißer ihr den Kopf eingeschlagen und sie vergewaltigt – ich hätte sie trotzdem hinterher totgeprügelt. Sie wußte, was Sache war. Du hättest sie sehen sollen, wie jung sie war und wie hübsch! Alle drehten sich nach ihr um. Da zog sie sich 'nen Schleier übers Gesicht und spielte den Krüppel, oder was weiß ich, wenn weiße Männer in der Nähe waren. Die Leute fragten mich: Wie komm ich dazu, so was Häßliches zu heiraten. Aber sie wußten ja nicht, was dein Schwesterkind da unterm Schleier hatte!»

Seltsam, es war das erste Mal, daß Josie wirklich Mitleid hatte mit Mem. Erschüttert starrte sie Brownfield an, und zum erstenmal sah sie, daß er – als Mensch – völlig kaputt war. Schockiert erkannte sie, daß das, was sie gehört hatte, weit über seine übliche Bosheit hinausging. Es grenzte an Wahnsinn. Und gegen Wahnsinn, in jeder Form, war sie allergisch.

«Ich weiß, was du denkst», sagte er zu Josie. «Du hockst da und sagst dir: ‹Er ist verrückt! Das ist der Grund!› Aber ich bin *nicht* verrückt, nicht verrückter als alle anderen. Es ist einfach so, daß ich keine Lust hatte, jemand anders zu lieben. Ich hatte einfach keine Lust, mich über mein eignes Baby zu freuen, das sowieso keine Chance hatte auf dieser Welt. Egal, ob ich mich freute – oder nicht. Es ist zuviel verlangt von einem Mann, wenn er lügen und sagen soll, daß er was liebt, was er nicht liebt. Ich hatte die Schnauze voll, den Stress auszuhalten.»

«Hättest du den Stress ausgehalten», sagte Josie – in einer seltenen Anwandlung von Logik und Mut: «Dann hättest du jetzt einen Sohn.»

«'nen kleinen weißen Bastard», sagte Brownfield und winkte müde ab.

Nein. Er bereute nicht. Was er getan hatte, zählte für ihn nicht mehr. Es war vorbei. Was passieren mußte, war passiert. Schönheit war häßlich geworden, das Süße war bitter geworden. Er hatte immer gedacht, daß es so kommen würde. Was aber hatte *sie* gedacht – seine stille Frau? Als er grausamer zu ihr war, als ein weißer Mann – als zwanzig weiße Männer je sein konnten? Sie war keine Kämpferin gewesen. Zorn hatte sie immer erschreckt. Ihr einziger Akt der Gewalt gegen ihn – für sie ein Akt des Überlebens – hatte *sie* in einen Abgrund gestürzt. Sie hatte eine innere Kraft gehabt – eine Souveränität, ein Selbstgefühl, das ihr Mann niemals hatte. Sie hatte eine tiefverwurzelte Kraft, mit der Brownfield nicht Schritt halten konnte. Bestenfalls spottete er über diese Kraft. Schlimmstenfalls war er eifersüchtig auf sie.

«Was geschehen ist, ist *geschehen*!» murmelte er im Einschlafen. Jetzt tauchte Ruths Gesicht vor ihm auf. Ihre Augen klagten ihn an. Ruth – mit ihren dünnen Beinchen und ihren entsetzten Augen. Immer war sie vor ihm davongelaufen. Immer war sie auf der Flucht. Und immer – wie jetzt – rannte sie *auf etwas zu*. Das ärgerte Brownfield. Was versprach sie sich von der Welt, daß sie gar erwachsen werden wollte? fragte er sich. Er sah – und er mußte sie sehen machen –, daß da nichts war, *nichts*! Ganz egal, was Grange ihr versprochen hatte. Er selbst hatte das Nichts gesehen. Und wenn sie ihn haßte, mehr denn je haßte, was machte es schon? Das war's, der Haß, worauf es ankam in der wirklichen Welt.

Und die *Liebe*? fragte er sich. Und vor ihm tat sich eine große Leere auf.

«Lüge!» schrie er in die Dunkelheit, und Josie schreckte hoch. Brownfield glaubte, er hatte geliebt. Er lag da und wälzte sich in seinem Bett. Er glaubte ans Elend und wußte, daß er sich nicht

mehr verändern konnte. Seine unveränderliche Starre war das einzige, was er noch hatte. Und er fragte sich, wozu die Liebe gut sei. Um sich vorzubereiten auf das Beste im Leben – oder auf das Schlimmste. Mit seinem eigenen Beispiel vor Augen, hatte er die Möglichkeit eines besseren Lebens für seine Kinder geleugnet. Er hatte seine Familie versklavt, ihnen Schwäche eingeprügelt, wo sie Kraft gebraucht hätten. Er hatte sie ohnmächtig gemacht vor dem Feind, der hinter ihm stand. Wenn sie jetzt an «den Feind» dachten, stand das Bild ihres eigenen Vaters vor ihnen.

Brownfield knirschte mit den Zähnen. Zu schwer lastete sein Irrtum auf ihm. Zuviel Nachdenken konnte ihn nur am Einschlafen hindern. Vielleicht würde Ruth nicht glauben, daß die *Bedingungen* schuld waren an seiner Gleichgültigkeit gegen sie. Er wünschte sich, daß er mit jemand sprechen könnte – vielleicht mit Mem, um ihr zu sagen, wie leid es ihm tat? Aber womit konnte er seine Reue beweisen? Er mußte weitermachen – so hart, wie er angefangen hatte. Er würde die Tochter von ihrem Großvater trennen. Nicht, weil er sie liebte, sondern weil er nicht ertragen konnte, daß Grange sie liebte. Er verschwendete keinen Gedanken daran, wie er – wenn Ruth bei ihm wäre – versuchen könnte, freundlich zu ihr zu sein.

TEIL 11

47 In den folgenden Monaten, während sie abwarteten, was Brownfield plante, lernte Ruth die Welt kennen. Sie fand sie nicht annähernd so schön, wie sie es erträumt hatte. Und nicht ganz so schlimm, wie sie gefürchtet hatte. Sie fand, es war eine faszinierende Studie, eine begeisternde Lehrzeit. Und all dies kam mit den Nachrichten und mit dem Huntley-Brinkley-Report.

Es war ihr letztes Jahr in der Schule, und jeden Nachmittag eilte sie nach Hause, um im Fernsehen die Nachrichten zu sehen. Sie schwärmte beinah für Chet Huntley und David Brinkley – besonders für David Brinkley, der jünger war als Chet und der so herrlich ironisch die Mundwinkel hochziehen konnte. Die einzigen schwarzen Gesichter, die sie auf dem Bildschirm sah, kamen in den Nachrichten. Jeden Tag diskutierten Chet und David über die Bürgerrechtsbewegung. Sie sprachen über die RassenIntegration in Schulen, Restaurants und Kinos. Die Integration faszinierte Ruth auf eine fiebrige, beängstigende Art. Grange fand sie weniger wichtig. Oft fragte sich Ruth, ob die Nachrichtensprecher ihr so gefallen hätten, hätten sie nicht über Probleme der Schwarzen gesprochen. Sie fand nicht. Denn sie hatte sie vorher gehört, und erst jetzt kamen sie ihr wirklich vor. Sie konnte Davids boshaftes Lächeln sehen und oft die Nachricht bejubeln, die er verkündete. Jeden Tag gab es Bilder von marschierenden, singenden und betenden Studenten – geführt von ihresgleichen oder von Dr. Martin Luther King. Sie erwählte die Studenten und den Doktor zu ihren Helden. Und jeden Abend diskutierte sie mit Grange über sie.

«Glaubst du, er kann etwas bewirken?» fragte sie Grange eines Abends und zeigte auf Dr. Kings asiatische Augen, die gleichmütig und flach aus dem Bildschirm blickten.

«Mir wäre lieber, ich könnte mir vorstellen, daß er eines Tages zum Präsidenten gewählt wird», sagte Grange. «Ich weiß, er wird's nie werden. Darum ist es nur halb so schön, ihm zuzuschauen. Immerhin ist er ein *Mann*», sagte er. «'türlich», fuhr er fort, «würde ich's anders machen – an seiner Stelle. Na ja», fuhr er fort, «*ich* mach überhaupt nichts, wenn ich bequem auf meinem Hintern sitze. Darum kann ich eigentlich nicht mitreden. Aber eins ist doch sonderbar: Obwohl die Crackers ihn bespukken und beschimpfen, ist er doch freundlich zu seiner Frau und seinen Kindern.»

«Warum singen sie dauernd?» fragte sie eines Abends – zu Tränen gerührt, ohne es selbst zu merken.

«Aus demselben Grund, warum Kinder auf einem Friedhof pfeifen», antwortete er.

«Sie glauben an etwas anderes als du», sagte sie, als sie sah, wie Schwarze und Weiße sich an den Händen faßten und feierlich durch die Straßen Atlantas marschierten. «Sie glauben, sie können die Herzen der Crackers verändern.»

«Sollte mich freuen», sagte Grange. «Andererseits – vielleicht lernen sie in zwei Wochen, was ich erst nach zwanzig Jahren lernte: daß Singen und Beten allein nicht genügt. Sollte mich freuen, wenn es so wäre. Sie brauchen nicht hilflos im dunkeln umherzutappen, wie ich es tat – und wie dein Daddy es immer noch tut.» Er beugte sich zum Bildschirm vor. «Schau nur, diese häßlichen Cracker-Fratzen», sagte er. «Welches *Herz* wollen die jungen Leute verändern – hinter solchen Gesichtern? Es ist, wie es immer war. Schau nur, diese Leute, die diesen armen Nigger die Straße hinunterhetzen. Das bißchen Herz, das sie haben, tragen sie auf dem Jackenrevers. Schlimmer noch, sie tragen es im Gesicht. Darum sind ihre Gesichter so häßlich. Falls Singen und Beten genügt, um diese Bosheit aus diesen Augen zu vertreiben – laß es mich wissen! Die Crackers singen und beten seit Jahren. Seit Jahren hören sie die Nigger beten und singen. Was hat es ihnen genützt? Sie sitzen da und grinsen und überschwemmen den Markt mit elektrischen Büchsenöffnern. Ach!»

«Ich glaube, ich denke genau wie diese Studenten», erklärte Ruth. «Ist doch in Ordnung, wenn wir wenigstens *versuchen*, die Crackers zu ändern.»

«Was ich mir wünsche, ist, daß jemand käme, um Leute wie

deinen Daddy zu verändern. Und um die Fühllosigkeit in mir aufzutauen.» Er sah seine Enkelin an und grinste. «'türlich hast *du* mich ein bißchen aufgetaut.»

Eines Abends, als sie den Huntley-Brinkley-Report verfolgte, kam Grange nach Hause. Er sah ganz elend aus.

«Was ist los mit dir?» fragte Ruth und blickte erschrocken auf. Sie glaubte, die Zeit sei gekommen und Brownfield hätte das Schlimmste wahr gemacht.

Grange antwortete nicht. Er rückte seinen Stuhl vom Fernseher weg – zum Kamin. Er nahm seine Pfeife und sein Taschenmesser und kratzte den Pfeifenkopf aus. Dann füllte er Tabak in seine Pfeife. Ruth schaltete den Fernseher aus und setzte sich neben ihn. Bald waren sie von dichten, duftenden Rauchschwaden eingehüllt.

«Erinnerst du dich an Fred Hill, meinen alten Pokerkumpel?» Grange spuckte ins Feuer. «Gestern fand man ihn in 'nem Wassergraben – auf dem Bauch.»

«Zu betrunken, um nach Hause zu gehen?» fragte Ruth.

«Nein. Nicht betrunkener als sonst. Nur – sein halber Kopf fehlte.»

«Was?»

«Von hier bis da», sagte Grange und fuhr sich mit dem Finger von einem Ohr zum andern.

«Wer hat das getan?»

«Diejenigen, die immer das letzte Wort haben – sie behaupten, er hat's selber getan.»

Ruth war wie betäubt.

«'türlich war kein Gewehr zu finden – weder in noch neben dem Wassergraben», sagte Grange.

«Wie hat er das geschafft? Sich ohne Gewehr den halben Kopf wegzuschießen?»

«Ein sauberer Niggertrick», sagte Grange.

Minutenlang starrte er schweigend ins Feuer. «Hab mal 'ne Frau gesehen», sagte er. «Sie hing an 'nem Strick, sie war aufgeschlitzt und verbrannt.» Wieder verfiel er in Nachdenken. Ruth wartete ungeduldig darauf, daß er etwas sagte. «'türlich sagten sie, die Frau war selbstmordgefährdet. Hatte sich selbst umgebracht – auf dreierlei Art.» Er paffte und kaute auf seiner Pfeife, als wollte er sich die Zähne ausbrechen. «Genauso stand es in der Zeitung. Das war mal ein wild entschlossenes Niggerweib!»

Ruth dachte an Fred Hill. Sie hatte schon von dem «Selbstmord» gehört. Fred Hill war ein kleiner, rundlicher Mann, hellbraun und mit Säbelbeinen. Sein Kopf war rund, und er schien keinen Hals zu haben. Er hatte mit Grange in der Küche gepokert und Ruth das Murmelschießen beigebracht, als sie neun war. Jetzt war er tot.

«Was war im Fernsehen?» fragte Grange.

«Nachrichten.»

«Übrigens, der Enkel von Fred Hill ist auch in den Nachrichten. Hat versucht, in eine Cracker-Schule aufgenommen zu werden.»

«Und – hat er's geschafft?»

Grange lehnte sich auf dem Stuhl zurück und starrte die Decke an.

«Nein», sagte er. «Er hat's nicht geschafft. Wie willst du auf einer Cracker-Schule studieren, wenn deinem Grandpa der halbe Kopf fehlt?»

«Also», sagte Ruth, die in allen Dingen das Gute zu sehen versuchte. «Zum Studieren braucht man seinen eigenen Kopf – nicht den des Großvaters.»

«Du wirst's ja sehen, Mädchen.» Er stand auf und ging mit schwerem Schritt in die Dunkelheit hinaus.

Es war Frühling, die Schule war aus, und die marschierenden Studenten kamen nach Baker County. Ruth sah sie in langer Reihe durch die Straßen der Stadt demonstrieren. Sie trugen merkwürdige Pappschilder: AUCH ICH BIN EIN AMERIKANER stand auf einem geschrieben. DIES IST AUCH MEIN LAND stand auf einem anderen. AUCH ICH WILL FREIHEIT auf einem dritten. Ruth hatte die Bürgerrechtsmarschierer schon auf dem Bildschirm gesehen. Trotzdem staunte sie, als

Schwarze und Weiße jetzt Hand in Hand in ihrer Heimatstadt demonstrierten. Flotte weiße Mädchen in Jeans und Turnschuhen marschierten neben ernst dreinblickenden schwarzen Mädchen in hohen Pumps und dunklen Sonntagskleidern. Schwarze Jungen marschierten einträchtig neben weißen Jungen. Ruth wunderte sich, daß sie kein Zeichen von gegenseitigem Mißtrauen sah. «Sind die echt?» fragte sie sich. Ihr Blick glitt von den Marschierern zu den Einwohnern von Baker County. In Baker County war man so überrascht vom Kommen der Studenten, daß man noch nichts unternommen hatte. Sogar der Sheriff stand und staunte mit offenem Mund. Seine Hilfssheriffs drängten sich dicht zusammen – als suchten sie Schutz oder klare Befehle, wie sie mit den Demonstranten umgehen sollten. Schwarze und weiße Jugendliche aus der Stadt lungerten auf dem Rasen vor dem Haus und gafften die weißen Mädchen an. Männer brüllten obszöne Zoten. Die weißen Mädchen hatten am ärgsten zu leiden. Eine von ihnen trug ein Schild, auf dem stand: SCHWARZ UND WEISS – VEREINIGT EUCH! «Da möcht ich drauf wetten!» zischten die weißen Männer und spuckten sie an. Einer warf eine Colaflasche und brüllte: «Niggerhure!» Ruth sah, daß das rechte Ohr dieses Mädchens blutete. Mit steifen Schritten marschierte sie – wie zum Takt einer angstvollen inneren Musik. Tränen strömten über ihr blasses Gesicht, und das Schild in ihren Händen schwankte.

Jemand drückte ihr ein Blatt Papier in die Hand. Ruth starrte das Flugblatt verwundert an. Da sah man einen weißen Mann und eine weiße Frau – an einen Felsen gekettet. Der Felsen hieß RASSISMUS. Und darunter stand geschrieben: «Ihr werdet nicht frei sein, bevor wir nicht alle frei sind.»

Ruth drehte sich um und schaute den Jungen an, der ihr das Flugblatt gegeben hatte. Ein schlaksiger junger Mann im Overall, wie ihr Großvater. Er versuchte, seine Flugblätter an Weiße zu verteilen, die vorbeigingen. Aber niemand nahm sie an. Im Weitergehen schaute Ruth sich noch ein paarmal um. Und einmal erwiderte er ihren Blick. Ruth spürte ein Herzklopfen – wie noch nie! Der junge Mann verteilte weiter unbeirrt seine Flugblätter.

Im Sonnenlicht schimmerte seine Haut wie glühendes Herbstlaub. Ruth stieg ins Auto und fuhr nach Hause. Sie steuerte mit der linken Hand, und mit der rechten strich sie über das Flugblatt – dann über ihr Gesicht und ihr Haar – dann wieder über das Flugblatt. Seine Botschaft sagte ihr weniger als der junge Mann, der es ihr gegeben hatte. Sie hielt vor dem Briefkasten ihrer Nachbarn und stopfte das Flugblatt hinein. Nachdenklich fuhr sie weiter – zur Farm ihres Großvaters.

Ruth und ihr Großvater saßen auf der Veranda. Sie hatten erfahren, daß Brownfield wegen Ruth vor Gericht ziehen wollte. Um ihre Nerven zu beruhigen, knabberte Ruth zwanghaft Wassermelonenscheiben und blätterte in Bulfinchs *Mythologie*. Während Grange genauso zwanghaft Schuhe polierte.

Als die Staubwolke in der Ferne auftauchte, ging Grange ins Haus und holte sein Gewehr. Er lehnte es ans Geländer und putzte weiter Schuhe. Das Auto bog schwungvoll in den Hof und bremste vor der Veranda ab. Es war eine dunkelblaue Limousine – mit rotem Staub bedeckt, als sei sie Hunderte von Meilen über die Feldwege Georgias gerollt. Dar schlaksige Junge, den Ruth in der Stadt gesehen hatte, schwang sich aus dem Fahrersitz. Auf der Rückbank saßen ein weißer Junge und ein weißes Mädchen. Ein schwarzes Mädchen stieg auf der Beifahrerseite aus. Ruth musterte das schwarze Mädchen feindselig – beinah eifersüchtig. Sie wußte nichts von dem jungen Mann, der ihr das Flugblatt gegeben hatte. Und jetzt stand er plötzlich vor ihr!

«Hier also wohnst du», sagte der junge Mann. Er war dabei, sich den Bart wachsen zu lassen, und seine Zähne blitzten aus vollen roten Lippen.

Grange schaute zu Ruth hinüber. Sie stand am Geländer und stützte sich mit dem Arm auf einen Balken. Wie ihre Augen leuchteten! Fast spürte Grange die elektrische Spannung, die durch ihren jungen Körper vibrierte.

«Hier wohne ich also. Das hätte dir jeder sagen können!» Sie lachte ein scheues, Lachen. Sie hatte vergessen, daß niemand ohne Erlaubnis des Großvaters die Farm besuchen durfte.

«Woher kennst du ihn?» fragte Grange – der im selben Moment beschloß, daß er junge bärtige Männer nicht leiden konnte.

Der Junge sprang mit einem Satz die Verandatreppe hinauf. «Wie geht's, Mr. Copeland?» sagte er und streckte Grange die Hand entgegen. Grange hob mürrisch den Kopf und sah das strahlende Lächeln des Jungen. Dann sah er das erwartungsvolle Gesicht seiner Enkeltochter, die den jungen Mann keinen Moment aus den Augen gelassen hatte. Sie ist eine Copeland! dachte er. Seufzend legte er die Schuhbürste weg und gab dem Jungen die Hand.

«Wie geht's?» murmelte er. Der Junge kam ihm bekannt vor. «Sag mal, kenne ich dich irgendwie?» fragte er.

Der junge Mann lachte. «Ich war der Knirps, der immer hinter Schwester Madelaine herzockelte.» Als Kind hatte er sich dafür geschämt, daß seine Mutter eine Wahrsagerin war. Doch nach dem College – in der Freiheitsbewegung – hatte er gelernt, auf den Beruf seiner Mutter genauso stolz zu sein wie sein bester Freund auf die Tatsache, daß sein Vater ein berühmter Chirurg war.

«Jaja», sagte Grange, der langsam auftaute. «Jetzt sehe ich die Ähnlichkeit.» An den kleinen Knirps konnte er sich nicht erinnern. Aber seine Mutter kannte und respektierte er seit vielen Jahren. Auch wenn er nicht an ihre magischen Pülverchen glaubte.

Inzwischen war das schwarze Mädchen dem Jungen auf die Veranda gefolgt. Die beiden Weißen waren nicht näher gekommen als bis zur Treppe.

«Ich heiße Quincy», sagte der junge Mann, «und das ist Helen, meine Frau.»

Grange schüttelte der jungen Frau die Hand und schaute sich um nach Ruth. Alle Freude war aus ihrem Gesicht verschwunden, und ein enttäuschtes Lächeln huschte über ihr Gesicht: Helen war nicht nur die Frau des jungen Mannes – sie war schwanger! Ruth sah den Blick ihres Großvaters und zuckte die Schultern. Sie schob Helen einen Stuhl hin. Quincy hatte sich aufs Geländer gesetzt.

«Und die beiden?» fragte Grange und deutete mit dem Kinn. «Sind sie Weiße, oder scheint's nur so?» Sein Flüstern war meterweit zu hören.

«Das sind Bill und Carol», sagte Helen. «Sie arbeiten mit uns in der Bürgerrechtsbewegung.» Bill und Carol nickten höflich, machten aber keine Anstalten, die Treppe hinaufzukommen.

Bill war dunkelhaarig, muskulös, mit braunen Augen. Carol war klein und hatte ein Gesicht voll Sommersprossen.

«Die beiden wissen – wie wir alle –, was Sie von den Weißen denken, Mr. Copeland. Sie wollten draußen auf dem Highway warten. Aber wir wurden verfolgt», sagte Helen. Sie faltete die Hände über ihrem gewölbten Bauch. Fröhlich lachend schaute sie sich um zu Bill.

«Er wurde schon mal angeschossen», sagte sie.

Grange musterte den jungen Mann, der seinen Blick erwiderte. Dann nahm Bill Carol am Arm, und sie gingen langsam zum Wagen zurück. Fast hätte Grange sie eingeladen, auf die Veranda zu kommen. Doch sein Impuls dauerte nur einen Moment. Er konnte sich nicht überwinden, eine weiße Frau unter sein Dach zu bitten. Aber er hatte nichts dagegen, als Ruth ihnen einen Krug mit kühlem Wasser brachte.

«Mr. Copeland», sagte Quincy, «gehen Sie eigentlich wählen?» Er nippte an seinem Glas Wasser, das Ruth ihm gegeben hatte.

«Wählen – was denn?» fragte Grange.

«Den Sheriff und den Gouverneur und den Polizeichef und den Friedensrichter.»

«Nein», sagte Grange.

«Warum nicht?» fragte Helen. Sie hatte ihr Glas Wasser halb ausgetrunken und hielt es sich an den Bauch.

«Weil jeder von ihnen ein Cracker ist», sagte Grange. «Da gibt's keinen Unterschied zwischen einem Cracker und dem anderen.»

Quincy lachte. Auch Helen lachte – dann sagte sie mit Bestimmtheit: «Da haben wir in Green County andere Erfahrungen gemacht!»

Grange schnaubte durch die Nase. «Ich habe dort gewohnt»,

sagte er mit Nachdruck. «Und ich weiß nicht, was für Erfahrungen ihr gemacht habt. Jedenfalls nicht, daß die Crackers die Nigger zur Wahlurne lassen. Zuletzt hängten sie 'nen Nigger auf, der seine Stimme für den Cracker seiner Wahl abgeben wollte.»

«*Jetzt* aber», sagte Quincy, «*wählen* sie die Crackers ihrer Wahl.»

«Sie wählen?» fragte Grange.

«Ja», sagte Quincy. «Wir haben letzten Sommer dort gearbeitet. Die Leute laufen in Scharen zur Wahl.»

«Um einen Cracker zu wählen – was soll's!» sagte Grange.

«Und wie war's damals, zu Ihrer Zeit, mit den Schwarzen?» fragte Helen.

«Mit denen war auch nichts los, als ich in Green County lebte», sagte Grange. «Haben jedem 'n Messer in 'n Rücken gejagt der aufstand, um seinem Volk zu helfen.» Er steckte sich die kalte Pfeife in den Mund und kaute auf dem Stil herum. «Ihr könnt mir nicht erzählen, daß so ein *Narr* von unseren Leuten in Green County kandidieren will.»

«Dies Jahr nicht», sagte Helen.

«Aha, Mädchen», sagte Grange. «Wo kommst du her?»

«Aus Green County», lachte sie fröhlich.

«Ich will verdammt sein», sagte Grange. Es kam ihm vor, als sei er im Schlaf überrascht worden. Als habe er zwanzig Jahre verschlafen.

«Wer sind deine Leute?» fragte er streng. Immerhin, vielleicht schwindelt sie! dachte er.

«Meine Mutter heißt Katie Brown. Mein Vater hieß Henry. Sie wohnten auf der Farm des alten Mr. Thomas.»

Grange konnte sich an die Familie Thomas erinnern. Aber nicht an die Browns. «Dein Daddy *hieß* Henry – sagst du?»

«Er wurde 1955 ermordet», sagte sie. «Niedergeschossen – direkt vor der Wahlkabine.»

«Und wo lebt deine Mama jetzt?»

«Sie ließ sich nicht aus Green County vertreiben!»

«Sie lebt doch nicht auf der Farm dieser weißen Crackers?»

Helen lachte. Sie lachte ziemlich viel. Sorglos wie ein Vogel.

«Doch, bis letzten Sommer. Bis *wir* bei ihr einzogen. Wir alle – Quincy und ich und Bill und Carol. Das war zuviel für die Familie Thomas. An sich waren es nette Leute. Sie hatten gesagt wie leid es ihnen tat, als mein Daddy erschossen wurde. Sie haben mir geholfen, als ich aufs College ging. Aber als sie mich dann mit Bill und Carol zusammen sahen, warfen sie Ma aus dem Haus.»

«Und dann?» fragte Grange. Am liebsten hätte er sich vorgebeugt, um Helen anzufassen. Sie war so *unglaublich* ruhig und unbesorgt. Er wußte: Ihre Ruhe mußte etwas bedeuten! Und er hätte um sein Leben gerne gewußt, was es war.

«Und dann», kicherte Helen, «dann beschimpfte Ma den alten Thomas – und seine Vorfahren, bis zum Bürgerkrieg zurück. Und spuckte seiner Frau ins Gesicht. Und dann wurde sie eingesperrt.»

«Aber sie kam wieder frei», sagte Quincy. «Wir hatten gute Anwälte – aus New York. Kaum war sie frei, zog sie in ein kleines Haus – gleich neben der Familie Thomas. Sie hatte den Prediger bearbeitet, dem es gehört, bis er ihr erlaubte, ein kleines Zentrum für die Bürgerrechtsbewegung dort einzurichten. Den ganzen Sommer lang war das Haus voll von jungen Leuten. Die alte Dame lebt immer noch dort.»

«Die Frau muß den Verstand verloren haben!» sagte Grange. «Ihr solltet euch um sie kümmern.»

«Oh, ihr geht's gut», sagte Helen achselzuckend. «Sie wünscht sich nur, daß wir nach Hause kommen und für immer bei ihr wohnen.»

«Tun wir auch – eines Tages vielleicht», sagte Quincy.

«Quincy will als Bürgermeister kandidieren», sagte Helen. «Und ich werde die First Lady von Green County sein!»

«Ihr seid verrückt, ihr alle!» sagte Grange. «Ihr solltet eure Kraft nutzen, um fortzugehen. Wie lange, glaubst du, wirst du in diesem Land noch lachen können?» fragte er Helen.

«Ha! Von denen werd ich's mir nicht verbieten lassen», lachte sie.

Und Grange dachte: Ja. Lachen kannst du, solange du mit anderen Menschen zusammen bist. Aber wenn du allein bist mit deinem Mann und deinem Baby, wenn ihr euch vor Gewehrkugeln duckt und bei jedem Geräusch zusammenzuckt ... Wirst du auch *dann* noch lachen? Er dachte an Helen – daran, was ihr vielleicht in zehn Jahren bevorstand. Ihr Mann verscharrt in einem sumpfigen anonymen Grab; ihre Kinder mit Hunden gehetzt – von Weißen, von Männern und Frauen und Kindern. Er sah Helen in einer Stadt, die den Weißen gehörte, auf Gedeih und Verderb ausgeliefert an Leute, die ihr mit jeder Geste zu verstehen gaben: Du bist wertlos; du bist ein Eindringling; du bist nur eine Amerikanerin auf Bewährung. Angenommen, sie würde niemals First Lady werden. Wo würde ihr Lachen dann bleiben!

«Sie sollten sich ins Wahlregister eintragen», sagte Quincy. «Ich hab sogar meine Mutter überredet, sich einzutragen. Obwohl sie schwört, daß sie die Crackers nicht leiden kann!»

«Ich kann's nicht versprechen», sagte Grange. Er hatte ein zärtliches Gefühl für diese jungen Menschen. Dasselbe Gefühl, das er auch für Dr. King empfand. Er würde den ersten Cracker niederschießen, der versuchte, die Hand gegen sie zu erheben. Er wollte sie beschützen – vor sich selbst, vor ihren Träumen und vor den Crackers. Er wollte nicht zulassen, daß jemand ihnen Leid zufügte. Aber er glaubte nicht an das, was sie taten. Nicht weil es keine gute, begeisternde Sache gewesen wäre, sondern weil es unmöglich war.

«Ich fürchte nur eins, Kinder. Die Bitterkeit. Die gallige Bitterkeit, die ihr spüren werdet, wenn ihr feststellt, daß ihr den Kampf nicht gewinnen könnt.»

Quincy legte den Arm um seine Frau. Er streichelte sie liebevoll und sorglos. In seiner Geste lag eine leichte und doch so feste Entschlossenheit. Sie strahlte ihn an – mit leuchtenden Augen. Grange sah die Schlichtheit und Offenheit in der Liebe dieser beiden jungen Menschen. Und er hatte Angst um sie.

«Wenn man kämpft», sagte Helen und strich mit ihren zarten schwarzen Fingern über Granges Arm, «wenn man kämpft – mit allem, was man hat – dann braucht man keine Bitterkeit zu spüren.»

Grange begleitete die jungen Leute zum Wagen und hielt Helen die Tür auf. «Ach, wartet mal», sagte er. Er lief ins Haus und holte eine Wassermelone unter seinem Bett hervor. Sie war kühl und grün und schwer. Er kam wieder zum Wagen und schob sie nach hinten – zu Carol und Bill. Helen lachte, und alle dankten ihm überschwenglich. Grange gelang es noch immer nicht, dem weißen Mädchen ins Gesicht zu schauen. Aber dem Jungen schenkte er ein knappes Nicken. Und als sie Lebewohl winkten, winkte er ihnen allen.

Grange drehte sich um und lächelte – und sah Ruth traurig auf der Treppe sitzen.

«Ich möchte wetten, alle *guten* Männer sind schon vergeben», seufzte sie.

«Tja, er hat dir gefallen, Mädchen?» fragte Grange. «Keine Sorge, eines Tages wird einer kommen, und der wird noch keine Frau haben, und den kannst du dir schnappen, bevor er anfängt, sich umzuschauen.»

«Sie werden ja nicht in Scharen hier vorbeiströmen», sagte sie mürrisch. «Schätze, ich werde fortgehen müssen, wenn ich den Richtigen finden will.»

«Und was wird aus dieser Farm?» fragte Grange.

«Oh, mein Gott!» rief sie und lief auf ihr Zimmer. Sie knallte die Tür und warf sich auf ihr Bett.

48

Morgens, vor dem Prozeß, brachten Ruth und Grange das Haus in Ordnung. Schweigend und konzentriert – denn was hätten sie sagen können? Granges Haar, inzwischen ganz weiß geworden, war auf die Art frisiert, die Ruth liebte: streng zurückgekämmt am Scheitel und an den Schläfen – ordentlich, aber frech. Bald würden seine Locken sich wieder aufrichten. Und wenn sie im Sonnenlicht flammten, sah Grange aus wie Ruths Bild vom lieben Gott. Er trug seinen besten und einzigen schwarzen Anzug, mit passender Weste und tailliertem Jackett, das seine langen Beine betonte. Diesen weit ausholenden Schritt, der Ruth immer an Randolph Scott erinnerte.

Ihr Wagen war ein alter 47er Packard – schwarz und ohne Chromzierat. Sie parkten ihn auf der Straße, nicht weit vom Gericht. Das Gerichtsgebäude stand auf einem Platz mitten in der Stadt. Es war ein roter Ziegelbau und sah aus wie ein staubiger Kasten. Die Ecken waren mit Stuckornamenten verziert. Die Treppe war breit und trostlos schäbig. Hier und dort zeigten sich Risse im Beton.

Am Samstag morgen waren kaum Leute in der Stadt. Die Baumwollfarmer und Milchbauern würden später kommen. Auf der obersten Treppe drehte Ruth sich um und warf einen letzten Blick auf die Stadt.

«Warum schaffen sie den verdammten Steinsoldaten nicht weg?» sagte sie. Sie warf einen finsteren Blick auf das Denkmal des Südstaatenkriegers, der nach dem alten, jetzt gleichgültig gewordenen Feind im Norden Ausschau hielt. «Ich seh nicht, wie spät es ist.»

Da gab es eine neue elektrische Uhr, dreieckig wie ein Halteschild, im Schaufenster des Drugstores auf der anderen Straßenseite. Der steinerne Soldat stand genau davor.

«Keine Sorge, ich hab alles dabei», sagte Grange und klopfte auf seine goldene Uhrkette. Er faßte Ruth am Arm – so fest, daß sie sich nicht losreißen konnte. «Hab keine Angst», sagte er und schüttelte sie sanft. «Ich würde nichts taugen, könnte ich nicht die Menschen beschützen, die zu mir gehören. Vergiß nicht – du gehörst zu mir.» Er küßte sie auf die Stirn, ganz zart. Arm in Arm traten sie ein in das Haus der Gerechtigkeit.

Der Richter war ein jovialer Mann mit bleichem und schwammigem Gesicht. Er war passionierter Angler. Sein Bild – mit einem großen Fisch an der Angel – hatte kürzlich die Titelseite des *Baker County Messenger* geziert. Er hatte die wohlwollende, aber mißtrauische Miene eines Mannes, der aus dem Nichts gekommen war und Wohlstand und Leibesumfang angesammelt hatte, bis er – mit Doppelkinn und Richtergehalt – in dem Städtchen gelandet war, wo er vor fünfzig Jahren als armer Leute Kind geboren wurde. Doch hinter seiner wohlwollenden Maske tat sich ein Abgrund auf – eine Seele, so unbarmherzig und eitel, daß seinen Mitbürgern gegraut hätte bei dem Anblick. Trotzdem war der Richter – alles in allem – kein schlechter Mensch. Er hatte nie persönlich Gewalt gepredigt. Er hatte sie nicht mal allzu eifrig entschuldigt. Aber er hatte ungerechte Urteile gefällt, und er verstand es, Vorteile aus seinem Richteramt zu ziehen. Die Verurteilten beschäftigte er in seinem Haus und seinem Garten – als kostenlose Arbeitskräfte, die letzten Endes die Stadtkasse bezahlte. Kurz, er war ein Kleinbürger mit aller Kleinkariertheit eines solchen Daseins. Seine Mitbürger hatten ihn zum Diakon der Presbyterianischen Gemeinde gewählt. Und bei den schwarzen «Jungs», für die er sich verantwortlich fühlte, war er der «gute Richter Harry».

Wie schnell war alles vorbei! Der Richter hatte sie in sein Amtszimmer geführt – durch die Tür mit dem Schild «Für Farbige». Er und Brownfield unterhielten sich wie alte Bekannte. Grange starrte mit aschfahlem Gesicht vor sich hin.

«Wie alt bist du, Ruth?» fragte der Richter.

«Sechzehn.»

«Nach den Gesetzen des Staates Georgia bist du erst in zwei Jahren erwachsen», sagte der Richter.

Stille herrschte im Saal, bis auf Josies Keuchen.

«Du möchtest doch lieber bei deinem *richtigen* Daddy leben, nicht wahr?» fragte der Richter herablassend. Seine Augen schienen weder Fragen zu stellen noch auf die Antwort zu achten.

«Nein, Sir!» sagte sie mit fester Stimme.

Grange sprang auf, um auf das Vorstrafenregister seines Sohnes hinzuweisen, auf die Vernachlässigung seiner Kinder, auf seine Drohungen. «Dieser Mann hat seine Frau ermordet, Euer Ehren!» rief er.

«Ich habe Sie noch nicht aufgerufen, Mr. Copeland», sagte der Richter nachsichtig. «Sie haben vor diesem Gericht nicht das Recht, unaufgefordert das Wort zu ergreifen.» Er sah Brownfield feierlich an – mit einem Augenzwinkern. Da wußte Ruth, daß für sie und Grange alles vorbei war. Sie umklammerte die Hand ihres Großvaters. Sie konnte ihm nicht mal ins Gesicht sehen. Sie spürte das Zittern in seiner Hand. Und sie wußte – er weinte.

«Still», sagte sie, «du lieber Alter.» Hilflos schluchzend rang er nach Luft. Ruth war so wütend, daß sie nicht mal weinen konnte.

Was dieser Richter und Brownfield und Josie hier machten, spielte für Ruth keine Rolle mehr. Jetzt nicht mehr. Sie mußte Grange beistehen und ihm helfen, sich mit dem Schicksal abzufinden. Aus dem Augenwinkel sah sie den Richter, der ein paar Anglerstiefel aus seinem Schreibtisch zog.

«Aber – jetzt keine Grobheiten mehr, Brown. Hast du verstanden?» Er lächelte auf jene Art, wie weiße Südstaatler lächeln, die alles – Geburt, Leben und Tod – unter Kontrolle haben. Ruth haßte ihn dafür. Diese «Schnelljustiz» hatte sie ausgeliefert an einen Vater, der sich noch nie um sie gekümmert hatte. Und der Mann, der dieses Urteil gefällt hatte, scherte sich einen Dreck um diese beiden Menschen. Um keinen von ihnen! Er war ein Mann, der die Macht hatte, Gott zu spielen.

«Jetzt mußt du bei deinem Daddy bleiben», sagte Josie, hochrot vor Erleichterung und Freude. Wütend sah Ruth die Mitleidsträne in ihrem Auge. «Aber keine Sorge», fuhr Josie fort. Sie hatte die Frechheit, sich neben Grange auf die Bank zu setzen. «Um deinen Grandpa werde ich mich schon kümmern.»

Brownfield kam grinsend herübergeschlendert. «Diesmal hab ich dich!» feixte er.

Grange hob den Kopf und stand auf. Ganz langsam. Kalt musterte er seinen Sohn – den Daumen in den Gürtel gehakt.

«Wage es nicht, sie anzufassen. Sonst leg ich dich um!» sagte er. Er streckte die Hand aus und zog Ruth hinter sich. Brownfield schaute sich hilfesuchend nach Richter Harry um, der schon auf dem Weg zur Tür war.

«Richter Harry!» rief Brownfield zuversichtlich. Der Richter warf einen Blick über die Schulter, erfaßte die Situation – und ging weiter zur Tür. Granges Worte trafen ihn wie eine Salve in den Rücken.

«Halt – Richter!» Verachtung lag in seiner Stimme, hart wie die Bodenbretter, auf denen der Richter stand.

Brownfield stürzte los und packte Ruth am Arm. Im nächsten Moment schleuderte ihn eine eiserne Faust zurück. Er sah einen Blitz und roch Pulverdampf. Er sank in sich zusammen und brachte kein Wort mehr heraus, bis er starb. Grange hatte unter der Jacke seinen 45er Colt getragen. Er hatte seinen Sohn erschossen.

«Mann, was fällt dir ein, im Gerichtssaal ...» plapperte der Richter drauflos. In seiner zitternden Hand hielt er noch immer die Anglerstiefel. Mit hervorquellenden Augen beobachtete er, wie Brownfields Blut sich am Boden ausbreitete.

«Ruhe – Richter!» sagte Grange. «Sonst stopfe ich Ihnen das Maul.» Er packte Ruths Arm, stieg über Josie hinweg, die sich schluchzend auf Brownfield geworfen hatte, und ging zur Tür.

«Wir erwischen dich, Copeland!» rief der Richter. «Du kannst nicht flüchten!»

«Ich flüchte nicht», sagte Grange. «Ich fahre nach Hause. Und der erste Cracker, der sich dort blicken läßt, kriegt den Rest der Ladung aus dieser Kanone.

«Wir haben keine Chance», sagte Ruth, während sie nach Hause rasten. Hinter ihnen heulten die Polizeisirenen.

«Ich nicht», sagte Grange. «Aber du.» Er strich sich mit der Hand über die Augen. «Ein Mann, der getan hat, was ich getan habe, verdient nicht mehr zu leben. Wer so etwas tut, hat sein Recht auf Leben verwirkt.» Er sank in sich zusammen. «Und dieser Richter?» fragte er bitter. «Wer wird sich um diesen Richter kümmern?»

Sie stiegen aus und liefen ins Haus. Schon jagten Autos den Fahrweg herauf. Grange lief durchs Haus und sammelte Waffen ein und rannte los – durch den Wald zur Hütte. Die Polizei hatte das Haus umstellt. Ruth saß und wartete geduldig auf ihrem Bett. Grange hatte auch ihr Gewehr mitgenommen. Ohne Waffe hatte sie bessere Überlebenschancen. Zumindest in diesem Kampf. Ruth hörte, wie die Männer das Haus stürmten. Dann hörte sie einen Schuß – hinten im Wald. Grange wollte die Polizei von ihr fortlocken. Dann hallte die Luft wider von Gewehrsalven. Dann war es plötzlich wieder still.

Es sah aus, als betete Grange. Sterbend saß er vor der Hütte, die er als «Haus» für Ruth gebaut hatte. Ein Sonnenstrahl fiel über sein Knie. Mit dem Rücken lehnte er an einem Baum. Doch als er betete, war es ein sonderbares Gebet. Er betete für sich selbst – für seine Befreiung von etwas und zu etwas. Für seinen Glauben an etwas – und an nichts. In Wirklichkeit war es ein Fluch.

Ja, er machte den Mund auf und versuchte ein Gebet. Es schien ganz angebracht – so nah am Ende einer langen Reise. Ähnlich wie ein Drink nach einer langen, trockenen Pokerpartie. Aber er konnte nicht beten, und darum tat er es nicht.

Er war getroffen. Er spürte das Blut unter seinem Hemd. Ruth sollte ihn so nicht sehen. Sonst fürchtete er nichts. Er hörte nicht mal das Rascheln der näherkommenden Schritte.

«Oh, ich Ärmster! Ich Ärmster!» murmelte er zuletzt. Trostlos, aber auch, um den Klang einer menschlichen Stimme zu hören. Er beugte sich bis zur Erde. Dann lehnte er sich zurück. Und so wiegte er sich mit seinen eigenen Armen in einen letzten Schlaf.